秋天的守望

马强◎著

西南交通大学出版社

·成 都·

图书在版编目（ＣＩＰ）数据

秋天的守望 / 马强著. —成都：西南交通大学出版社，2021.4

ISBN 978-7-5643-7959-9

Ⅰ. ①秋… Ⅱ. ①马… Ⅲ. ①散文集 – 中国 – 当代 Ⅳ. ①I267

中国版本图书馆 CIP 数据核字（2020）第 269637 号

Qiutian de Shouwang
秋天的守望

马　强　著

责任编辑　郭发仔
封面设计　原谋书装

出版发行　西南交通大学出版社
　　　　　（四川省成都市二环路北一段 111 号
　　　　　西南交通大学创新大厦 21 楼）
发行部电话　028-87600564　87600533
邮政编码　　610031
网址　http://www.xnjdcbs.com
印刷　成都蜀通印务有限责任公司

成品尺寸　146 mm×208 mm
印张　9.875
字数　211 千
版次　2021 年 4 月第 1 版
印次　2021 年 4 月第 1 次
书号　ISBN 978-7-5643-7959-9
定价　60.00 元

这是我的第一部散文随笔选集，也是一个遥远的残梦与约定。

古往今来，文学曾经是多少人的青春梦想甚至人生奋斗的事业，被一些人视为走向人生成功的天梯。人们都熟悉曹操之子——后来成为魏文帝的曹丕在《典论》中的那句名言："文章者，经国之大业，不朽之盛事。"曹丕所谓"文章"，大概指的是诗赋一类文字，属于中国古代文学之主流，"诗言志，文以载道"，也是关乎文化人安身立命的大事。这些经典名言流传甚广，曾经被多少代人奉为圭臬，并为之顶礼膜拜。大凡坚守文学者行走之初都相信文学上关国家兴衰，下联个人成败。然而，历史上真正把文学做成"经国之大业"的人却寥若晨星，相当一部分人从事其他职业，只是业余爱好或"票友"，偶尔为之，并未走上文学之路，只是大半生与文学若即若离，属于业余守望者。我大概就属于这一类。

心系文学已经相当遥远，但少年时代并无什么像样的作品可以回忆。高中时即开始写诗，时值改革开放初期，内容大多为歌颂大好形势、步尘莺歌燕舞之类，偶尔写点少年理想壮志与迷茫苦闷之类，倒是经常受到语文老师表扬。记得当年临高考填报专业爱好一栏时，当时几乎没有多少考虑就豪情万丈地填写了"酷爱文学"四个字，以为以后就要走上文学之途，真如陆游所说"早岁哪知世事艰"。现在想起来自己不觉莞尔，但也为当时的雄心壮志所感动，这大概是每一个文学少年都曾有的文学之梦。只是上大学后并没有被中文系录取，而是阴差阳错地进了历史系。尽管有所谓"女怕嫁错郎，男怕入错行"的民间说法，但我当时并没有沮丧，反而暗自欣然。自古文史不分家，冥冥中似乎预感到这辈子注定要与文史结下不解之缘。因而生平第一次离开家乡的那一天，多少有些踌躇满志，在欣慰与憧憬中登上了北去西安的列车……

一晃四十年过去了，白云苍狗，斗移星转，世事纷纭，几多成烟。回首如烟往事，大学寒窗苦读四年后，先干几年中教，又到地方师范学院任教，再负笈西蜀攻读博士研究生，于成都、重庆再就业。生活空间自汉中而西安，再从汉中而成都，从成都而重庆。自己的身份也在不断地变换，从助教到讲师，从讲师到副教授，从副教授到教授，再到博士生导师、国家社科重大项目的负责人，每年要承担从本科生到硕士生再到博士生的大量授课任务，身兼本地与全国学术机构的多项学术头衔，负责的省级、部级、国家级研究课题也接踵而来……几十年不间断地在职场忙，虽然也小有收获，出版了数部学术著作，发表论文近两百篇，在一定范围内也赢得一些虚名，但付出的代价却是岁月无情地让我两鬓染霜。与文学之职业渐行渐远，再难企及，但与文学之梦始终没有完全绝缘。虽然对文学的"初恋"早已时过境迁，但一直心向往之，甚至有时还有不自量力的冲动，希望有一天能够重操早年一直跃跃欲试的长篇历史小说之"旧业"……

我们 20 世纪 60 年代初生的人，虽然没有经历过战争，但同样走过了数十年的风雨历程，特别是内心情感经历的跌宕起伏、奋进与失落、激情与消沉、收获与挫折、苍凉与坚强、自觉的责任感与使命感，以及至今并没有完全泯灭的理想主义精神，大概在以后是很难复制的。童年少年岁月是在那个动荡年代的乡村度过的，虽然很小就辗转陕南乡村，过早经历人情冷暖，尝尽世态炎凉，但也收获了不可再得的基层乡村社会人生体验，其中不乏收获苦难、饥饿中的真情与美丽。当年那些曾经的艰辛与苦难，积淀下来的大多是一种苦难中见真情的苍凉之美。结束乡村生活回到城市读中学，正是波谲云诡的三年。1977 年恢复高考制度，带给那一代青年人枯木逢春的希望。四年大学岁月，除了有一年沉潜于写小说、诗歌与剧本，其他时间基本上是在夜以继日地读史籍文献中度过。当时写过一些自由诗与仿古诗，至今大多散佚，实际上也无多少价值。倒是曾经花费很大心血创作过一部冠名为《残阳如血》的历史题材电影文学剧本，并且承蒙母校中文系一位教授的青睐推荐到西安电影制片厂。虽然最终未能拍摄，但那时的激情与执着倒是让人颇为怀念。

大学毕业后的 20 世纪 80 年代，我在陕南汉中一所中学任教，不久后调入本地一所师范学院做助教。正值人生风华正茂、血气方刚的青春时期，事业的奋斗、去与留的困惑、爱与被爱的纠葛，闪现心头的常常是哈姆雷特式的焦虑与矛盾。此时文学界伤痕文学渐渐退潮，寻根文学正盛，特别是朦胧诗异军突起，"美丽的忧伤"成为那一时期流行的诗歌美学追求，对 80 年代青年一代颇有感召力。因此，我一度沉迷于诗歌，1986 年在汉中与几个文学青年自行创办过一个颇为新潮的诗刊《太阳与人》，据说曾成为陕南不少青年文学爱好者的手抄本。这一时期留下的一些诗歌残篇，依稀还能反映当时的心态。

　　岁月荏苒，不觉又过去好多年。别梦依稀在，大江日夜流。时间总是在履行宇宙间无情的法则，几十个春秋似乎一瞬间就走远了，将一代艰难守望者带入了人生之秋。韶华不再，远山如黛，近水如斯，虽然这辈子并没有走上文学职业之路，而是在另一史学领域摸爬滚打数十年，但多年来的文学爱好与"修养"同样令我受益无穷，给我的教学与研究以莫大的"助力"。特别是第二副业"历史美学"常常带给自己特殊的愉悦感，激励自己去做无怨无悔的、枯燥的"冷板凳"学问，而且上课、演讲总是能够获得众多学生喜爱和好评，这无疑给我带来一年又一年"教书育人"的信心与快乐，由此我更能深刻领悟"文史会通"的妙处。临近"桑榆"之年，自己渐渐变得喜欢忆旧，有时居然觉得过去的岁月有那么多真善美的东西值得追忆、值得眷恋！回忆真是个奇怪的东西，无论是饥饿孤独的童年、颠沛流离的少年，还是在改革开放大潮中读大学、攻读博士学位并执教席的青年，抑或是生活渐趋稳定却倍感苍凉的中年，当你真正超越时间回首往事的时候，留在记忆中的往往都是那些过滤掉无数平庸、伤感、烦躁甚至悲哀的灰色前尘，经过自然筛选而长存记忆的美好与感恩，没有仇恨，没有怨望，没有戾气，几多遗憾也随风吹雨打而去，俯仰无愧天地，坦诚笑对人生。在一定程度上讲，苦难岁月也是人生的财富，不应漠视，更不必要让其在记忆中完全湮没。你走过的人生之途无论坎坷还是平顺，都是宝贵的人生财富，永远不能忘记曾经的真诚付出与真诚赠予。

唐人刘梦得诗云："莫道桑榆晚，为霞尚满天。"我辈不才，没有"为霞尚满天"的辉煌，却有与国家风雨同行的艰辛与欣慰。前几年偶然草写的一篇历史文化散文居然得到朋友圈好评，大家纷纷建议可在业余时间继续写下去，这无疑是一种激励。于是，一旦有了感觉，就开始忙中偷闲草写一些文史随笔，居然也陆陆续续地"产出"了一二十篇随笔、散文。在几家微信平台推出后，反响之热烈出乎意料。

这部散文随笔就内容而言大致可以分为两类。一是历史文化散文随笔，自己认为其中较为重要的有《走进巴山夜雨》《致敬古典》《布衣伟人——怀念卢作孚》《吴宓：最后的背影》《褒谷口之祭》《寻访仙人关》《秋风江上》《名门之后》《大唐：动乱年代的普通士庶》《跌宕的意象：唐宋诗中的关中与秦岭》等文化散文。这些散文或是在读史研史中的感悟，或是崇敬古典、怀念先贤之作，或者是在历史地理田野考察中触景生情。另一类则是个人经历中的回忆碎片，其中主要是童年与大学时代的一些人生片断。虽然多为凡人拾贝，但完全遵从纪实原则，从个人经历角度折射了我们所经历的社会变迁，带有自述的"口述史"性质。上述或许就是这部散文随笔的价值所在吧。

近年来承蒙朋友们厚爱，大家都建议我将这些散文随笔结集出版。但对出版诗文集子我一直很踌躇。一是文学创作毕竟只是业余为之；二是积累的篇章多已佚失，余下的满意者不多，因此又放置了很久。但想想自己的文学之梦始终未曾真正放弃，寻寻觅觅、若即若离相伴四十载，也应该有个集子作为一个阶段性的纪念。于是，在春节期间将能够找到的若干篇什重新阅读、修订，几经取舍，终于选定入选的文章，形成一部以历史文化思考为主，兼及人生回忆的散文随笔文集。原稿中本来还有若干诗歌（都是历经多年而幸运地保存下来的"精品"），但考虑到新旧诗体兼有，诗文混合，与散文随笔混在一起有些不伦不类，因而这次就忍痛割爱了，俟日后有机会再单独结集出版。

感谢西南交大出版社资深编辑黄庆斌先生，自几年前在达州巴文化学术研讨会结识以来，他就一直对我关注、鼓励有加，在很大程度上促成了这部散文随笔的结集与出版。本书的责任编辑郭发仔先生为拙著原稿校核文字，付出了大量心血，纠正了不少错误，在此特表谢忱。同时也感谢多年来一直关心、帮助我的同道师友及其家人。时正炎夏，金秋即将来临，就以此小书作为金色秋天里献给自己、也献给师友亲朋的一份吉祥小礼物罢。

是为序。

马 强

2020 年 7 月 31 日于西南大学荟文楼

目 录

CONTENTS

走进巴山夜雨

君问归期未有期，

巴山夜雨涨秋池。

何当共剪西窗烛，

却话巴山夜雨时。

　　第一次读到李商隐这首《夜雨寄北》，是童年时在陕南乡下祖母家布满灰尘的小土楼上。那时，在地委工作的父母无暇照顾孩子，于是我从城固乡下外婆家被转送到勉县乡下祖母家。一天放学后无聊，出于好奇，就爬上祖母家布满灰尘的小阁楼，竟翻出一大堆旧报纸包裹的各种文学名著，其中就有一本散发出书香与霉潮味的《唐诗选》。此书由马茂元选编，于20世纪50年代由上海古籍出版社出版，是黑黄粗糙的那种马兰纸，但文字印刷还是清楚的。在那个时代，《唐诗选》属于"毒草"，被列为禁书。包括其他一些中外文学名著，都不能公开阅读。阁楼上还有一些诸如《三国演义》《儒林外史》《林海雪原》之类的书，应该是"文化大革命"初期父亲匆匆送回老家乡下藏起来的书。那时没有什么可读的儿童读物，因此当时拿起竖排繁体字的《唐诗选》，尽管许多字不认识，需要连猜带蒙，竟然也读得津津有味。说来也巧，当时随手一翻，首先接触到的正是这首"巴山夜雨"。读起来虽然懵懵懂懂，但觉得有一种说不出的美。

20世纪70年代末，我有幸考上了大学。当时"伤痕文艺"流行，相关主题的电影纷纷问世。记得一次陕西师范大学放映露天电影，放的是一部当时颇受好评的《巴山夜雨》，好像是峨眉电影制片厂拍摄的，舍友们还为电影的取名争论过。影片演的是从重庆至宜昌的长江轮船上，一对代表无产阶级专政的男女革命干部押解"犯人"——著名老诗人秋石赴京，押解者由冷漠监视、中途困惑最后被感化并毅然释放"犯人"的故事，据说是以四川老诗人流沙河的亲身经历为原型编剧、拍摄的。生于1931年的流沙河曾参与创办《星星》诗刊，经常写诗，以极大的政治热情讴歌新中国朝气蓬勃的社会主义建设，但1957年他充满自由奔放之美的《草木篇》意外地受到严厉批判。在劳改农场，诗人竟然收获了省歌舞团美丽演员何洁的爱情。电影《巴山夜雨》没有正面描写这个可歌可泣的爱情故事，画面虽然有些压抑，但诗人秋石在轮船上忧郁的目光与沉默的面容，分明包含着对妻子的深深怀念，而"巴山夜雨"这一独特的唐诗意境或许就是这部电影取名的"画外音"吧。

李商隐这首《夜雨寄北》以其别具一格的写作手法和美丽凄迷的意象成为诗人的代表作之一，自晚唐问世以来就广为传诵。看似不经意间灵感撞击出来的音符，拨动着一代又一代人的心灵。关于这首诗的写作地点，宋代以来唐诗研究学者一直众说纷纭，分别有写于长安、利州、梓州、兴元等说法，并无定论。从文学欣赏的角度说，弄清写作地点固然有意义，但更需要揭示的是其写作成因及其美学意蕴。在南宋洪迈编的《万首唐人绝句》里，这首诗的题目为《夜雨寄内》，意思是诗是寄给远方妻子的。但一般认为，李商隐于大中五年（公元851年）七月赴东川节度使柳仲郢梓州幕府，妻子王氏已在这一年的夏秋之交病故，李商隐何时知悉妻子的死讯不得而知。王仲荦、陈寅恪等考证这首诗作于王氏病故之后，原题应是《夜雨寄北》，到底是写给妻子还是情人？甚至还有学者推测说可能是赠答与李商隐同时并齐名的花间派代表诗人温庭筠的，不过后一说只是极少数的"干扰项"，响应者寥寥，可以忽略不计。如此，"寄北"的对象竟成了历史之谜。今天看来，这首诗题原创是《夜雨寄北》还是《夜雨寄内》，是写于巴蜀的梓州还是利州，是寄给妻子还是写给情人，实际上都已经不重要，重要的是诗以巴蜀地区特有的"夜雨"气候物象为衬托，写出了中国古代士大夫深沉含蓄的爱情美学，以及作者在"巴山"浓密夜雨声中营造的温柔凄迷、时空幻化的意境。千百年来，不知有多少人走进过这巴山夜雨，多少人深深陶醉在唐代那个温柔的秋夜，陶醉在浓密的雨声中再走也不出来……

也许是从小受到古典文学的熏陶，我向来推崇、赞美中国古代的爱情表达方式。中国古代爱情诗歌，无论是思慕、暗恋还是闺怨、思妇、悼亡、怀旧，往往都写得含蓄、执着、深沉、绚丽。从举案齐眉的相敬如宾，到为妻画眉的情投意合，从"曾经沧海难为水，除却巫山不是云"的坚贞不渝，到"十年生死两茫茫，不思量，自难忘"那样历久弥新的铭心刻骨，都把男女之间基于性爱而又超越性爱的深沉爱情发展到极致，爱情诗的真善美也就不言而喻。

品读《夜雨寄北》，眼前常常会浮现出这样一幅用电影蒙太奇手法才能表现的情景：同一个夤夜，间隔着绵延千里的秦岭、大巴山的夜幕，独在蜀地异乡的诗人在梓州东川节度府庭院廊庑下徘徊，潇潇秋雨无边无际地飘洒着，四周一片雨声。庭院中的树木（或许是蜀地人家最喜欢种植的石榴树）枝繁叶茂，静静地沉浸在秋雨之中。此时的巴山夜雨多么像情人绵绵无尽的思念，温柔而缠绵。借着窗口昏暗的烛光，院中的石雕蓄水池溅起密密水花，雨水渐升渐满，溢出来又流向池外；庭院积水很深，成了池塘，雨点编织出一片空濛与迷离景象。爱人今在何方？今夜无恙乎？诗人的思绪飞越秦岭，飞越大巴山，飞越关中平原，飞到了长安。啊，长安，大唐帝国的京师，无数士人心目中的繁华帝都，今夜却只为一人而存在。当年李白笔下的"长安一片月，万户捣衣声"，那是宁静美妙的长安月夜图，今夜却成了老杜笔下"冠盖满京华，斯人独憔悴"的另一番景致。此时，长安城内某坊内小楼上，应该有一位美丽而憔悴的女子，披红倚窗而立，玉指托腮，向西南远眺，她透过密集的夜雨眺望远方那位让自己魂牵梦绕的"良人"。长安城此时已经完全静谧下来，无论是森严的皇城、宫城，还是棋盘菜畦般整齐的坊里，都已结束了一天的忙碌与繁华，静静地入睡了。绵绵秋雨在天地之间淅淅沥沥，弹奏着长安秋夜曲，除了九街通衢上巡逻的禁军走过偶尔留下几声喝令外，只有这位丽人今夜无眠，在没有约定的约定中心有灵犀，为远方的"良人"暗暗祈祷祝福。她相信那个让她牵挂的男人也在思念着她。但关山万重，蜀道难越，只有暗自期盼相会的日子早点到来。女子的凤眼明眸略含泪花，略带潮湿的夜风轻轻地拂过她的如云秀发以及包裹着苗条身材的绣衣。她期盼与情人相依于西窗之下，憧憬在夜深人静之时与爱人倾诉衷肠。说不完的相思，道不完的依恋，哪怕红烛已短，曙鸡已闻……然而，"何当共剪西窗烛，却话巴山夜雨时"。佳期如梦，彩云难归，美好的期盼毕竟只是幻想。今夜，有情人只能分别在千里之遥的秦岭、巴山南北，一个凭栏北顾，思念如绵绵秋雨；一个倚窗南眺，望穿秋水，与潇潇夜雨相伴。隔千里夜空对话，在梦中相拥剪烛，夫唱妻随，唱和这眷恋千年、感动无数人的绝唱。这就是唐人的爱情，这就是最具情感美学的古典爱之梦。

中国古代的爱情诗，表现出相当明显的性别角色不平衡性。诗歌的写作主体大致以女性角色与口吻为主，而抒情对象则以男性居多。这似乎与男性大多在外征战、入幕、科举、游历，而女子则总是在家纺织、教子、赡养老人的分工不同相关。因此，夜深人静、独守空房时，惦念、盼望丈夫早日归来团圆合欢，是再自然不过的事了。古代女性的情感表达方式总体而言是含蓄、温婉、羞涩的，这从我国最古老的诗歌总集《诗经》和汉代乐府诗中大量爱情诗歌中可得到证实。中国文学史上还有一个特殊现象是许多"思妇""闺怨"诗实则出自男性之手，所谓替女子"代拟"，竟然同样写得细腻委婉，如泣如诉，悲伤感人。有意思的是，还有一部分"妇怨"诗其实是醉翁之意不在酒，每朝每代总有一些士大夫以"思妇""臣妾"自喻，曲折表达自己怀才不遇，一片忠心无从送达，以求皇上赐恩重用，这已经不属于爱情诗歌要讨论的范畴了。《夜雨寄北》的作者李商隐无疑是一个感情丰富深沉、性格温柔，有浓厚书卷气，怜悯关爱女性的男人。尽管仕途颇为坎坷多难，尽管因婚娶不幸卷入了"牛李党争"的上层斗争而饱受非议，被折腾得几乎走投无路，但在感情生活与文学创作上却丰收满满，不仅两任妻子皆出身簪缨高门之家，美丽多情，爱之忠贞不渝，而且他也因此成为描写男女细腻微妙感情生活的第一高手。发轫于李商隐的晚唐"无题"诗，缠绵悱恻，耐人寻味，意境甚美却难得其解，在中国文学史上别树一帜，其流风余韵甚至一直影响到 20 世纪七八十年代的舒婷、北岛这一代诗人。晚清俞陛云（俞樾之孙，当代红学家俞平伯之父）在《诗境浅说》里点评《夜雨寄北》说："清空如话，一气循环，绝句中最为擅胜。诗本寄友，如闻娓娓清谈，深情弥见。"而乾隆年间诗人桂馥对《夜雨寄北》的评价则更是入木三分："眼前景反作后日怀想，此意更深。"被誉为现代文学史上"章回小说大家"的张恨水也写过一部叫作《巴山夜雨》的长篇小说，通过主人公李南泉一家在抗日战争期间的命运跌宕变迁，展现了一幅 20 世纪三四十年代川东乡村贫穷、苦难的生活画卷。比起这位蝴蝶鸳鸯派大师诸多言情小说来，这部小说并非名著，至今鲜有人知，但作家既然给小说冠名以《巴山夜雨》，也足见张恨水对义山诗的喜爱。台湾文学史家赵孝萱女士看重此书，称该书是张恨水最重要的代表作，也是他一生中的巅峰之作。这虽然为一家之言，但也包含对其书名的认可。而从诗歌语言艺术等方面探讨《夜雨寄北》的论文，仅仅从"知网"上检索，自 1986 年迄今就多达百篇以上，这都说明李商隐《夜雨寄北》

这首七绝诗的无穷魅力及其对不同时代的绵延影响。

当年初读这首诗时觉得很特别，有一种说不出的美妙，但也曾对这首短短四句七绝诗为什么会两次出现"巴山夜雨"而感到困惑，须知古人在同一首诗中一般是会避免同一字词重复的，难道擅长诗赋、精通格律的诗人李商隐不懂这一常识吗？后来才意识到问题可能并非如此简单。短短四句诗，两次出现同一词组，一再突出"巴山夜雨"的意象，必然有作者独特的感受与特殊的寄托，或许是对某个美丽女子，对晚唐某一个秋夜特别难以忘怀吧。只是"巴山夜雨"这一美丽温润的意象在后世的文学史上多次出现，用以表达转意于不同的时代背景与心灵诉求，这大概是诗人始料不及的。

而对于我来说，或许是冥冥中命运注定，我半生的求学、执教之地竟然均与这首诗所涉地域相关。故乡地处秦岭大巴山之间，嘉陵江从汉中西北边缘蜿蜒流过，进入四川广元后南下，经过阆中、南充、合川、北碚至重庆朝天门，最后汇入长江。汉江南岸的南郑地近巴山，山民多操浓重川音，风俗、气候、物产更与四川无异，说自己是个巴山人也庶几可通。无论是读博士时负笈于西蜀，还是后来谋生执教于重庆，参加最多的学术活动是有关巴蜀的学术会议。前年，地处达州的四川文理学院聘我为巴文化研究院特聘研究员及《巴文化研究》学术辑刊编委，曾经在领导陪同下专程去城北凤凰山拜谒元稹纪念馆，表达对这位贬谪巴地通州诗人的崇敬。当晚给该校师生所作的学术报告题目是《秦巴山地的历史文化资源及其开发》，近十年来主持的国家社科基金项目也分别是有关嘉陵江流域与蜀道文献的课题，也不知道还需要多少次深入秦岭、大巴山地实地考察，可以说多年以来一直与大巴山有难解难分的命运之缘。十几年前来到地处重庆北碚的西南大学执教，很快发现这里的"夜雨"气候现象非常明显，经常晚上入睡前会无意间听到窗外雨落树叶簌簌声，若有若无，时疏时紧，如春蚕食叶，如平沙落雁，如呢喃絮语，绝不喧哗，绝不张扬，却每每不期而至，恰好是那种"随风潜入夜，润物细无声"的美妙。于是，一天的紧张与艰辛也就随之而去，伴随着这奇妙的"巴山夜雨"不知不觉地进入了梦乡。

学校所在地北碚不远处嘉陵江畔有一座闻名遐迩的缙云山，山上植被茂密，古树参天，佛寺与道观并存，春秋两季常常云蒸雾罩，加上空气新鲜，山深林幽，成为远近有名的旅游胜地。北碚古代属于巴县地界，因而缙云山在古代舆地文献中也曾经被称为"巴山"。当地电视台不作深究，把《夜雨寄北》"移植"到了北碚，竟说唐朝李商隐这首名篇写的就是缙云山。每晚电视节目结束前还不忘配上不知哪个画家画的"巴山夜雨图"，再以美术字幕打出《夜雨寄北》诗作为"道别语"。业内人一看便知是一种让人忍俊不禁的牵强附会，不知他们有何依据，也不知这一说法始于何人、何时。我初来北碚就发现这一问题，几次想致电电视台纠正，最后都苦笑着作罢。毕竟电视节目并非严谨的学术考证，况且他们这样做想表达的无非是一种人文情怀，一种借名人名诗提高本土知名度的良苦希冀，何必非要义正辞严地去纠正呢。

往事越千年，现代化使得我们与古典时代、古典情愫愈加遥远，甚至令人产生一种"风流总被雨打风吹去"的悲哀。如今国人精通琴棋书画、诗词歌赋者可谓寥若晨星，大学师生在古典文学和艺术修养方面与晚清民国时期的知识分子相比也无法同日而语。而承载着中国古代爱情诗最高美学意境的《夜雨寄北》，虽然现在仍然被各种唐诗选本选入，但毋庸置疑，真正的欣赏者或者说被感化者很少。今天，有多少青年人谈恋爱时会去真正体悟这首诗的情感表达与爱情美学？我们的古代文学经典只是被少数教授、学者津津乐道，仅仅是象牙塔里被研究的学问，而渐渐疏离于广大社会人士，这难道不应该引起学者们的注意与反思吗？更严重的是，如果普罗大众与古典的精神和文化彻底割裂、隔绝，那么产生的问题就不仅仅是文学危机了。

复兴中华文化不是一句空话，真正的"复兴"首先应该唤起国人的人文情怀。二十几年前，我曾在一家报纸上发表文章，题目为《留下一点古典》，呼吁人们像保护大熊猫、朱鹮一样在飞速发展的当代社会留住一些传统的美好东西，包括有形的物质遗产与无形的精神遗产。让人不无悲哀的是，"去古典化"在有些人那里似乎已经习以为常了。

或许，多少年以后，我们这一时代也变成了"古典"，那么留给后世的精神遗产又会是什么呢？

（2019年9月16日于北碚雨夜）

致敬古典

读唐诗宋词，每每听古曲《高山流水》《阳关三叠》，都为之感动与陶醉，有时甚至会情不自禁流下热泪。不仅感动于古人那些工丽绝佳的诗句，更为其圣洁而醇美的意境与深厚的友情所深深吸引。这时，你会不知不觉地渐入早已远去的古典意境，去领略那个遥远年代曾经的繁华与美好。不过，毕竟那是古典的世界，曲终静思，回到现实真境，总有一种莫名的失落与淡淡的忧伤。在今天这个被流光溢彩的市场喧嚣和钢筋水泥城市包围的时代，还会有多少人去领略去眷顾那份古典的情愫呢？

然而，古典之于我们，始终是一份牵挂、一份眷恋、一炷心香，正如每一个人回忆自己的童年总会油然涌上几份温馨与怀念一样。且不说古典时代那些伟人圣贤的政治智慧与伟大的哲学思想，就是那些古典时代迎来送往、悲欢离合的日常人情，岁时节庆的生活景致，甚至古典时代的小桥流水、春江月夜、乡间炊烟也足以使人留恋。那些蕴含在古代诗词、笔记、小说里的友情、爱情、亲情，有时会令人神往，也会让人禁不住发思古之幽情。"桂棹兮兰桨，击空明兮溯流光；渺渺兮予怀，望美人兮天一方。"当年东坡先生在赤壁那个绝妙月夜发出的浩叹，抒发的岂是个人的惆怅，分明唱出了人们对历史、对美好企盼的心声。虽不能至，然心向往之，正是我们对已经逝去岁月中那些美好事物与精神的应有态度。

"劝君更尽一杯酒，西出阳关无故人。"梦回大唐，在遥远而漫长的丝路馆驿里，驿外黄沙漫漫，驿途迢迢，王维手中缓缓举起的那杯酒，却慰藉过许多征人的别离和相思。也许有了友人的这杯无价的酒，才会有"无数铃声遥过碛，应驮白练到安西"这样丝绸之路上盛大情景的写意。每次读王维此诗，仿佛总能看见这位诗与画兼长的大唐天才诗人幽默而真诚的微笑，及其送友人远行而去的忧郁目光。迢迢人生旅途，漫漫生存求进生涯，充斥着多少艰辛与险恶！唯愿友人一路平安，归来再举樽邀约，对酒歌吟，长话别离，这才是男人之间的真诚友情，才是看似平淡实则真切的情谊！从《送元二使安西》到几十年前那部《戴手铐的旅客》电影中难忘的歌曲《驼铃》，我们依然能够品味到这古典之酒的醇香，依然让人为之温馨与坚定："送战友，踏征程，默默无语两眼泪，耳边响起驼铃……战友啊战友，亲爱的弟兄，当心夜半北风寒，一路多保重。"有了志同道合的战友这样的叮嘱与馈赠，即使在再遥远的征程中、再荒凉的大漠中也不会感到寂寞与孤单。有如寒冬暖阳高悬，有如美酒在肚，虽然朔风凛冽，心中却是暖暖的。

男人之间并非全都是同性相斥和围绕权力的明争暗斗。翻开中国古代诗歌长卷，士大夫之间的友情酬唱比比皆是，其中不乏充满真挚关怀的佳话。比如李白与杜甫，比如白居易与元稹，比如柳宗元与刘禹锡，比如韩愈与欧阳瞻，一直到清代的纳兰容若、顾梁汾与吴汉槎，他们之间至真至诚甚至生死相依的友情佳话至今仍然让人为之动容。

友谊是温馨的，然而又必须是平等的。只有各有才学、各有特色、各有建树，相互之间才会相互推崇、互为知音。试想，李与杜、元与白、柳与刘，谁不是才高八斗、各领风骚呢？对于唐代诗人而言，在险恶复杂、明枪暗箭防不胜防的官场中，大多数诗人始则竭力跻身其中，中则迷惑困顿，终则捂着累累伤痕黯然逃出，只有从诗人同行间的关怀、鼓励中才能获得慰藉。否则，怎么会有李白流贬夜郎让杜甫忧心如焚，甚至喊出了"不见李生久，佯狂真可哀。世人皆欲杀，吾意独怜才"这样不无极端的惊人之语，情真意切，惊世骇俗。实际上自从天宝四年在兖州分别后，李、杜二人已经有十五年未见面了。此时杜甫流寓成都，惊悉李白因永王李璘事件受到牵连，被朝廷流放夜郎，甚为关切，因焦虑而作诗怀念。而白居易与元稹，则是生死之交。白居易被贬偏远湿蒸的江州寓所（今江西九江），元稹寄诗关怀；元稹被贬巴南烟瘴之地通州，白居易同样给予了极大的关怀，甚至两人心心相印到同一夜作同一梦。元稹赴东川公差，老白度日如年："花时同醉破春愁，醉折花枝作酒筹。忽忆故人天际去，计程今日到梁州"；同样，白居易与同僚游大慈恩寺与曲江，同一天远在梁州（今陕西汉中）的元稹居然晚上梦见他们："梦君同绕曲江头，也向慈恩院院游。亭吏呼人排去马，所惊身在古梁州。"两个男人的友谊到了这一地步，谁也无法否定。宋代欧阳修曾作《朋党论》，强调交朋结友的原则，真正的朋友应该以"义"为重，即志同道合，道路合者方相为谋，方可为友。

祖国的古典音乐是世界音乐史上的瑰宝，有其独特的风格与永恒的魅力。20世纪80年代初的一个秋天，我从汉中去西安上大学，整整一夜都站立在挤得水泄不通的绿皮火车上，列车大部分时间在秦岭隧道和嘉陵江峡谷里穿行，车窗外黑黢黢一片，几乎什么也看不见，车厢内则拥挤、闷热，旅程的艰难现在已经很难再去想象。天亮时列车快到咸阳了，我像沙丁鱼一样挤在人群中，头晕脑胀，几乎难以坚持。这时，列车上突然一首音乐响起，宛如仙乐，让我疲惫顿消。凝神静听，乐曲是那么美妙、那么动听，真是"此曲只应天上有，人间能得几回闻"！只是不知什么曲名。也恰好在这个时候，终于有了座位，尽管快要到达终点，我仍然感到十分幸运。坐在旁边的一位两鬓霜染的老人喃喃自语：啊，《渔舟唱晚》好多年没有听过了！这是我第一次听到琵琶弹奏曲《渔舟唱晚》，从此竟执着地喜欢上了中国古典名曲。大学毕业后有了工资收入，我陆续购买了《阳关三叠》《梅花三弄》《夕阳箫鼓》《汉宫秋月》《阳春白雪》《渔樵问答》《胡笳十八拍》《广陵散》《平沙落雁》等磁带。以后每当身心疲惫或者遇到挫折心情沮丧的时候，我便打开录音机静静地听上一曲古乐，阴郁的心境就会因之云开雾散，一切世俗烦恼也就渐渐淡化，悄然随风而去……去年春天在海南大学参加苏东坡研讨会，会议宴会间安排文艺表演。一位表演琵琶演奏的女士，据说是一位海南师范大学音乐学院的退休教师，穿着汉服，婀娜多姿，微笑颔首后坐下来，双手似乎随意弹了两下，一段美妙的古典旋律即飘逸而出，似如暗香浮动，美妙的旋律弥漫在大厅，与会代表无不肃然起敬。这情景不正是白香山先生"转轴拨弦三两声，未成曲调先有情"的意境再现吗？长达五分钟的《渔舟唱晚》演奏，大厅静谧肃穆，听众似乎都被深深感染，沉浸在古典音乐无穷的美妙之中⋯⋯

古典艺术的魅力还表现在传统书法上。中国古代书法是古代文化与艺术审美的高度结合，是难以超越的丰碑，因为它的风骨、形体、神韵都是独一无二的。任何人要想写好字，必须从模仿、师承古人的帖子开始。我自己也曾经多次面对王羲之的《兰亭序》发呆、入迷，尽管今天看到的只是大量复制的临摹本；也曾经多少次临摹甚至影格涂描，却终难达到神似。唐代真是书法家们大展身手的时代，虞世南、褚遂良、欧阳询、柳公权、颜真卿⋯⋯大唐帝国时代的书法大行其道且大多流传后世。唐人善书法固然与科举取士以及唐太宗、武则天等皇帝的嗜好有关，所谓"上有所好，下必甚焉"，但更多的还是一种时代风尚。唐人重墨翰，喜书法，唐代书法名家辈出，促成了中国书法史上的鼎盛。在唐朝，选官重"书判"，即要考察你的字写得如何。如果某人诗赋与策论都不错，但字的书写蹩脚，那么对不起，照样让你出局。但我更愿意相信，那么多潇洒飘扬、各领风骚的书法，或大气磅礴、剑拔弩张如柳公权，或雍容华贵、正义庄严如颜真卿，还有汪洋恣肆、酣畅淋漓的草书如怀素，不正是大唐帝国任侠豪迈、扬眉吐气的时代韵律在书法风格上的折射吗？在一大批古代令人肃然起敬的书法家中，我最敬仰的还是宋代百科全书式的大家苏东坡了。东坡先生的魅力首先是其人格的卓越高尚、性情的旷达超脱，当然还有其"全才"的亘古罕见。书如其人，书法折射出的同样是一个人的内涵、修养甚至气质、意志、性格。因为东坡先生伟大的人格与巨大的文化成就，人们对他的书法之关注与喜爱自然顺理成章。当然他的书法并不是与生俱来的，而是其勤学苦练的结果。他曾经幽默地说："笔成冢，墨成池，不及羲之即献之；笔秃千管，墨磨万锭，不作张芝作索靖。"虽言古人，何尝不是自我"功夫"的写照？苏东坡的书法特点在于酣畅笔墨中追求天真平淡与古拙，不刻意雕琢，不计较点画位置，不在乎肥瘦得失，情之所至，笔墨赋形。他说："短长肥瘠各有态，玉环飞燕谁敢憎？"苏轼的书法点画肥厚、气韵连贯、任情率意，极富笔墨情趣，书卷之气充盈其间，有强烈的个性色彩。幸运的是，今天我们依然能够近距离地欣赏他的不朽作品《黄州寒食诗帖》《归去来兮辞》《新岁展庆帖》《前赤壁赋》之真迹。关于东坡的书法之美妙，还是其终生的崇拜者、苏门四学士之一的书法名家黄庭坚说得到位："东坡书如华岳三峰，卓立参昂，虽造物之锤炼，不自知其妙也。"

"古人不见今时月，今月曾经照古人。"古典美是永恒的，也是相对的。随着岁月的流逝，我们曾经熟悉的古代会更加遥远，现代也会成为渐渐老去的古代，就像一簇美丽的星云愈飘愈远。然而，并非所有昔日的事物都美好无瑕，都能被称为"古典"，正如一个时代结束，只有极少数人会载入史册一样，绝大多数人会成为匆匆过客，很快化为尘埃，烟消云散于无形。只是大凡能够被称为古典的东西，总是经过了岁月的过滤与选择，淘汰了大量平庸与糟粕才遗留下来的精华，因而总有其特有的魅力。哪怕只是一首残诗，一片破碎青花瓷，一两声夕阳渔舟唱晚的桨声欸乃，都会让你顿然脱俗，那是永远不可复制的美妙！只要你用心地去欣赏、去凝神思考，就会让我们在不无沉闷与平庸的日常中少些油腻，多点清新⋯⋯

（2019 年 7 月 15 日初稿，2020 年 4 月修改于嘉陵江畔）

布衣伟人

——纪念卢作孚先生

　　来北碚执教十几年，在这个嘉陵江重镇时常能够感受到民国时期人物卢作孚的巨大影响。居住的小区后门外深巷对面有一游人稀少的山坡园林，平时大多时候被一个陈旧的铁栅门锁着，小园林里数十棵参天大树遮荫下是由几十间陈旧平房组成的院落，曾经做过多年的重庆自然博物馆。后来博物馆移址新建，这里就渐渐冷落了下来。别小看这个貌不惊人的小小园林，它还是抗战前后中国西部科学院的旧址，曾经有不少后来成为新中国科技与学术骨干的民族精英与著名学者在这里奠基起步，开始了科学研究的航程，而其缔造者正是卢作孚先生。近年不断有研究民国与抗战史的学者、研究生前来探询、瞻仰。北碚区中心有一块树荫遮天、曲径通幽的休闲之处叫北碚公园，是北碚居民休闲的佳地，也为当年卢作孚所创建，至今仍然造福于一方。我所供职的西南大学分别有学术机构"卢作孚研究中心"与"中国乡村建设研究院"，同样是为研究卢作孚而设立的。这一切都昭示着一个并不久远的历史人物与这座城市的关系。

我曾经多次端详卢作孚遗像而暗自思索，这位相貌儒雅，甚至看起来有些文弱的男人，是怎样的禀赋让他由一个合川小职员成长为一代民国历史的精英，是怎样的时代浪潮使他从一个小小江巴璧合四县峡防团务局局长一跃成为著名爱国实业家，在抗日战争中带领一家族企业毅然担当起民族救亡与复兴的重任，并且奇迹般完成几乎不可能的宜昌大撤退？是什么强大的精神，让他具备如此悲天悯人的情怀？又是什么原因在他甫入中年、年富力强之时做出如此人生抉择，将自己曾经承载民族苦难的生命之船永远抛锚在那个寒冷的早春？

卢作孚离去已经近 70 年了，虽然历史的风帆将他那个时代愈推愈远，成为一团渐行渐远的模糊"星云"。但无论怎样时过境迁，真正的圣贤精神是永不过时的，因而今天愈发引人怀念。前几天重庆一家晚报编辑来电话说，为配合在重庆纪念晏阳初、梁漱溟、卢作孚三大中国乡村建设先驱的学术周活动，希望我能够写一篇纪念卢作孚的"非论文"性随笔，这让我难以平静，也让我犯难。说实话，我的专业并非民国抗战史，虽然对卢作孚的景仰无须多说，但要真实用笔再现这位伟大的民族实业家、教育家的一生，特别是要刻画他平凡而又伟大的形象，写出他最可贵的思想品质与精神风貌，并非易事。那应该是长篇历史传记作家或历史小说家的事，以一篇区区千字的散文来写这位曾经为中国乡村教育与抗日战争作出巨大贡献的前辈，真有些千言万语不知从何说起的犯难。可是，多年对卢先生的崇敬与感悟难以抑制，终于还是笨拙地动起笔来。

你可能很难想象，在 80 多年前中国偏僻的西南之地，在广大乡村仍然沉睡在千年定式的"穷、陋、散、脏"蒙昧长夜的时候，这里竟然会诞生一位具有世界影响的贤者和智者，办学校、设报馆，修铁路、开煤矿、修博物馆、电影院，建平民公园与温泉浴场，而且大多免费向公众开放，甚至率先在全国创办民营科学院，招徕流亡的科学文化精英来此创业，直至把一个曾经土匪出没、民不聊生的偏远北碚打造成一个迅速跨进现代文明、人文荟萃之地。

实际上何尝是小小的北碚，近年来在国内多次举办的民国乡村建设、抗战大后方、民国教育等学术会议上，卢作孚的名字与事迹愈来愈多地被提到。历史毕竟不会遗忘对吾国吾民有杰出奉献的人，一个曾经伟大却始终以布衣形象出现的贤者，一个曾经在民族危难中舍生忘死殚力担当的民族企业家，一个正值人生盛年值万人景仰之际却在巨大时代变局中倏然消逝的民国星座。今天，卢作孚的意义已经超越一个民国抗战人物的特定含义，在某种程度上已经成为古老儒家圣贤文化在中国山河破碎、风雨如晦年代的一个符号。

每个时代都会有每个时代特有的局势与社会现状。同样，每个时代也会涌现出这个时代的民族精英与风云人物。20世纪前半期，我们古老的祖国先后经历了义和团运动、辛亥革命、五四运动、北伐战争、土地革命战争、抗日战争、解放战争等，其中的任何一次都是中华历史上的"重大事件"，都深刻地冲击着中国古老的社会结构和无数士庶家庭，卢作孚的悄然出现或许会为这一历史时期增添新的注解。

无论是对蕞尔之地的合川、北碚，抑或是对20世纪的中国，卢作孚的出现都是一个奇迹。卢作孚出身于小商贩之家庭，做过乡村小学教师，这在当时是再平凡如常、平庸不过的普通人"出身"。他没有辉煌的先世与显赫家族，却有异乎常人的禀赋，幼年家境贫寒，辍学后自学成才。他甚至独自编著多本中小学教材，其中竟然有诸如《几何》《代数》这样的类似于西方儿童科学启蒙读物的教材。

卢作孚于国于民的贡献多不胜举，但最不能忘记的是被晏阳初称为中国的"敦刻尔克"宜昌大撤退。中国的抗日战争史永远铭记这样的时刻，1938年10月至11月那刻不容缓、惊心动魄的宜昌大撤退，现在被学者比喻为"中国的敦刻尔克大撤退"。二战中，英法的敦刻尔克大撤退是纯粹的军事撤退，尽管天空中有德国飞机轰炸，后有追兵迫近，但毕竟英法盟军还是荷枪实弹，保存着相当的实力。而当时中国的宜昌大撤退却只能有一种选择，这里积压的大量来自东部沿海发达地区的现代工业设备，是中国民族资本的家底。特别是从汉阳搬运而来的制造武器弹药的机床，那可是中国抗击日本侵略者最后的"物质基础"，更何况还有成千上万从东部流亡而来的难民，高贵贫贱，形形色色，全部困于这个不大的江城，等待入峡前往重庆。宜昌大撤退的情况相比于法国敦刻尔克，实际上更为复杂和令人焦虑。

1938年10月，武汉三镇已经失守，宜昌正处于严重拥塞、混乱之中。刘重来教授在《卢作孚与宜昌大撤退》一文中写道："从上海、南京、南通、苏州、无锡、常州、武汉等地匆忙撤出来的工厂企业、机关、学校的各类人员、物资都拥塞在这里，宜昌沿长江两岸堆满了待运的机器设备。由于撤退仓促，不少机器设备来不及捆扎装箱，都敞露散乱堆在地上。而从全国各地逃难来到宜昌的难民，已达3

万人之多，其中有不少科学家、艺术家、教师、工程师、医生、企业家及公务员等。一时间，宜昌成了荟萃全国知识界精英的'人力库'。从各地逃难来的1000多名难童也滞留宜昌。当时的宜昌，只是个城区仅2平方公里的小城，一下涌来这么多人，所有的房屋都挤满了人，不少人只能露宿街头。"更何况还有日寇的飞机常常乌云般飞临，并狂轰滥炸，情景之危急我们不难想象。卢作孚硬是以超人的智慧和毅力力挽狂澜，奋战整整四十个日日夜夜，指挥完成了这场空前绝后的"宜昌大撤退"的任务。1943年，卢作孚回忆这段难忘经历时仍然激动不已，在《一桩惨淡经营的事业——民生实业公司》中写道："四十天内，人员早已运完，器材运出三分之二。原来南北两岸各码头遍地堆满器材，两个月后，不知道到哪里去了，两岸萧条，仅有若干零碎废铁抛在地面了。"近年出品的央视大型历史人物纪录片《记忆——卢作孚的1938》中说："西方的敦刻尔克大撤退是靠一个国家的力量、一个军事机构的指挥来完成的；而中国的宜昌大撤退，是由一个实业家指挥完成的，在中外战争史上，只此一例。"这一比较性评价甚为精当。

1949年4月，解放军渡江解放南京。此时的局势正如毛泽东所说，新中国如一轮朝阳即将"喷薄欲出"。而此时大量企业家、科学家、学者既憧憬，又忧虑，何去何从，实难选择。1949年6月，本来已经率领船队至香港的卢作孚几经观望，在彷徨中接受了周恩来的邀请并毅然回到内地，怀着对新中国的热切期冀参加了北京的第一届政协会议，准备在新中国继续致力于有益于国计民生的交通建设事业。他重新回到重庆，回到他当年起步创业的地方，重新经营起在抗日战争中为中华民族立下丰功伟绩的民生公司，满怀信心准备为新中国的社会主义建设发挥更大的作用。

卢作孚终于回来了，又回到生于斯、长于斯的重庆。他意气风发，雄心勃勃，准备为新中国的经济建设再创辉煌。卢作孚带头把民生公司交给了国家，率先实行了公私合营。

卢作孚作为一个从重庆乡村走向中国与世界的人，与那一时代许多"实业救国"者一样，心怀爱国赤诚之心，历经艰险，呕心沥血，经营有道，在经商事业上由几条小船发展成在长江上游拥有绝对优势的民生轮船公司，而且最终打破了外国轮船公司对长江营运的垄断。生逢乱世，却遇"乱"不乱，在捍卫民族命运的抗日战争中哪怕拼光家底，也要舍身为国，竭尽其能，终于坚持到了抗战的胜利。他创建的民生轮船公司及其经营理念，也为中国早期企业做出了表率。仅仅从这一意义来说，他足以名垂青史。经叔平先生评论说："民生公司和民生精神被认为是中国最早出现的企业文化建设卓有成效的典范。"厉以宁教授更是认为："卢作孚先生创立的民生公司，有理由被认定为本世纪 20 年代至 40 年代内企业文化建设卓有成效的一个范例。卢作孚先生是我国近代企业文化建设的最早倡导者之一。"

卢作孚始终温和朴素，始终以一布衣的良知与谦和从容为人处事，从不张扬，其衣着与模样始终像一乡村教师般的朴素无华。至于卢作孚的性情与品质，其实后人无须再作考证钩沉，当年国民政府中央机关的"人事档案"说得已经十分真切：卢作孚"性情温和，精明干练，学识平常，品行尚佳，做事勇于负责"。这种近乎档案用语式的评价看似朴实简略，却真实地记录了卢作孚的性格气质、能力才干、品行学识，特别是难能可贵的"担当"精神。正是这种以天下为己任的"担当"，使他走出了偏僻而闭塞的乡村，走向了实业救国的道路。走向了烽火连天的民族战场，走向了历史的永恒……

黄昏的风阵阵掠过温汤峡的谷口，碧波荡漾的嘉陵江依旧缓缓流过北碚这座著名的抗战之地。初夏的夕阳余晖给嘉陵江留下一抹略带古典的脉脉温情，一些穿着短衣短裤的少年在江边游嬉着，几个年轻的母亲带着孩子向远方指点着什么，处处呈现出一片安详闲适的景象。远处的缙云山上，万顷葱郁碧翠中狮子峰依旧凌空屹立，默默地俯瞰着脚下早已今非昔比的现代化北碚。那朴素而又突兀的狮子峰，多像伟岸而朴实无华的卢作孚先生。看到这些，不由得在心中默默吟诵：云山苍苍，江水泱泱。先生之风，山高水长。以范文正公《严先生祠堂记》中的名句敬献给卢先生，是再恰当不过的。

（2019年8月30日二稿修订）

吴宓，最后的背影

　　北碚冬日的风虽然不像北方关中平原那样寒冷凛冽，却依然有些寒气袭人。夕阳的余晖投射在西南大学文学院古色古香的砖木结构大楼上，不甘落寞的树木在静默中仿佛期待什么。曾经焚毁又重建的"雨僧楼"前两侧树木稀疏的花园旁边，引人注目的是两位历史文化名人颇有些沧桑感的青铜雕像，一位手夹纸烟，器宇轩昂，翘腿傲然端坐，倒是把"横眉冷对"的气质雕塑得活灵活现，一望便知是鲁迅；另外一位则身穿中式长衫，满目恭谦甚至略带寒酸，夹一书卷默默站立，仿佛仍然在苦苦期待重新走上讲台，后者无疑就是吴宓了。

　　20世纪中国的知识分子中，吴宓虽然不是最为耀眼的星座，但也不是随便可以淡忘的流星。且不说他是中国中西比较文学研究的开创者，是第一位用西方文艺理论研究《红楼梦》的开山学者，单就他作为清华国学研究院主任聘请梁启超、王国维、赵元任与陈寅恪四大导师入清华任教一事，就足见他身份地位与影响力了。吴宓跌宕起伏的人生、大智大慧却又若痴若愚的思想行为，可以说是中国 20 世纪知识分子的缩影。

吴宓早年和鲁迅有过争论。鲁迅在现代中国的文化史地位，与他在新文化运动中惊世骇俗的"匕首"小说《狂人日记》《阿Q正传》等横空出世、奠定其文学地位相关，这位以反传统面貌横空出世实际上后来又回归传统的作家，他所编纂的《唐宋传奇集》《中国小说史略》足以证明其国学功底也非同寻常。有人说吴宓 20 世纪 20 年代在创办南京《学衡》杂志时，受到过鲁迅的批判，实际上这种说法似是而非。《学衡》是新文化运动兴起后不久吴宓办的一个相对保守的刊物，吴、鲁二人一生并未有过交集，吴宓留学西洋，为美国哈佛大学哲学系白璧德教授的得意门生，回国却参与创办了《学衡》杂志。为什么一个喝足洋墨水，接受了西方近现代哲学、文学思想的青年学者回国后反而成为反对新文化运动的中坚呢？这一现象倒是值得深入探究。而其一生所受毁誉，也大都与主编《学衡》有关。实际上鲁迅对《学衡》这样的"逆流"小刊是不屑的，至于是否说过"批判"之类的话，则尚有争议。

迄今为止，吴宓仍然是西南大学历史上最为著名的人文学者泰斗。如果从 1950 年算起到 1977 年为止，吴宓在北碚的西南师范学院差不多度过了一生最后的 28 年。在这里，他曾经意气奋发，著书立说，设坛讲学。20 世纪 50 年代，因为形势不稳，知识分子经历一次又一次严峻的考验。尤其在"文化大革命"前十七年，吴宓虽然已经渐渐察觉到能够自由呼吸的日子愈来愈少，但毕竟还算有尊严地活着。特别是在绝大多数知名学者在劫难逃的反右斗争中，这位重庆数一数二的大牌教授，居然侥幸地逃脱了斗争，未能戴上右派的帽子，让很多人迷惑不解、不甘，这不能不说是一大奇迹。我们从《吴宓日记》可以发现，在风声鹤唳的1957年，吴宓并没有犯读书人最容易冲动的错误，面对不断鼓动的"阳谋"一直保持着惊人的冷静与睿智，很少出门，也很少在开会时发言。无论领导怎样鼓动，他始终没有公开发表议论，因而部署者、构陷者包括幸灾乐祸者最终快快而去，无可奈何。

　　1977年春，中国逐渐解冻、走向春天复苏的时候，油尽灯枯的老人反而在这个时候步履蹒跚地离开了北碚，在乍暖还寒的初春萧瑟中告别了给他带来无数苦难回忆的文化新村"亭子间"，由妹妹吴须曼陪同回到桑梓之地陕西泾阳。那一天，偌大的重庆大概没有一个人意识到，这一次从北碚、从西南师院离开的不是一个普通的老者，而是中国文化史上的一代巨擘——西南师范学院（西南大学）历史上大概不可能再有的旷世大师！然而，这时的吴宓就像是校园冬天里被寒风随意驱逐的一枚枯黄落叶，无论漂泊到哪里都没有人关注，自然也没有人同情与挽留。更有甚者，有人还把老人多年的诗稿窃走不还，不知诗稿今天是否还在人间。也很少有人知道他是怎样离开学校的，是否有人送行。所有这些我们只能从吴须曼的回忆中略窥一二。后来的学者看到这凄然的一幕可能会倍加遗憾，但对吴宓来说，后人的遗憾已经无济于事。离开栖身28年、带给他无数痛苦与迷惑的北碚西南师院，对他来说大概反而是一种遇到大赦般的侥幸与解脱。我也无法想象当这位世纪老人在孤寂的两天一夜，在从北碚驶往西安摇晃颠簸的绿皮火车硬座上是否流下过辛酸或者欣慰的泪水。

吴宓不仅在西南大学历史上是重量级前辈，而且是中国近现代文化史上一曲永难复制的悲歌。且不说他在20世纪前半期传奇的经历，他是旧中国时代士林的代表，曾经的他是那样风流倜傥、踌躇满志。在中国知识分子忧虑何去何从之际，吴宓却几经考虑选择留在大陆，并且毅然辞去国立武汉大学外文系主任职务，溯江西上来到偏僻的重庆北碚，来到当时很不起眼的私立勉仁文学院与相辉文法学院任教。也许他觉得，既然北碚在抗日烽火燃遍中华大半国土的时候都是一片诗书人、科研人的净土，或许也可以安身度过余生。这样的想法确实也曾短时间如愿过，从五十年代到六十年代"文化大革命"爆发十七年间，尽管吴宓过得愈来愈谨小慎微，但依然享受着不错的待遇。在西南师院，他是学校仅有的二级教授，一度早餐可以有牛奶、面包，可以执教西洋文学。甚至在1961年，还可以乘坐火车南下广州，去中山大学探望他一生最为崇敬的陈寅恪教授……

　　因为本人的专业方向的缘故，我对现代史上的人物留意不多，直至1993年才第一次听说吴宓的名字。那一年去西安参加会议，回归汉中时，咸阳方志办张世民先生托我带回借阅汉中师院的《吴宓诗集》并代为归还。这本发黄的民国商务版《吴宓诗集》恰好汉中师范学院图书馆有收藏。恕我孤陋寡闻，当时对吴宓几乎一无所知，翻了翻全是旧体诗，但其中夹杂着不少英、法外语词汇，使之与纯粹的"古典文献"相区别。几年后在陕西韩城参加司马行迁与《史记》研讨会期间，西安外语学院的黄世坦老师说起吴宓来十分激动，并且赠送我一本吴宓纪念文集，上面有不少都是当代学术大家如季羡林、李赋宁等人充满深情与感恩的回忆。印象深刻的有北京外国语大学李赋宁教授用英文写的回忆："如果说我或者我们这一代与吴宓有点什么关系，至多也就是同为陕西人，其他则无法比拟。"余生也晚，无从面谒吴先生，更无由亲炙。不过冥冥之中有缘的是，在先生离开北碚近三十年之后，我也来到当年的西南师范学院即现在的西南大学执教。西南大学校园中建有宓园，但在一旧式宿舍楼上，不专门寻找，很难知道在哪里。那一年我博士毕业一到"西师"，出于对这位文化巨人"老乡"的崇敬，就急忙寻访吴宓在学校的旧居和执教过的教学楼，曾在"雨僧楼"下久久徘徊，竭力想象晚年雨僧先生在"西师"的情景。

吴宓告别人世间已经整整41年，学校对他的纪念除了召开过几次研讨会、建过一个就地取材的"宓园"外，几乎没有什么纪念活动，他的故居一般人也很难找到。这位民国年间卓而不群的一代传奇士人，曾经是一位声名显赫的文化巨人，单凭他作为清华国学研究院山长聘请梁启超、王国维、陈寅恪、赵元任四大导师入座就已经足以列载史册，最后却在国人的记忆中渐行渐远，渐隐渐消，以至于当代青少年知之者甚少。我曾经不止一次地询问过学校的文科学生甚至"吴宓班"的学生是否知道吴雨僧？回答知道的甚少，大多是茫然摇头，甚至有个女孩子反问我："您说的是不是古代的一个和尚？"她的天真与茫然让我更加茫然。从20世纪中国知识分子史角度考察，吴宓是最不应该被忘记的人物。吴宓跌宕起伏的人生历程与命运遭际，实际上是20世纪中国知识分子的缩影与写照。

当然，最让人唏嘘不已的还有他终生不能梦圆的爱情。当年风流倜傥的他对风度优雅的毛彦文女士苦苦追求，而毛对他则没有感觉。据说在 20 世纪 40 年代的上海，毛彦文也曾一度有意接受吴宓的爱情，不料吴宓这一段时间却心不在焉，去了美国几个月，错过了最佳时机。结果机会稍纵即逝，也就再无机会。不过，从吴宓后半生漫长的几十年看，他的痴情是真诚而又辛酸凄楚的。

在重庆现代史上，20 世纪影响最大的两个历史人物不该被忘记，一个是卢作孚，另外一个无疑是吴宓，虽然他们都早已化入了历史的苍茫与永恒。曾与吴宓共事的百岁老人曹慕樊先生说过："吴先生的声誉是大学的名教授，论其平生的爱好倾向，则是诗人。"此可谓知人之论。是的，纵观吴宓一生，虽然他生命中的大部分岁月是教授，但其生性率真，实为诗人，而诗人的命运大多都是悲剧性的。

寻访仙人关

——赴徽县参加吴玠吴璘暨仙人关战役研讨会侧记

"铁马秋风何处寻？河池犹闻鼓角声。"走在徽县与略阳之间的嘉陵江边，你会不时与八百多年前那个悲壮的年代遭遇。徽县是徽成盆地甘肃陇南市南缘的一个县，与陕西汉中市的略阳县接壤，唐宋时称河池县，是关陇通往巴蜀的交通咽喉，地位显赫，也为古代兵家必争之地。这里有大量的宋金战争时代的古迹、地名，如河池、鱼关、仙人关、杀金坪、吴王台、吴王坟……出现于南宋抗金战争中的人物、地名、掌故、传说至今仍然频频出现在当地的公路路牌、乡村地名和口耳相传的民间故事之中。

徽、略之间的嘉陵江在南宋时是著名的战场，在这偏僻、狭隘的嘉陵江峡谷之地，整整 885 年前，这里发生过一场关系到南宋生死存亡的大战。一个个叱咤风云、威震敌胆的抗金英雄从鼓角争鸣、弩箭如雨中冲杀出来，将凶悍的金人铁骑阻击于峡谷险江，捍卫了南宋西北国门的安全，从而名垂青史。

实际上我对吴玠、吴璘这些人物及仙人关、虞关这些地名并不陌生，多年前在陕西师大历史系读书时，我就读过《中兴小记》《建炎以来系年要录》《三朝北盟会编》之类的书，对上述人物、地名已有大致印象。大三时，为完成一篇课程论文，我选择了南宋初年的宋金川陕战争题材，从学校图书馆借来南宋四川人李心传撰写的《建炎以来系年要录》研读。据讲宋史的杨德泉教授说，这是一本南宋史名著，也是记载南宋前期宋金战争最为详尽的编年史。但开始阅读时并没有多大兴趣，一是这本由民国年间商务印书馆印的书，字体很小，繁体竖排，且不分行，所谓标点就是画个圈圈在行间，读起来很不习惯；二是这书为编年体，全是当时南宋中央与地方某年某月军政人物及其事件的流水账，东一件西一则，不通读全书，很难对历史事件和人物形成完整的印象。但硬着头皮翻阅了几天，逐渐有了兴趣，渐渐入迷。《建炎以来系年要录》作为南宋高宗一朝三十六年最完整的编年史，史家的记载实在是太丰富细密了。北宋末年的"靖康之变"，来自东北森林草原的女真金人在很短时间包围并攻陷了大宋王朝的帝都汴京，徽、钦二帝及其赵宋皇室血脉几乎被一网打尽，唯有一个平时并无名气的徽宗第九子赵构因被派遣赴金营谈判途中让老将宗泽挽留军营中才幸免于难，成了金人的"漏网之鱼"。赵构在北宋残余将臣拥戴下于应天府（商丘）匆匆即位，重建宋祚，阴差阳错地当了"中兴"皇帝，于是历史上轰轰烈烈的南宋时代从此开端。是书详载南宋初期上至皇帝、宰相起居言行、仓皇南逃；中至各地纷纷而起的抗金武装，穿插不少《宋史》所失载的历史人物，如北宋末参加"海上之盟"的重要人物马政、马扩父子事迹；下到兵匪骚扰、地方叛乱……甚至书中还有女词人李清照丈夫赵明诚任官与病卒的记载。至于川陕一带宋金鏖战的记载则丰富而详细，书中还多次出现家乡汉中褒斜道、武休关、潭毒关、百牢关的地名，读来有一种亲切感与振奋感。我也正是从这本《建炎以来系年要录》中第一次知道吴玠、吴璘两位威震敌胆的抗金名将及其事迹。然而，这些毕竟都是书本印象，真正直接踏上这片英雄的热土，已经是三十多年以后的事了。

2019年夏天，甘肃徽县举办纪念吴玠、吴璘及仙人关战役学术研讨会，徽县政协向全国研究宋史的学者发出热情邀请。承蒙主办方厚爱，我也在被邀请的"重点学者"之列。来自全国各地的宋史学者相聚于徽县，纷纷走上讲坛，研讨交流，发表演说，析疑探赜，对吴玠、吴璘的抗金业绩特别是著名的仙人关战役进行多方面探讨，成为学术史上专题研究宋金川陕战场的一次盛会。实际上我并非第一次到徽县。2017年，也是在徽县举办茶马古道及青泥道学术研讨会，我就从重庆乘坐高铁至武都，由专车接至徽县与会，会后还为出版的论文集写了序言。不过那次会议主题是茶马古道，今年这次才真正是有关吴家军川陕抗金的专题学术会议。

仙人关在哪里？正史及舆地文献要么失载，要么没有确指，要么相互矛盾，歧义纷出。以前包括我在内的外地学者大多是说不清楚的。徽县境内有著名的青泥岭青泥古道，地处徽县与略阳之间，也就是唐代大诗人李白《蜀道难》中"青泥何盘盘，百步九折萦岩峦"的地方。据当地学者讲，青泥岭西南，沿嘉陵江东岸将近十余里之地，尽皆险绝山地，有三列山峰如仙人排列，鼻口须发清晰，衣带临风，疎秀毕现，且因下临峡谷急流，对峙如门，夹岸崇山峻岭相连，故名仙人关。仙人关一带沟壑纵横，地势险要。故建炎四年（1130年）和尚原之战后，经验丰富的宋将吴玠鉴于和尚原与后方路途遥远，后援难继，遂选择在仙人关重点设防，作为防御金人进攻的严防死守的防线；又于杀金坪后方修筑第二隘，以备不测，因之有了绍兴四年（1134年）著名的仙人关之役。

根据会议安排，学术研讨次日有一天实地考察。虽然已经是盛夏，但徽县连日小雨天气驱散了不少暑气。实地考察这天，凉风阵阵，加之又下起了毛毛雨，因而让人感到有一丝寒意。在徽县政协颇有文化情怀的张承荣主席以及地方史学者曹鹏雁、王义、蔡副全的热情引导下，我们乘坐大巴车去考察过去只在史书中出现的虞关、仙人关、杀金坪等古迹。

大巴车载着我们从徽县西边不远处开始上山，山路蜿蜒盘旋，铁山之上植被茂盛，凉风细雨一扫连日的炎热。比起前一天严肃的学术研讨，那天的气氛活泼多了。大家都感叹，如果没有当地向导指引，我们绝难找到仙人关战役一系列具体地理节点。一路上与中国人民大学包伟民教授、上海师范大学戴建国教授、北京大学赵冬梅教授、中山大学曹家齐教授等就南宋抗金战争史文献的记载作聊天式讨论，谈笑风生，时有争议。包伟民说前几年他曾经带领三个研究生包车从成都前来徽县考察仙人关，因不熟悉当地情况，只是沿着嘉陵江走了一段就匆匆返回，收获不大。这次却不同，有政府组织，有当地学者带路，穿越铁山腹地，现场考察，对川陕战场的历史地理"现场"才算有了真切感受。

大巴车停在铁山上的一个制高点上，领队让我们下车。山上云雾缭绕，湿气很重，不远处山间有一处镶嵌在红黄相间梯田中央的洼地，洼地东北、西南皆为高山。本土学者王义说，那应该就是杀金坪。因为仙人关防线分第一隘与第二隘，中间没有一片开阔地解释不通。大家举目望去，果然见到不远处有一方圆数公里的平坝，皆种上了玉米与果树，而平坝东、西则皆险绝悬崖对峙，符合史书文献记载的地形。

当天下午，考察完虞关与杀金坪，再穿越数个山垭，终于来到嘉陵江畔。但见江两岸悬崖高耸，林木葳蕤，山风阵阵，细雨纷飞，江流湍急，涛声如鼓。从山谷中蜿蜒而来的陕甘公路上，车辆几乎擦着悬崖缓缓驶过，因逼仄路面的另一侧就是河谷深切的嘉陵江，浑浊的江水打着旋涡向南边的略阳方向奔流而去。站在公路边一处高悬的"仙人关"路牌下面向江对岸望去，那边山体上有一处塌陷的悬崖，裸露出灰白的基岩，下面似乎有一段残存的城垛，向导说那就是传说中的"吴王城"。江对岸老阳安铁路之下本来还有一座安丙生祠碑，去年被人偷偷拉跑了。望着江对岸的"吴王城"遗址，我对此说法持怀疑态度。如此狭隘逼仄的绝地，作为赫赫川陕宋军吴玠的大本营可能性不大，更可能是一个阻击阵地或斥堠侦察哨所罢了。

无论如何，仙人关之役都是真正值得大书特书的重大战役，因为这是自南宋建国以来节节败退、步步屈辱的军事、政治劣势下取得的第一场扬眉吐气的大捷！公元1134年2月，金朝元帅完颜宗弼调集陕西经略使完颜杲部和投附金朝的伪齐四川招抚使刘夔等部，骑兵共 10 万余人，由凤翔经宝鸡、大散关，沿陈仓道南下，攻占南宋的凤州（今凤县北 20 里）、河池（今甘肃徽县）等地，进逼仙人关。驻守大将吴玠、吴璘兄弟诱敌深入，凭借险峻山峰、急湍河流，背水一战。战场上箭矢如雨，石炮轰鸣，终于以步制骑，击退了金军。此役最后，金军统帅完颜兀术带着残兵败将落荒而逃，相当一段时间不敢盲目进攻蜀口。据此，宋军终于保住了西北半壁江山。

宋金川陕战场是南宋前期的三大战区之一，它的形成上要追溯至建炎三年（1129 年）的宋金富平之战。当时，完颜娄室率领 10 万金兵来势汹汹，企图一举拿下陕西，进而侵占四川，从长江上游东下荆襄包抄南宋。而南宋方面也集中当时西部几乎所有兵力，总数超过金兵数，决定在关中平原展开大兵团决战，力争歼灭金兵于关陕，并以关陕为基地渐图恢复。然而，由于总指挥张浚系书生典军，志大才疏，加之所帅各部缺乏统一协调，结果战争打响后先小胜而后大败，最后兵败如山倒，以宋军惨败告终。此役成为南宋史上让人长久伤心、扼腕浩叹的痛点。富平之战更严重的后果是南宋甫一建国即丧失具有重要战略意义的关陕之地，从此南宋一代始终未能真正收复关中，恢复中原也就成为渐行渐远的苍凉之梦。

富平之战后，宋军残余退守关中平原西缘、秦岭入蜀咽喉的和尚原，重整旗鼓，勉强稳住阵脚。当时形势十分危急，时为低级军官的吴玠、吴璘兄弟，在驻防和尚原并组织和尚原反击战中显示了超人的胆略与军事才干。

从吴玠、吴璘到吴挺、吴拱，吴氏家族世将驻防蜀口仙人关一带长达60多年，牢牢把守着南宋西部国门。遗憾的是，名将世家的吴家最后竟然出了一个败家子。南宋开禧三年（1207年），吴璘之孙、驻防兴州的南宋四川宣抚副使吴曦个人野心膨胀，为得蜀王封号，竟然卖国求荣，举兴州（今陕西略阳）之地投降金人，顿时西部国门洞开，一时举国震惊，形势骤变，此乃历史上的"兴州之变"。好在曾经是吴曦下属的安丙、李好义等爱国义士很快诛杀吴曦，平定叛乱，方才转危为安。"兴州之变"平息后，南宋朝廷对参与叛变的吴氏家族进行严厉打击，甚至可能觉得兴州地名不吉利，有兴风作浪之嫌，改兴州为"沔州"，从此自吴玠、吴璘以赫赫功名兴盛起来的吴氏家族迅速走向衰亡，真可谓"君子之泽，三代而衰"。用现代流行语说，吴璘算是个"官三代"。当年二吴兄弟虽然英勇善战，军功卓越，甚得朝廷倚重，并给予了吴氏兄弟极高的荣誉，但吴氏疏于家庭教育，后代要么居功自傲，要么生活腐化，甚至吴曦叛降，终于将家族几代积累的功业与荣耀输了个精光，这一悲剧着实值得后世警策反思。

仙人关战役至今已经过去将近九百年了，当年的古战场早已冷寂，激烈鏖战的鼓角铮鸣已经杳然无闻，岁月的风雨沧桑早已洗尽了战争的血雨腥风，古战场遗址除了偶尔发现少许断剑锈簇外，并无多少遗留的证物，就连当年双方将士的累累白骨也少有发现，那段悲壮的历史似乎早已烟消云散。历史的感知需要历史知识作为前提，对一个没有读过这段历史的人来说，来到这里会浑然不觉，完全没有印象。而我们不同，走在今天的仙人关下，历史与现实像电影里的蒙太奇般在眼前不断切换、变幻。在现场，我竭力想把史书中的记载与现场地理相联系，自然有难言的激动与感慨。江山依旧，英雄远去，只有穿越峡谷而来的嘉陵江依旧滔滔南去，似乎永远诉说着曾经非凡的战争往事。山谷里偶然可见三五人家，农舍掩映，黍黄柳青，鸡鸣犬欢，炊烟袅袅。远处嘉陵江对岸，宝成铁路旧线时隐时现，而正在建设的高速公路的桥隧已显"半成品"，一片祥和与勃发景象。

今天看来，当年在仙人关交战的宋金双方主帅、主将，无论是吴玠、吴璘，还是完颜宗弼、撒离喝，他们作为攻守双方皆殚力死拼，出于军人天职各为其主而战，而且都表现得勇敢无畏，可谓成败无愧。今天我们研究仙人关之战，纪念吴玠、吴璘兄弟，已经无须仅仅去歌颂他们为赵宋王朝"武死战"的忠君精神，更无须再持"华夷之辩"之论去评论孰是孰非，倒是吴氏兄弟率领的吴家军面对近十倍于己的强敌重兵，没有恐惧，没有退却，泰山崩于前而面不改色，海啸于前而力挽狂澜的英雄主义精神值得永远赞美与景仰。

褒谷口之祭

——纪念褒谷石门石刻淹没五十周年

第一次知道褒谷口是在很多年前的一个夏天，上高中的最后一年我们去汉中河东店东侧一个机床厂"学工"。一个夏日晚饭后的黄昏，工厂里闷热无聊，我与两个同学便漫无目的地来到河东店镇街道上，而后来才知道河东店镇就坐落在古代的褒国遗址上。

河东店镇地处山谷口，夏日黄昏，这里十分凉快，晚风习习，流水潺潺。走过同是公路的街道，走上褒河大桥，无意间凭栏向北遥望峡谷深处，淡淡暮色中可以看见褒河东岸有一小瀑布静静流淌注入河中。再远一点，有一座巍峨的拦水大坝隐现于暮色渐浓的峡谷之中。目眺再远，神秘峡谷伸向无尽的秦岭深处。这时，一位同样在桥头乘凉的白发老者告诉我们，此地叫褒谷口，是褒河流出秦岭的出山口，很不寻常，发生过很多历史事件。尽管那时我对褒谷口的非凡历史几乎全然不知，但这个奇妙的黄昏竟然长存脑海，留下了数十年难以忘却的美妙回忆。也许冥冥之中与我后来几十年的职业结缘吧，后来上大学读的正是历史专业，毕业以后的职业又一直在从事历史教学，对汉中历史了解渐多。我惊讶地发现，原来小小的褒谷口竟然发生过那么多的历史往事，还被屡屡载入史册。

褒谷口位于汉中城北大约16公里的地方，系汉江支流褒河向南流出秦岭河谷的出口，也是唐宋时期著名的褒斜道的南端。褒谷口一带夏朝时即为褒国都城所在地，后来历史上大部分时间在此地设置行政县褒城县。一个城市的历史总是从传说开始，相传中国历史上著名美女褒姒的出生地就在谷口进去不远的褒姒镇，但褒国与褒姒的史料记载实在太少。女作家宁慧平的《褒姒》，居然能将一个遥远飘渺的传说以生花妙笔演绎成充满故事情节的长篇历史小说，我不由得惊叹作家的历史想象力。

褒谷是中国古代史的一个窗口，千百年来以悲情的神色目送过多少历史往事。三国蜀汉丞相诸葛亮星陨岐山，蜀军从褒斜道南撤汉中，魏延与杨仪的著名火拼即发生于此。可惜魏延一代赫赫名将没有壮烈战死于北伐曹魏的沙场，却在完全没有防备的仓促间倒在南郑城厚厚的城墙下，殒身于自己阵营设置的阴谋之中。

唐朝时褒谷口的交通与人气曾经繁盛一时，褒谷口临河平地建有天下闻名的褒城驿，元稹、薛能、郑谷等诗人皆有题咏，被晚唐诗人孙樵誉为"天下第一驿"。褒谷口还是南来北往诗人骚客凭吊怀古、抒发忧国忧民感慨的地方，留下了诸如沈佺期《夜宿七盘岭》这样千古传朗诵的名篇。南宋汉中是国家西北军事重镇，维系着西北战区的安危，利州路、兴元府主政官员多次在褒谷口督修山河堰水利工程，兴利除弊，灌溉良田，造福一方，迄今汉中市博物馆尚陈列有晏袤绍熙五年《山河堰落成记》这样被誉为宋代隶书第一的摩崖石刻。而同样是在南宋，在战争平息的暮春时节，褒谷口则是官员仕女访古踏青的绝佳去处。"凌晨走马过花村，先玩玉盆到石门。细想张良烧断处，岸前伫立欲销魂。"这首镌刻在褒谷口的宋人石刻诗作过去长期被误认为是北宋书画家文同的作品，近年经学术界考证，实为南宋长期驻节汉中的四川安抚使安丙的杰作。我曾经多次推敲品味此诗，不能释怀。看似朴素无华，却蕴意奥妙无穷。在南宋汉中这个宋金、宋蒙战争前哨的风口浪尖，居然还能有这样一个春暖花开、平静祥和的春天，不能不说是一历史奇迹了。写到这里，我又想起南宋吴泳所作的《汉中行》诗，其中开首几句也同样让人难忘："汉中在昔称梁州，墍腴壤沃人烟稠，稻畦连陂翠相属，花树绕屋香不收。年年二月春风尾，户户浇花压醨子。长裙阔袖低盖头，首饰金翘竟奢侈。"吴氏与安丙大致是同一时代人，诗作描写了南宋和平时期的汉中人烟稠密、稻谷飘香、花村烟树，尤其汉中女子竞相妆饰爱美的习俗，十分真实亲切。二诗有异曲同工之妙，更重要的是反映出了汉中先民享受自然、游乐休闲的天性。

　　宋以后的褒谷口仍有几度风云际会，无须赘述，但吴三桂曾经据此重创清军，1932年徐向前、许世友率领的红军曾经在这里击溃国民党守军，建立苏维埃政权，20世纪六七十年代国家在此地修建大型拦河大坝淹没石门，则是不能忘怀的大事。当年还曾经听说一个神奇的传说，褒谷山下深处压着一个冬眠的巨大神蛇。一旦神蛇苏醒，蠕动身子，就要发生大地震，褒河洪水惊涛骇浪，瞬间会淹没汉中城。当然，传说中的褒城地震并没有发生，真正发生的则是1976年震惊中外的唐山大地震和松潘、平武大地震。后者曾经涉及汉中，有强烈震感，一度让汉中人颇为担忧石门水库的安全。

在汉中工作时，我也曾经数次到过褒谷口和石门水库大坝，皆为参加蜀道与石门石刻学术会议随团队参观而来。我没有在人声谈笑中随大流匆匆走过，而是有意掉队留在参观队伍的最后。沐浴山谷的风和流散的岚，凭栏伫立眺望，峡谷中依稀有旌旗隐约闪现；侧耳凝神静听，仿佛有辚辚车马声渐行远去，追寻褒谷口的历史往事，不禁生发出"山川满目泪沾衣"的感叹。后来虽然远走他乡谋生求学与工作，但每当在研究课题中涉及历史上的褒斜道，凭栏眺望褒谷口的情景就会一次次浮现在眼前。

今年暑假返回故乡探亲，在一个雨后的中午，再次去了一趟褒谷口。小时候步行要多半天的河东店古镇，开越野车居然20多分钟就到了。泊车山下，独自一人向褒谷深处走去。山谷的风阵阵拂来，让人感到夏日少有的惬意。山上林涛哗哗作响，是在用一种最纯朴的方式笑迎游子回家。沿着河谷前行，偶尔崖壁与涵洞上依稀还能看见红油漆书写的备战备荒等特殊年代留下的口号。

走上钢筋混凝土石门水库大坝，山风似乎更大了，掠过七盘岭，掠过沉沉一湾碧水，荡起阵阵涟漪，仿佛哲人沉重的叹息和梦呓。大坝上游人稀少，偶尔有一两个维护大坝的工作人员例行公事般走过，表情漠然冷峻，就像褒河谷的黑色石头。对面山上新修的一长溜供游客观光旅游用的水泥栈道缠绕在半山坡上，看似豪华，却不免有些不伦不类。毕竟，当年七盘岭下真实的栈道连同她遗留的栈孔都已消失于茫茫烟水之中。我曾在汉中地方史专家郭荣章先生著作中读到过，知道大坝左侧前面不远处70余米深的水下，就是我国历史上著名的褒斜石门之所在。褒斜石门是我国历史上第一个人工挖掘的山体隧洞,隧洞内外镌刻有自汉魏至明清无数文人墨客留下的题名、题记、诗词,堪称我国书法史上的宝库,其中中国书法史上的瑰宝东汉《石门颂》、北魏《石门铭》就在其中。20世纪六七十年代备战备荒,国家要在褒谷口修建水库。当时汉中实行军管,在大坝选址时,地方当局负责人以石门属于"牛鬼蛇神"类为由,粗暴地拒绝了文化文物工作者将大坝基址上移百来米就可将石门保存下来的请求,硬是武断地将大坝基址定在石门隧洞以下数十米,这样石门淹没就成必然。不幸之中的万幸是,当时在汉中仍然有一批文物工作者冒险越级上书国家领导人,请求对石门摩崖石刻予以保护。当来自汉中的加急电报飞到周恩来总理案头时,周总理居然在百忙之中不忘关怀此事,特别电饬陕西省"革委会"领导人尽可能地保护搬迁。这样,虽然几年后大坝建成蓄水,褒斜石门注定长久地淹没在苍茫的深水之下,但毕竟在蓄水前把无价艺术瑰宝"石门十三品"历尽艰辛凿剥抢救出来,安置于古汉台博物馆。这一发生在偏远的西部小城汉中的事件,并不为多少国人所知,史书也不太可能记载,而且时过境迁数十年,今天知情者更是寥寥无几。但我常常想,假如当时没有这批舍身捍卫国宝的文物工作者勇敢无畏的义举,石门这座历史文化宝库蒙受的毁灭无疑将是灾难性的。因此,对这些文化先贤,我们今天无论怎样鞠躬感谢、无论怎样表彰奖励都不为过。如今四十多年已经过去,历史的是是非非早已尘埃落定。只是那在年复一年的泥沙淤积、深水之下的石门,现在还安好吗?

褒谷口非同寻常,还在于她是中国古代文学史上的一个窗口,历代诗人骚客在此留下了不同凡响的诗篇。特别是在大唐群星灿烂的文学星空，褒谷口无疑占据着亮丽的一角。

　　独游千里外，高卧七盘西。

　　晓月临窗近，天河入户低。

　　芳春平仲绿，清夜子规啼。

　　浮客空留听，褒城闻曙鸡。

　　初唐诗人沈佺期的《夜宿七盘岭》是唐代五言诗的代表，诗以精练的语言、工整的对仗，写出了诗人谪迁途中夜宿褒口山上的所见、所闻、所感。残夜将尽，曙光初现，黎明前的褒谷口是那样清幽和宁静。夜幕渐渐散去，远处汉中平原的碧绿原野已经隐隐显现，静静聆听，山下古褒城远远近近的雄鸡报晓此起彼伏，一幅多么动人的褒谷黎明图！沈佺期本是武则天时期的重臣，也是知名的宫廷诗人，与苏味道、宋之问等齐名。无奈伴君如伴虎，直言触犯龙颜，被女皇流放驩州（今越南北部）。《夜宿七盘岭》即写于押解流放途中的汉中。仔细品味此诗，除了有略微的苍凉感之外，并无多少凄凉哀婉格调，反而显得清新、恬淡闲适。莫非，是褒谷口悠久的历史和秀美的景色冲淡了诗人浓浓的哀伤和忧愁？

　　唐代行经梁州往来于秦蜀之间旅栈的诗人颇多，类似写出褒谷遥望汉中平原的诗歌并非沈佺期这一首，虽然意境各有不同，但地理感知大体相同。唐代诗人顾非熊有《行经褒城寄兴元姚从事》诗："往岁客龟城，同时听鹿鸣。君兼莲幕贵，我得桂枝荣。栈阁危初尽，褒川路忽平。心期一壶酒，静话别离情。"匆匆过境，大概使命在身，无暇游历，诗人在褒谷口寄诗兴元城的友人，心情是充满欣慰的。另一诗人雍陶也有《西归出斜谷》诗，抒发过褒谷口时的感受："行过险栈出褒斜，出尽平川似到家。万里客愁今日散，马前初见米囊花。"我们不难理解，履历秦蜀间的唐人连日在秦岭大山峡谷栈道上艰难踯躅，峰回路转，不见尽头。终于翻越七盘岭而至褒城，栈尽出深山，山下不远处汉川田畴沃野忽现眼前，愁云顿散，心情为之一喜。这都是只有亲身行经秦岭漫漫栈道经过褒谷时才有的独特行旅心态，否则绝对写不出如此真切的地理景观和内心感受。

记得十几年前曾写过一篇散文，题目叫《留住一点古典》，蒙友人厚爱，索去发表于《汉中日报》。写作目的无非是呼吁现代社会、现代人们像保护大熊猫、保护朱鹮、保护残存的古城墙那样为古典的情感、古典的审美留下一点空间。时过境迁，大概没有几人还记得这篇小文章，就是想找回这张报纸也已经很困难了。但在褒谷口，只要你稍微具备一些历史知识，就会激活尘封的古典情愫。我想褒谷口的月夜一定是美丽的，幻想古代诗人于山高月小的秋夜，在朦胧夜色中大山的剪影下，听褒河流水潺潺，遥望远处汉中城稀疏的灯火，或许又是另外一种凄清孤寂的感受。"落花人独立，微雨燕双飞。"独立苍茫，四顾八荒，方有思想纵横捭阖的自由空间和冷静思考宇宙与人生的可能。品尝唐诗中的褒城题咏，不由得生出另外一种人生况味。褒谷口固然是大自然鬼斧神工的杰作，但也是一个历经风雨沧桑的历史之窗。我想，褒谷口因秦岭、因褒河而生，而褒谷口储存保留的则是秦岭和汉中辉煌历史岁月的记忆，并且她还注定要记录现在和未来的记忆。

留存在我记忆中的褒谷口断断续续，以至于常常会在千里之外嘉陵江尾间的谋生地心驰神往，常常成为一种魂牵梦萦的眷恋。如果有可能，希望会再有一个美丽的夏日黄昏，独自漫步于老褒河桥头，凭栏遥望褒河峡谷，让想象随山风托举而去，沿着褒谷寻找唐宋诗人的点点踪迹，寻找刘禹锡笔下"云树褒中路，风烟汉上城。前旌转谷去，后骑踏桥声"的褒谷军旅画卷；或者在黎明前的宁静中站在七盘（现在称连城山）岭上，身披渐渐散去的山霭，听山下不远处村庄中隐隐传来雄鸡的报晓啼叫，在千年之后高度现代化、工业化的今天，再次体验当年曾经极大慰藉过孤旅唐代诗人"褒城闻曙鸡"的苍凉意境。此中的美妙自然非一般人所能感受。虽然这种感受可能会被讽为"小资情调"，但此中深沉隽秀的美学意境又有什么能够替代呢？

（2012 年完成初稿，2019 年秋定稿于重庆北碚嘉陵江畔）

永远的嘉陵江

嘉陵江系万里长江第二大支流，是中国历史上多次与国家重大政治、军事、经济、文化活动密切相关的南北流向大河，也是我大半生学习、工作的主要地理空间。故乡汉中盆地地处汉水上游，水文地理上也与嘉陵江流域存在交集。嘉陵江主干道即纵贯今日汉中市的略阳、宁强二县，而我所执教的西南大学又恰好位于嘉陵江下游的缙云山下，地貌学上著名的"嘉陵江小三峡"即近在咫尺。回想起来，孩提时的我即对这条从秦岭深处流出又向四川流去的大江充满好奇，在青年时去西安读大学、中年时去成都读博士时，经常在宝成铁路的绿皮火车上深情凝视穿越秦巴山地、隐现在群山峡谷中的蜿蜒河道。遗憾的是，火车大部分时间在群山隧道中穿行，而且大多是在夜间。嘉陵江宛如《诗经》中的汉水女神，其倩影往往在茫茫夜色中一闪而过，难睹真容。

——摘自作者所著《嘉陵江流域历史地理研究·后记》
科学出版社 2016 年版

江河是人类文明的摇篮，大凡世界文明古国的早期文明都起源于江河流域。人与江河相伴而行，正是江河哺育了人类的成长，孕育了人类的文明，无数代人在江河两岸繁衍劳作，生生息息，出现了国家，建立了制度，创造了文化，因而，对江河的依恋也就成了诸多民族神话的记忆与文学的母题。

对我而言，少年时代的嘉陵江是一条神秘的江，距离虽近，却陌生而遥远。青年时代的嘉陵江是一条英雄的江，在长期研读宋金、宋蒙战争的历史文献中，嘉陵江金戈铁马、吹角连营，英勇悲壮的一幕幕会不断闪现，悲凉的旋律常常从历史的深处隐约传来，我每每都会为那些为了捍卫国家疆土而殚力死战、喋血江边的英雄壮士而悲怆、感奋。今天的嘉陵江则是我的研究领域之一，但平时更多的是从学术研究的角度去考察与体味。

常常会回忆起那一年深秋去考察嘉陵江源的情景。2011 年 10 月，为完成教育部的一个科研课题，我带领研究生郭晓辉、高晓阳、陈蕊、郭会欣等去甘肃礼县西汉水考察，返回途中天色已晚，遂夜宿宝鸡。在宝鸡师院的老同学请我们一行吃饭间，我表示想去嘉陵江源头看看。大学同学石玉平教授自告奋勇说可以开车陪同我们一道去，我们师生一行自然十分高兴与感激。不料次日清晨，进山途中雾气很大，石玉平教授说如果雾再大些就无法去了，看不见道路会很危险。我们都暗自祈祷能够一路顺利。好在天公相助，进入山区、临近大散关时，大雾竟奇迹般地渐渐散了，我们不由得欢呼起来。石教授的车载着我们沿着盘山公路缓缓前进，山势渐险，林密沟深，嘉陵谷一片太古般的寂静。时在深秋，树木一片枯黄，在密密的森林中，不时发现横七竖八仆倒在地的古树干，散发出一种原始森林里才有的特殊气息。此时寒气逼人，气温差不多已经降至零度左右。

前面丛林渐密，不时有溪水漫过狭窄的山路。开过一段漫水路面后，我们弃车步行，终于看到不远处立有一块巨大石碑，上有几个红色油漆行书："嘉陵江源"。啊，嘉陵江的发源地终于到了，我们有些小激动！嘉陵江，这条穿越陕、甘、川、渝四省市、蜿蜒曲折千里，承载着无数自然奥秘与历史沧桑的大江，经陕西、甘肃再到四川，在川北广元昭化接纳白龙江后转而向南，流经苍溪、阆中、南部、南充、武胜，再从西南大学门前流过，直至重庆朝天门汇入长江。千里之行，始于足下，源头竟然就在这里！是的，也正是从这里，嘉陵江曲折迂回，开始了穿越秦岭、大巴山与四川盆地不屈不挠的千里历程。

学生们纷纷拍照，我观察四周，发现秦岭山上水源很丰富，嘉陵江源头不止一条溪流哗哗地歌唱着、跳跃着向南边的丛林跑去，奔向了她既定的前程。我们"嘉陵江历史地理综合研究"课题组进行田野考察已经辛苦奔波了多少次，这还是第一次来到嘉陵江的发源地。一条中国历史上承载着沧桑岁月与厚重回忆的大河，正是从这时里开始了她不平凡的生命历程。

寒气袭人，加之四山云雾渐起，不能久留，我们在"嘉陵江源"石碑前合影后即匆匆离开。返回宝鸡途中，我们在大散关遗址前又作了停留。这里现在成了从宝鸡进入秦岭旅游的入门处，修建了很有气势的关楼，门楼上书写着"大散关"几个隶书大字。关外有庙宇，香烟缭绕，但少有善男信女进出。大散关是古代由秦入蜀的咽喉，与蜀道上的武休关、剑门关、铁锁关、巴峪关一样，都是秦岭、大巴山间著名的险关。特别是在山河破碎的南宋，大散关更是南宋军民爱国抗战的英雄之关。宋高宗建炎、绍兴年间，吴玠、吴璘兄弟率领的宋军曾经在这里多次成功防御，一次次击败凶悍的女真金人铁骑的轮番进攻，挫败金人由陕入川、从长江上游东下灭宋的阴谋。南宋爱国诗人陆游《书愤》中有"楼船夜雪瓜洲渡，铁马秋风大散关"这样的名句，诗中的"大散关"正是指的这里。大散关的千年险峻一直保持到 20 世纪 50 年代，因要给正在修建的宝成铁路让路，炸掉一部分关隘，从此险关不再，大散关结束了她的历史使命，在夕阳中默立，显得残破而萧条，成为一处历史古迹。

嘉陵江沿途有不少鬼斧神工的自然奇迹。无论是从地质学、河流水文学还是从旅游地理学等角度考察，嘉陵江都是一个不可多得的地质史研究的标本。四川阆中是闻名全国的四大古城之一，又享有"太极风水城"的美誉，实则得益于嘉陵江的造化。嘉陵江从阆中北、西、南三面绕城而过，从山上俯视，阆中城酷似太极图案。更加神奇的是，嘉陵江流经南充青居镇时，由于地形与径流的作用，居然形成了几乎连成一圈的 359°大曲流。这里，嘉陵江流在镇东面的上码头折向西，再往南、北上，环绕 20 平方千米后，又回到镇西面的下码头，形成了 359°曲流。四川大学建筑与环境学院艾南山教授认为青居曲流封闭度大、发育完整，堪称世界地貌奇观，因而赋诗说"嘉陵曲流甲天下，青居曲流甲嘉陵"。在青居曲水乡，当地人家到青居镇赶场乘船顺流而下，大约小半天工夫就到镇上；赶完场，再从青居镇顺流而下，又返回曲水乡。之所以往返都是顺水，就是因为这个359°曲流的存在。所以当地还有一句俗话说，上码头到下码头，直接过河一袋烟，沿河走路要一天。这样的地理奇观，在全国都是罕见的。嘉陵江上游穿行于秦岭巴山山地，而到中游则更为曲折迂回，河曲最为发育，从南充至重庆朝天门直线距离不过180千米，但因川中盆地多丘陵阻碍，嘉陵江左突右寻，曲里拐弯，竟然曲折迂回了将近600千米，最终寻找到了她的最后归宿，奔跑着投入了万里长江的怀抱。如果将这种地理水文现象拟人化，多么像憨厚朴实却执拗的四川农民，看似与世无争，实则倔拗不屈。

"离堆"又称"离堆山"，是河流水文地貌学术语汇。"离堆"又称曲流环绕岛，指曾经的河曲所环绕孤立山残余，也称离堆山，也可以说是河曲未裁弯前的凸岸山嘴。《中国大百科全书》定义其为："深切曲流通常原来就有弯曲的河道，由于后期地壳上升，导致河流下切，若深切河曲在下切过程中同时进行较强的侧蚀，使河的弯曲不断增加，河曲颈部的宽度逐渐变窄，也会发生自然裁弯。被废弃曲流环绕的基岩被孤立在一侧，成为离堆山。"四川境内有四大"离堆"之说，知名的如都江堰"离堆"，但那并非自然形成的地貌景观，只是战国时李冰父子率众开凿宝瓶口，引岷江水灌溉川西平原所凿成的和玉垒分离的孤堆。而在南充仪陇县嘉陵江边，倒是有一个真正的"离堆"，即"新政离堆"。"新政"之名因唐代在此设新政县而来。仪陇县新政镇嘉陵江西岸的离堆山上，松柏遮天，绿茵铺地。这一"离堆"因唐代大书法家颜真卿当年贬谪蜀地任职蓬州遗留的书法真迹《鲜于氏离堆记》摩崖石刻而闻名。前几年我与杨霄等研究生曾经两次驱车前往考察，杨霄在实地考察的基础上还借助历史文献、卫星图片写出了其第一篇出色的田野考察文章，发表在《中国人文田野》辑刊上。

嘉陵江到了北碚缙云山一带进入地质学上著名的"小三峡"。这个小三峡分别是温汤峡、沥鼻峡、观音峡。北碚"小三峡"形成于七千万年前的"燕山运动"，两岸高峙，河谷深切，峻峭幽深。如果黄昏时从西南大学五号门走出，穿过城边深巷，再穿过一个小隧道，就会来到嘉陵江边的"小三峡"。此刻，望着江对岸东壁立如削的江岸，望着从北边峡谷奔涌而来的浩荡江水，你会被一种超越历史的大自然鬼斧神工所深深震慑。20世纪40年代抗战期间，中国现代地理学的先驱李承三、林超、周廷儒等流亡重庆北碚，安顿甫定，即投入对嘉陵江流域的地理测量、考察，经过八个多月的艰辛，写出了现代地理学上划时代的《嘉陵江流域地理考察报告》《川东地理考察报告》，此两书堪称中国现代区域地理奠基之作。抗日战争期间，卢作孚先生在北碚嘉陵江边创建中国西部科学院，中国地理研究所即其学术机构之一。我曾经几度去距离西南大学不远的原重庆自然博物馆寻找当年中国地理研究所的遗迹，遗憾的是那一辈人均已故去，工作人员中竟少有人知晓。不过，中国现代科学史应该不会忘记在那民族危难的岁月里，在国难当头、炮声烽火中，有那样一批不负使命、坚持科学研究的可敬学人，或许那就是学者报国的最好方式。正如现今看来永远无法复制的西南联大这样的流亡大学所创造的奇迹一样，抗战时期，嘉陵江边有那么多重量级科学家、文学家云集，在这里诞生了那么多科学、文学名著，那是怎样的"豪华"

岁月！今天，当我们漫步在21世纪的嘉陵江畔，当我们怀着深深敬意寻访所剩无几的当年北碚遗迹，不禁对那一时代的先贤们产生极大的敬意！

这些年生态环境问题被各学科关注和研究，嘉陵江也不例外。至少在唐宋时期，嘉陵江水质良好，诗人们赞美嘉陵江碧蓝如画的诗句俯拾皆是，杜甫在阆中曾发出惊羡："嘉陵江山何所似，石黛碧玉相因依。"这一江碧水对诗人多忧的心灵是多么大的慰藉！李商隐在利州渡江循江南下梓州，同样留下了"千里嘉陵江水色，含烟带月碧于蓝"的美丽回忆。直到宋代，赞美嘉陵江水清澈者仍然不绝如缕。北宋吕陶《嘉陵》诗云："嘉陵江水泼蓝青，澈底澄光明鉴形。"唐风宋韵的诗化描述留给我们的是一幅诱人而不再的古代嘉陵江美丽图景！

今日嘉陵江的生态环境与古典时代已经大相径庭。近几年为完成教育部人文科学规划项目"嘉陵江流域历史地理综合研究"，我曾带领课题组多次赴嘉陵江沿线进行田野考察，也曾经兴致勃勃地去过上述诗人们曾经留下足迹的地方。当年的兴州、利州即今天的陕西略阳与四川广元，无论你哪个季节去，所看到的嘉陵江总是浑黄的浊流，当年杜工部、李义山笔下的美丽风光已经难寻踪影。作为一个历史地理工作者，不免心情沉重。

不过，现代对嘉陵江的利用也是有可称道之处的。南充蓬安县地段嘉陵江由于江水的冲刷与泥沙的沉积，不知什么年代形成两个硕大的江心洲，上面花繁叶茂，芳草如茵，当地文化人给两个江心洲起了个美丽的名字，分别叫"太阳岛"和"月亮岛"。每年夏季至初秋的清晨，有数百头耕牛分别从嘉陵江岸边纷纷跳入嘉陵江，泅水游上岛去啃食青草；天黑时这些耕牛又不约而同地回游上岸，这一景象蔚为壮观，吸引周边很多游客前来观看。起初只是少数牛群自然渡江食草，经过当地政府的有意打造，现在这一种生态奇观已经成为蓬安县一个闻名遐迩的旅游品牌，称为"百牛渡江"。

你如果走进历史时期的嘉陵江，则可能会更为之一振，对这条大江充满历史的敬意。尽管嘉陵江宛如一个饱经沧桑的老人，平时含而不露，默默无闻，但在重大时刻总是突显峥嵘，成为捍卫国家、民族版图与尊严的怒吼之河，让你振奋，让你激动，更让你由衷自豪！无论是历史地位抑或生态环境，都可谓高端亮丽，几度辉煌，值得大书特书。从考古学角度说，汉中的龙岗、宝鸡的姜寨、广元的中子，都是考古学上著名的遗址。从文明史角度而言，嘉陵江的历史可以一直追溯到华夏文明早期，并且与国家历史进程诸多重大事件息息相关。清乾隆年间曾经在宝鸡市凤翔县出土青铜器"散氏盘"，其中有"奉于单道，奉（封）于原道，奉（封）于周道"的记载。据王国维先生考证，"散氏盘"中的"周道"，即《史记》中的"故道"，也即后来的陈仓嘉陵道。由此可知，早在西周，嘉陵江上游已经有道路可通。有学者进一步推测，在比"散氏盘"更早的商周易代之际，自巴蜀沿嘉陵江谷道可至周原，否则当年武王伐纣大搞周原盟誓，参盟的西南巴、蜀等诸部落如何穿越秦岭呢？故道（周道）虽然迂回偏远，但大致可循嘉陵江上游自然谷道前进，且地势相对平坦，无须凿山架栈，成为先民最早发现的蜀道。秦汉三国，嘉陵江频频经历军事战争，刘邦被项羽困于秦巴之间的汉中盆地，正是采纳大将韩信，利用秦岭诸孔道与嘉陵江谷道迷惑敌方，"明修栈道、暗渡陈仓"的军事奇策，"自散入秦"，才一举反攻三秦成功，拉开与西楚霸王决战的序幕，进而建立赫赫刘汉王朝。东汉后期，羌人屡屡内迁，在秦陇交界一带攻城略地，引起朝廷忧虑，地方官员受命加强武都、汉中郡的守备，保存至今的东汉三大石刻"汉三颂"，居然有二"颂"都与一个叫李翕的官员相关，即甘肃成县的《西狭颂》与陕西略阳的《郙阁颂》，都是为歌颂武都太守李翕疏通治理桥阁、惠民一方所遗留，成为今天所剩无几的汉代石刻书法精品，为书法界所膜拜与珍视。

历史上的嘉陵江也是一条英雄的江。英雄志士的鲜血多少次染红滔滔江水，嘉陵江峡谷的山风多少次呜咽悲鸣，为壮志未酬的英雄吟唱挽歌。

三国时期诸葛亮屯兵汉中，北伐曹魏，演出了所谓"六出祁山"（实则五次北伐，出兵也不尽走嘉陵祁山道）的轰轰烈烈历史剧，其中两次循嘉陵江谷道西北行，攻打他心中的战略要地"祁山"。可惜用人失察，首次出兵在形势颇为有利的情况下，被志大才疏的马谡一夜之间把大好形势葬送了，只好仓皇退兵，以"挥泪斩马谡"、自己也上表后主"自贬三级"而告结束。尽管如此，诸葛亮"六出祁山"后来成为其爱国志士不畏强暴、誓师北伐的代名词。唐代"安史之乱"后，嘉陵江上游的兴州、河池一带地近西北吐蕃，为军事防御重点，中央督促地方官员多次疏浚嘉陵江河流通道，保证秦、陇、蜀之间后勤运输的通畅，著名文学家柳宗元曾为兴州刺史严砺作《兴州江运记》，歌颂其自长举县而西"刊山导江"两百里之政绩。

据说柳宗元所作的《兴州江运记》曾经被镌刻在兴州某山崖上，但或许因年久而为风雨侵蚀剥落，近二十年间我曾几次去略阳寻访，均无果而归。好在这篇《兴州江运记》先后被收录在《柳河东集》与《全唐文》中，今人查阅欣赏起来并不困难。

嘉陵江在历史上最辉煌的岁月大概莫过于山河破碎的南宋时代。靖康之难，北宋告亡，匆促草创的南宋朝廷经过几年的颠沛流离，终于在临安站稳了脚。南宋之初，面对女真金人的疯狂侵掠，爱国军民奋起抵抗，很快形成三大战场，即东部的江淮战场、中部的荆襄战场与西部的川陕战场。建炎三年（1129年）的富平之战失利后，宋军退守大散关、嘉陵江上游一线，在吴玠、吴璘兄弟率领的宋军顽强阻击下，多次击败金人试图由陕入川的进攻，取得了和尚原、仙人关大捷，捍卫了南宋西部的安全。然而，一百多年之后，形势大变。13世纪早期，蒙古草原成吉思汗部落开始崛起，起初是为反抗女真金人的民族压迫而起，后来竟越战越强，不仅迅速灭掉了统治北方一百多年的女真金国，而且很快将战线推进到秦岭、淮河一线，直接与经济、文化高度发达而军事实力却相对薄弱的南宋对垒，开始了长达半个多世纪的"平宋"战略。1235年，宋蒙战争正式爆发。宋蒙战争一开始，嘉陵江流域就成为蒙古军队攻打的重点战略要地。最惨烈者要数宋蒙战争期间的嘉陵江沿线争夺战——1236年的青野原一战，在寡不敌众的劣势下，利州都统制曹友闻经过殚力死战，壮烈殉国。曹友闻本是一个文官，宋理宗宝庆二年进士出身，应该是一个白面书生。但在宋蒙战争最为严峻的动荡岁月，不分文官武官，都要走上战场。曹友闻在战场上冲锋陷阵，竟多次重创蒙军，赢得"满身胆"称号。曹友闻壮烈战死后，连敌方统帅都深感敬佩。《宋史·曹友闻传》记载说，蒙古军占领蜀口阳平关后，蒙军元帅汪世显曾经亲至战地致祭："北兵遂长驱入蜀。秦巩人汪世显素服友闻威望，常以名马遗友闻。还师过战地，叹曰'蜀将军真男儿汉也'，盛礼祭之。"将军战死，竟能让敌方将帅肃然起敬，这是一个军人在各为其主的古代战争中赢得的最高尊重。

在旷日持久的宋蒙战争中，嘉陵江流域形成了苍溪、青居、运山城及合川钓鱼城等著名抗蒙堡垒。尤其钓鱼城，顽强坚守长达 36 年之久，并且于 1259 年的战役中，在著名抗蒙将领王坚的指挥下，打死蒙古皇帝蒙哥大汗，取得了辉煌的大捷。整个南宋时期，嘉陵江始终是一条十分重要的水上交通线，四川地区的财富源源不断地通过嘉陵江运往抗金、抗蒙前线，南宋诗人孙应时有诗曰："夜促清觞醉武兴，晓飞轻舸下嘉陵。"有意思的是，宋高宗绍兴六年（1136年），朝廷因嘉陵江军资运输作用而封嘉陵江神为侯："封嘉陵江神为善济侯。江自凤州之梁泉，历兴、利、阆、果、合、恭以入大江，川陕宣抚副使吴玠言正孙饷军漕运水路，望加封爵故也。"这在南宋四川史家李心传《建炎以来系年要录》中是有明确记载的，南宋嘉陵江在战争年代的地位由此可见一斑。如果没有嘉陵江于国于民的重大作用，皇帝是不会做出如此非凡举动的。然而，自嘉陵江下游运漕挽粟至武兴前线又谈何容易，担任过孝宗朝礼部尚书的郑刚中，就曾在一篇《思耕亭记》的文章中记述了嘉陵江漕运的艰辛："自滟澦逆数至渔关之药水，号名滩者六百有奇，石之虎伏兽犇者，又崎岖杂乱于诸滩之间，米舟相衔，且昼犯险，率破大竹为百丈之篾，缆有力者十百为群，皆负而进。滩怒水激，号呼相应，却立不得前，有如竹断。"20多年前我把这条在浙江图书馆阅读宋人别集《北山集》时偶然发现的珍贵史料提供给陕西交通厅史志专家王开先生，他当时正在撰写《陕西古代交通史》，但他认为，潝湏与渔关相隔千里之遥，分别属空间距离遥远的两条江，怎么会有航运上的直接联系？因而在其著作中没有使用这条史料，只是在后记中表示感谢。实际上《北山集》并无大错，按照郑刚中的意思，虽然潝湏在夔州三峡，但溯长江可至恭州（重庆），而嘉陵江与长江正是在恭州交汇，自恭州再溯嘉陵江北上，则可达江之上游兴州渔关，只是溯江上行，异常艰难，人力、财力消耗巨大，成本极高。如果郑刚中在题记中写成"自恭州逆数至渔关之药水"可能会好理解一些。"药水"，则是指兴州的"药水洞"，又称灵崖洞，在今略阳城南嘉陵江畔。尽管如此，南宋军民仍然攻坚克难，四川地区的财富源源不断地通过嘉陵江运往抗金前线。宋蒙战争期间，宋蒙双方曾经为嘉陵江展开过长期争夺。南宋末期，尽管四川大部已经陷落，但嘉陵江下游的合州、重庆府仍然控制在宋军手中，著名的合州钓鱼城就是因为三面悬江而能够长期坚守，取得了打死大汗蒙哥、"改变了世界历史进程"的空前胜利。清初，嘉陵江上游风起云涌，再次成为抗击清兵的战略之地。康熙十三年（1674年），重新举起反清旗帜的吴三桂率军北上，在嘉陵江上游的宁羌县阳平关大败清军，全歼兵部尚书莫洛率领的清军十万余人，取得了前所未有的大捷。

　　穿过漫长古代中国的沧桑历史岁月，嘉陵江终于走进了20世纪。然而，20世纪伊始并非"日出江花红胜火"，而是血与火交织的战争与灾难。先是辛亥武昌首义的枪声划破沉沉长夜，传到了巴山蜀水的四川，嘉陵江两岸州县纷纷响应，宣布独立。但好景不长，很快袁世凯称帝，全国震惊，各地又纷纷发起讨袁起义。此时川北爱国志士张澜响应在云南起义的蔡锷，在南充宣布独立，全川继起声援，迫使袁世凯取消帝制，张澜因而成为著名的民主主义革命家。

在现代革命中，嘉陵江也写下了可歌可泣的一页。20 世纪 30 年代国内革命战争时期，中国工农红军第四方面军在嘉陵江上游地区的巴中、汉中一带创建了川陕革命根据地，使之成为与江西红都瑞金遥相呼应的第二大苏区。1935 年 3 月，为接应已经转战到川西北草原的中央红军，红四方面军离开通、南、巴根据地，坚决西征。徐向前指挥的先头部队在苍溪强渡嘉陵江，经过浴血奋战，攻克剑阁、江油，为西征会师扫清了障碍。红军强渡嘉陵江之役是至今为止历史上最后的嘉陵江战争，在现代革命史上写下了极其悲壮的一页。今天，如果沿着 202 国道去四川苍溪，在公路边就会看到一座巨大而极富动感的红军汉白玉雕塑。人物造型气势磅礴，极具震撼力，似乎随时准备"飞越"嘉陵江去血战。

"七七"卢沟桥事变后，抗日战争全面爆发，不久国民政府首都西迁重庆，四川很快成为抗战大后方，不少著名文化人流寓到嘉陵江边蕞尔小镇北碚，其中就包括当时年轻的作家端木蕻良和同样年轻的作曲家贺绿汀。我刚来西南大学工作的时候，曾经听文学院一位年近百岁的老教授说过，抗日战争期间，重庆的文化人经常传唱着一首歌曲叫《嘉陵江上》，就是由端木蕻良作词、贺绿汀作曲的，与张寒晖的《松花江上》一样广为传唱，都是曾经鼓舞、激励爱国抗战的经典歌曲。余生也晚，无缘赶上那个峥嵘的抗战岁月，但因嘉陵江流域一直是我研究的课题内容，因而对这首歌曲产生了兴趣。后来我专门在网络上找到这首歌，并且聆听了演唱音频。从韵律与风格上，《嘉陵江上》确实与《松花江上》上有相似之处。可以想象，在抗日烽火燃遍祖国大地的年代，音乐家贺绿汀和作家端木蕻良两个热血青年，他们一定常常徘徊在北碚的嘉陵江畔，望着滔滔南去的江水；一定是因为有感于祖国正在遭受日寇侵略、爱国将士正在前线浴血奋战，在热血沸腾中一气呵成完成了这首不朽的抗战经典歌曲。

（2019 年 1 月 26 日）

秋风江上

千里嘉陵江，这条连接川、甘、陕、渝四省市的水上交通大动脉，曾经伴随中国历史发展演进，见证多少自然、政治、军事风云变幻的历史长河，是孕育重庆这座伟大城市的母亲河之一。当然，她同时也是西南大学著名的地理坐标，在学校东侧不远处静静流过。在学校的官网中，总少不了这样的宣传广告："学校坐落于美丽的嘉陵江畔、缙云山下。"然而，对重庆的大多数人而言，熟悉的仅仅只是她奔流不息的最后驿站——下游北碚至朝天门汇入长江段短短几十公里的地方，而对其遥远的发源地和上游地区则不甚了了，或者充满了迷茫。

一直期盼着去嘉陵江上游地区进行实地考察，终于机会来了。为了完成我主持的教育部人文社会科学基金立项资助课题"嘉陵江流域历史地理综合研究"，在几经讨论和准备的基础上，我们课题组一行决定对嘉陵江上游地区进行一次重点实地考察。计划此番先赴天水，目的是搜集西汉水上游若干地区的历史地理资料并实地考察西汉水发源地齐寿山和西汉水上游沿岸的三国古战场祁山堡；然后去陕西宝鸡秦岭深处的嘉陵谷考察东源，返程再去川陕交界的宁强考察古代汉水另一源头嶓冢山、唐宋三泉县和古代阳平关遗址。另外，计划在广元考察唐宋嘉陵江重镇利州有关的历史地理遗迹。

一、考察西汉水源

时已深秋，天气渐凉，但在一年四季草木常青、繁荣喧闹的重庆全然感觉不到秋的萧瑟。2011年10月19日下午，我带领硕士生郭会欣、高晓阳、郭晓辉等一行五人从北碚乘车出发，奔向重庆火车北站，乘火车前往此行第一站——甘肃天水。这只是一个起点，后面的路还很漫长、艰辛。17时35分，我们踏上从重庆北开往乌鲁木齐的K542次列车，开始了首次嘉陵江考察的行程。一路上我们翻阅地图，了解嘉陵江沿线的重要城市和名胜古迹，谈论历史上与嘉陵江有关的历史事件和人物，说笑中不觉就到了列车熄灯休息时间。大家尽管意犹未尽，还是遵守乘车规则停止了谈论，进入"休眠"。一觉苏醒过来，已经是20日凌晨，车窗外一片阴晦，夜色尚未散尽，但东方天际已经熹光初现。随着车厢的轻微摇晃，火车已经悄然驶进黄土高原边缘的天水站。天水被称作"西北小江南"，是秦王朝的起源地，唐宋时期著名的秦州就在这里。甘肃历史上有这样一句话形容天水——"金张掖，银武威，金银不换是天水"，可见天水在甘肃的地位之重要。

10月20日早上，在先期到达的研究生陈蕊接应下，我们一行来到天水师范学院，受到了文史学院陇右文化研究中心主任雍际春教授和苏海洋老师的热情接待。用过早餐后，我们在天水师院和天水市图书馆查阅了相关资料。师院图书馆藏书不多，但地方史特藏却很有特色，甘肃地方志文献收藏较为丰富，藏有清代甘肃省和秦州府多种版本的方志和当地缙绅手稿文本。让人略感意外的是图书馆专辟有"霍松林教授著作书画展览厅"，里面展览了霍先生多种著作版本、获奖证书、荣誉证书和多家高校及科研机构颁发的兼职聘书。霍松林先生是甘肃天水人，当代著名的古典文学专家、陕西师范大学资深教授、天水师院客座教授，20世纪五六十年代就蜚声国内学术界。我三十年前在陕西师大读书时，曾经数次去中文系旁听过霍先生的唐宋文学课程。天水师范学院此举可谓互惠双赢，在为乡邦文化增光添彩的同时，也为当代健在文化名人开辟了集中展现辉煌学术业绩的场所。

　　当天下午，在天水师院青年教师苏海洋的陪同下，我们师生一行参观了久负盛名的天水伏羲庙。伏羲庙就位于天水市区，临街而建，庙内古柏参天，院落深沉，四进四院，肃穆幽深。正殿内伏羲塑像供奉在神龛内，体形魁梧、气宇轩昂，微笑的面庞体现了早期中华文化始祖勤劳智慧、心怀天下的卓然风度和气质。庙内古建筑包括戏楼、牌坊、大门、仪门、先天殿、太极殿等；新建筑有朝房、碑廊、展览厅等共6座。整个建筑群坐北朝南。牌坊、大门、仪门、先天殿、太极殿沿纵轴线依次排列，显得庄严雄伟。据介绍，伏羲庙全国只有两处，一处在山东省微山县，另一处就是天水伏羲庙了。嘉陵江上游天水一带虽然当今在全国并不知名，但历史悠久，文化积淀深厚，是我国上古伏羲文化与后来秦文化、织女文化的发祥地，这让我们这些历史地理专业的师生们顿生敬畏、景仰之情。

　　10月21日早上9点，在对地图和当地交通状况进行详细分析后，我们决定由远及近，先去礼县祁山堡，然后去考察齐寿山西汉水源头。西汉水被认为是嘉陵江的西源，"嘉陵江纵贯秦陇蜀三省，其源有二，东源迄宝鸡、凤县、两当、徽县，西源迄西和、礼县、成县至略阳而后两源合流"[①]。其源头在甘肃省天水市秦城区东南60里处的齐寿山（即《汉书·地理志》等北魏以前文献中的"嶓冢山"），海拔1951米，此地是我们此行的主要目的之一。此外，西汉水上游的祁山堡也在考察计划之内。

　　我们一行在苏海洋的引导下，在天水市内登上了开往礼县的班车。天水郡是两汉至隋唐时期此地行政单位的名称，在古代赫赫有名。《汉书·地理志》颜师古注曰：'《秦州地记》云郡前湖水冬夏无增减，因以名焉'。"[②]西汉天水郡治在今天水市秦城区，是市区通向南面各县的必经之地。但其古代的遗迹几乎全无，我们只发现一个挂着"天水郡粮油门市部"牌子的商店，一个小小粮店居然挂了这么大一个古代地名牌子，着实有些让人啼笑皆非，但其似乎有意无意地在向人们提醒这座历史名城曾有的历史印痕。通往礼县祁山堡的路程还比较远，破旧的中巴班车一路颠簸，向西南方向疾驶。车行大约一个半小时，沿线经过皂郊镇、徐家店、平南镇、铁堂峡、天水镇、盐官镇，最终到达祁山堡。从天水市经皂郊镇到徐家店的

---

① 马以愚：《嘉陵江志》，北京：商务印书馆1946年版，第1页。
②《汉书·地理志》卷28下之《天水郡》，北京：中华书局1962年版，第1612页。

一段是循藉河支流南沟河南行的，因河谷两岸山上红土覆盖，山体颜色发红，因此此地被称作赤谷。据《宋史》记载，嘉定十一年（1219年）利州统制王逸收复大散关和皂郊堡后，攻秦州（天水）至赤谷口。从徐家店到天水镇，其间要穿越一条长约六公里的峡谷，《方舆胜览》称之为"铁堂峡"，是从秦州入蜀的必经之路。这里形势险要，扼守南北交通之要冲，为兵家必争之地。由天水镇沿西汉水西南行15公里至礼县盐官镇。汉代在这里始置盐官，因此又有卤城之名。由盐官镇西行6公里至祁山堡。据陪同我们考察的苏老师考证，这条路是祁山古道北段铁堂峡支道的一部分，但又不完全相同。

一个半小时后，我们到达祁山堡。莽莽黄土塬上，远远望去，祁山堡就坐落在一凸起的台地上。宫殿巍峨，古木森然，就像万顷黄土海洋中一艘长久抛锚而成为历史文物的军舰，据说这就是当年诸葛亮"六出祁山"的地方。《西和县志》载："蜀汉武侯，恢复汉祚，营于祁山。"[1]关于祁山的位置有泛指和特指两种看法，其泛指为今礼县县城以东、西汉水以北和渭河干流以南的西秦岭北支部分，是秦岭山地最平缓的部分。其特指就是祁山堡，即《水经注·漾水》所载诸葛故垒。其具体位置是陇南市礼县祁山乡祁山村的"天礼公路南侧，西汉水北岸，东西长约350米，南北宽约100米"[2]。祁山堡遗址为宽阔平川上凸起的一座孤峰，坐落在西汉水北岸，高十数丈，周围里许，四面如削，高峻奇拔。营堡只有西南门可入，门口

① 乾隆《西和县志》，邱大英序，据乾隆三十九年抄本影印，台北：台湾成文出版社1970年版。

②《西汉水上游考古调查报告》，北京：文物出版社2008年版，第55页。

上面刻有"祁山堡"三个大字，两侧刻一对联："隆中一对鼎足三分天下事了如指掌，前后二表祁山六出老臣心惊泣鬼神。"这副对联概括了诸葛亮一生的丰功伟绩。我们进入堡门，沿盘折小径拾级而上，堡内的防御城墙下半部都是土筑的，上半部是今人加上去的水泥城墙。堡墙外悬崖绝壁，峭峻孤险，从瞭望台上看堡外不远处的西汉水谷地，汉水蜿蜒北去，两岸地势平坦，水源充足，土壤肥沃，适合种植粮食，尤其是麦类作物。事实上，天水郡两汉三国时期是我国著名的产麦区，《水经注·漾水》谓"垒之左右，犹丰茂宿草"，难怪当年诸葛亮把这里当作北伐曹魏的首要之地。诸葛亮作为历史上著名的军事家，自然深深懂得后勤供给决定战争成败的道理，绕道迂回抢先占领祁山一带，正是为了占领这著名的产麦区，保证十万大军的粮食供应，这无疑是深思熟虑的一着高棋，否则我们很难理解一代军事战略家会迂回绕道这么一个大弯，而不直接从汉中北出秦岭，直攻长安。不幸的是，诸葛亮精心策划的首出祁山之役，一片大好军事形势被仅仅擅长纸上谈兵的马谡所误。他不听从诸葛亮事先的运筹，屯兵山上，让魏兵断绝了水源，丧师失地，导致诸葛亮被迫黯然退却，留下后来在戏剧中反复上演的诸葛亮挥泪斩马谡的悲剧。往事越千年，今天我们来到祁山，当年金戈铁马、杀声震天的战场早已归于沉寂，但一千多年来其周围的地理环境应该变化不大，我们依稀在此处能够看到当年的山川形势。

沿小径迂回曲转上至山巅，山上平地约三千平方米。据讲解员介绍，我们脚下的这座庙宇始建于两晋，祭祀建筑重建于明清。南北朝时期，为纪念诸葛亮，人们在堡内山巅建有武侯祠，历有修复，我们所看到的武侯祠是今人修复过的，门口挂着书有"祁山武侯祠"的匾额。现存武侯祠殿宇，前后三院，正殿内塑高大的孔明像，手执羽扇，端坐正视。后殿祀关羽，最后为佛殿院。两侧厢房内有多间陈列室，其中一侧的厢房内陈列着诸葛亮五出祁山的粗略路线图、诸葛亮的诸多军事发明等。我让学生将路线图拍照下来，以备日后所需。另外一侧的厢房内塑有赵云、司马懿等三国著名人物的塑像。在祁山武侯祠我们盘桓良久，深有感触。诸葛亮作为距今已经十分遥远的三国时期蜀汉丞相，为什么有关他的历史遗迹在全国迄今仍然遗留不少，而且地方政府与民间社会都十分推崇与保护？各地祭祀武侯的香火，从古至今一直旺盛。

考察完祁山武侯祠，我们一行临时决定去祁山堡外的西汉水边上实地看看。从祁山堡到西汉水边，只有约半小时的路程。站在西汉水河畔看祁山堡，其就像平原上凸起的一座小山，很适合作为一个坚固的军事堡垒。西汉水流经的地区地势较为平坦，深秋的西汉水河水量很小，大部分河床裸露，我们踩着吱吱作响的鹅卵石下到河道中央，迎着颇有些寒意的秋风环顾四周，但见河流的西北、东南两侧皆是连绵的黄褐色荒凉群山，植被很少。仔细观察，西汉水水量虽小但很浑浊，说明源头地区水土流失严重，而河岸的切蚀情况严重，不少河岸仍然在继续塌陷。西汉水的东岸有人工砌的石堤，意在保护西汉水南岸的农田，但现在石堤已经被严重冲坏了。乾隆《西和县志》卷一《山川》记载："（祁山）在县西北七十里，营垒遗迹犹存，后汉诸葛武侯用兵之地，东起一小山，汉水绕其下，祁山倚其后，望之如将台然。"①三国时期，这样的地方四周山环水绕，中有小平原可以耕种，濒西汉水人畜饮水不缺，虽不险，但正当要冲，足以屯兵养战，这对于在战争中维持正常的军队生活无疑是一个最佳的场所。

考察完西汉水河畔后已经是中午12点半了，从西汉水回到316省道边上，在一个简陋的小饭店随便吃了些东西，便匆匆坐上了开往平南镇的汽车，直奔下一站：西汉水的源头——齐寿山。

齐寿山即"嶓冢导漾"的嶓冢山（即《汉书·地理志》《水经注》等先唐地理文献中的嶓冢山）。《水经注·漾水》载："今西县嶓冢山，西汉水所导也。"又《尚书注疏》卷五考证："又疏陇西郡西县嶓冢山，西汉水所出。"在平南镇，苏老师说去齐寿山路尚远，建议租车。我们租的面包车司机何师傅是一位50多岁的乡村汉子，身穿洗得有些发白的旧式蓝色中山服，朴实憨厚而又不失精干。据他讲，他祖上世世代代就生活在本地，现在干个体营运，也恰好是地方历史文化的爱好者。听说我们远道而来，他显得十分兴奋，并没有过多索要租车费。他一边开车，一边兴趣颇浓地向我们讲述当地有关齐寿山和西汉水的历史，其中讲述的关于齐寿山、西汉水的传说故事，有的荒诞不经，有的却确有民俗学、口述史价值。但是由于他操着浓重的礼县乡下口音，我们只是断断续续听懂了一些故事的片段。据他讲述，西汉水源头是两孔山泉，泉眼流淌千百年，"文化大革命"

---

① 乾隆《西和县志》卷1《山川》，据乾隆三十九年抄本影印，台北：台湾成文出版社1970年版。

时被红卫兵埋塞，所以发源地一带西汉水成为地下暗河，在被埋泉眼的地方有金佛的故事传说。他又讲述了一些轩辕黄帝故乡、女娲娘娘庙会、李渊受神人点化的故事，还对我们讲了齐寿山每年三月二十二都要举行一次盛大的庙会，那时候远近乡村人们从四面八方会摩肩接踵而至，漫山遍野都是前来请愿还愿的人。虽然何师傅讲的这些多数都是传说故事，有的难免有虚构附会之嫌，但我给学生讲还是颇有点点滴滴的参考价值，比如西汉水源头的泉眼是在"文化大革命"时被埋掉的，就不见得有任何文献记载。

约半个小时后，我们乘坐的出租汽车来到齐寿山山腰的公路上。在热心的何师傅的带领下，我们登上了齐寿山。山上草丛树木密布，几乎没有路。我与研究生们跟随在后面艰难上行。在半山腰，何师傅指着远处山南侧绵延起伏的河谷中一个三角形的地方，说那就是西汉水的源头的大概位置，现在那里只是一片梯田，以前有水，可惜西汉水的泉眼已经被掩埋掉了。我们所处的位置距离泉眼约有三公里的距离，从远处望去，一点没有泉源的痕迹。由于时近黄昏，时间不允许，怕没有赶回天水市的班车，我们没有走近去观察源头，只在此处拍摄了许多照片和影像，这给我们此次考察留下了某些遗憾。尽管如此，我们还是很兴奋，全然忘记了半山腰上凛冽的寒风。我们用 GPS 定位，发现这里的"西汉水源"在 34°12′36″N、105°28′1″E 位置。由于大家都很兴奋，我们又一鼓作气爬到山顶，山顶上居然有一座寺庙，曰慧福寺，还有旧时庙会时唱戏的戏台遗址。这时天上飘起了毛毛细雨，加上山顶的寒风劲烈，温度更比山下冷了许多。

由于时间和天气的原因，我们只是在山顶停留约半个小时，就匆匆下山而去。乘车回平南镇的路上，汽车沿山路蜿蜒而下。举目远望，左侧，潺潺西汉水蜿蜒南去，作为长江流域的西汉水流入嘉陵江，最终注入长江；右侧，黄河流域的轩辕谷水流入渭河，最终注入黄河。我们正走在长江流域与黄河流域的分水岭上，这是何等的豪迈与荣幸！我们一行乘何师傅的车到平南镇，又换乘去天水城区的班车，于天黑时分回到下榻的小宾馆。

当晚，雍际春教授与天水师院科研处几位领导在天水大酒店设宴招待我们一行。雍际春教授是我在陕西师大历史系读本科时的同班老同学，上大学时我们一组，他就坐在我后面。雍际春入行比我早，在本科时他就对西北历史地理产生了兴趣，而且得到历史地理学名宿史念海先生的指点，毕业后先在天水师院学报编辑部工作，陆续发表不少论文。多年未见，此次相逢于天水十分兴奋。宴席上我们忆昔谈今，宾主双方相谈甚欢，感慨时间流逝之快。宴会后我们一行与天水师院科研处互赠了学术著作，并就西南大学历史地理研究所与天水师院陇右文化研究中心的科研动态交流了许多有价值的信息，均表示日后双方要加强合作与交流。雍际春又委托苏海洋带领我们参观了师院陇右文化研究中心资料室，海洋赠送我们人手一册新近出版的《陇右文化研究》，我们也把前不久出版的《西南史地》《西三角历史溯源》两部学术著作赠送给陇右文化研究中心。

二、在嘉陵江源头地区

10月22日下午，我们结束了在天水地区的考察，踏上了去陕西的征程。我们一行五人在天水市麦积区汽车站乘坐天水至宝鸡的长途汽车，经连霍高速公路赶赴嘉陵江上游另一重镇宝鸡（即传统的嘉陵江源头地区）。陇山山区在前一夜刚刚降过大雨，当天一路上仍然乌云密布、细雨绵绵，但沿线山峦叠翠，植被茂盛，看来经过十多年的退耕还林，西北地区的陇山一带逐渐告别了童山濯濯的荒凉，生态环境已经有了很大的改善。经过两个多小时的高速行驶，大巴车于4：30抵达宝鸡市。宝鸡在唐代以后一直被认为是嘉陵江的正源即东源，南宋《方舆胜览》载："嘉陵江，源出大散关之西，去州九十里"[①]；民国年间马以愚《嘉陵江志》也云："嘉陵江纵贯秦陇蜀三省，其源有二，东源逡宝鸡、凤县、两当、徽县"[②]；而北宋《元丰九域志》则说："梁泉……有嘉陵江"[③]，上面提到的梁泉县即宋代凤县。马以愚认为嘉陵江东源出陕西宝鸡县大散岭煎茶坪西南，名冻河，大散关在岭东北。[④]关于嘉陵江源头，易瑜、易哲文在《嘉陵江源流在何处》也提到："最为普遍的是二源论，即嘉陵江源流有东、西二源。东源出自陕西省凤州以北，秦岭南麓的代王山东峪沟

---

① （宋）祝穆撰：《方舆胜览》//中国古代地理总志丛刊，北京：中华书局，卷之69，《凤州》，第1214页。

② 马以愚：《嘉陵江志》，北京：商务印书馆1946年版，第1页。

③ （宋）王存等撰：《元丰九域志》//中国古代地理总志丛刊，北京：中华书局，卷三，《陕西路》，第129页。

④ 马以愚：《嘉陵江志》，北京：商务印书馆1946年版，第1页。

（也有称出自秦岭南麓宝鸡市属大散关的）。"①我们此次考察的地方位于今天的宝鸡市西南部的嘉陵江源头风景区。

到达宝鸡市后，当年陕西师大同班同学、宝鸡文理学院吴义教授（宝鸡文理学院研究生处处长）与政法系石玉平教授热情接待了我们。吴义现在是宝鸡文理学院教务处处长，他既代表学校又代表老同学设晚宴欢迎我们师生一行。宴会上的谈笑风生，驱散了连日来田野考察的疲劳。除了交流了许多学术信息与同学近况外，他还帮助我们详细周到地对第二天的考察行程进行了安排。

10月23日上午10点，我们准时从宝鸡市内出发，在石玉平教授开车陪同下进入秦岭。由于前一天晚上刚下过雨，公路上还有些积水，空气湿度比较大，开始进山时浓雾弥漫。石教授说，如果山里雾太大，看不清山路，则此次行程恐怕就要取消。我们都很担心此次嘉陵江东源的考察会因大雾而流产。大概老天怜悯我们远道不辞劳苦而来，进入秦岭后，雾气反而渐渐消散了，有一时段还奇迹般地显现了云开日出的景象。我们走的是川陕公路，实际上就是明清连云栈道的一段。途经炎帝陵、古大散关遗址之后进入风光宜人的秦岭山中，此路正是古代由陕入川的国驿大道，著名的天下险关大散关、宋金古战场和尚原就在入山不远处。

大散关遗址就位于川陕公路的东边、清姜河的左岸，附近有20世纪50年代建成的宝成铁路通过。《读史方舆纪要》载："散关，在凤翔府宝鸡县西南五十二里，汉中府凤县东北百二十里。有大散岭，

---

① 易瑜、易哲文:《嘉陵江源流在何处》,《人民长江》, 2001, 32 (4)。

置关岭上，亦曰大散关，为秦蜀之噤喉。"①历史上这里发生过多次战争，韩信"明修栈道，暗渡陈仓"，反击三秦，曾经在这里进行过一场恶战；曹操自散关南下西征讨张鲁，诸葛亮二出祁山伐魏，都在这里留下了战争的印迹。清康熙年间，吴三桂反清北上据大散关，双方在这里展开过激烈拉锯战。巍巍大散关，不知埋葬过多少征人的白骨，抛洒过多少将士的鲜血。然而，今天的大散关却格外清冷寂静，没有了昔日的刀光剑影，远去了历史的鼓角铮鸣，战争的喧嚣早已退入历史的深处。加之时在深秋，为旅游淡季，游人也十分稀少。然而，如果你略微熟悉中国古代史，你就不会对这里漠然置之，大散关下发生的战争甚至几度扭转了中国历史进程。《读史方舆纪要》载："（散）关当山川之会，扼南北之交，北不得此无以启梁、益，南不得此无以图关中，盖自禹迹以来，散关恒为孔道矣。"②大散关就是一个地势险要的关口，东临绝涧（清姜河），西倚高峰，居南北道路的最高处，对南北两侧均据建瓴之势③，是扼守关中的西大门，也是川陕交通的咽喉所在。但是略感失望的是，或许经过近现代交通建设特别是修建川陕公路和宝成铁路时的改造，今日的大散关地势并没有我想象的那样险要，并无多少"入蜀第一雄关"的气势。由于这里并不是我们考察的最终目的地，因而没有仔细观察就匆匆离开雄关，向秦岭更深处前进。

① （清）顾祖禹：《读史方舆纪要》卷52《大散关》，北京：中华书局2005年版，第2497页。
② （清）顾祖禹：《读史方舆纪要》卷52《大散关》，北京：中华书局2005年版，第2497页。
③ 马正林：《关于古散关遗址》，《陕西师范大学学报》，1986（1）。

沿着盘山的川陕公路省道走上去，直接到达秦岭之巅，这里是嘉陵江源头风景区的门口。我们一行在这里停车片刻，站在秦岭之巅，眺望远处的群山，只见重峦叠嶂、层林尽染。雨后的大山更是清新无比，一些常绿灌木翠绿欲滴，但更多的树木则是一片枯黄。之后石老师开车带我们进入景区，汽车在盘山小路上走了十多分钟，我们看到了和尚原古战场的标牌，这是群山怀抱中的一块酷似和尚脑袋的原垴。原来那场决定南宋建立之初国家命运的和尚原之战就是在这里进行的。关于这次战役，《宋会要辑稿》载：

　　初十日午时，（金兵）直犯驻兵处和尚原。玠遣统制官吴璘、雷仲率将兵，与贼拒战，辗转至晚，杀败三阵，追袭过河。金贼于神岔口分留一军，通运粮道，寻遣将兵邀其归路，杀败数阵。

　　十一日，金贼欲出宝鸡，前去神岔口，伏兵杀回，夺到驮粮驴畜。是夜二更，遣发诸将，于二里驿东金贼伪太子寨，劫破贼寨，追赶贼人入崖涧。四更，兵将会和西来换兵，自大散关劫贼寨。

　　至十二日寅时，贼众拔寨遁走，于二里驿东复来迎敌。自寅至酉，大小凡三十余阵，生擒江南四万户羊哥大字董、伪国相粘汗女婿娄董、侄也不露字董等二十余人，其余千户至甲军生擒并杀获堕落溪涧甚众，金贼伪四太子于后心连被两箭。其所遣诸将军马前后掩击，伪四太子所统大军剿杀几尽。①

《三朝北盟汇编》对此战作了重要的补充：

> 冬十月，元帅四太子会诸道兵及正甲女真数万人，造
> 浮梁，跨渭水，自宝鸡连营三十里，垒石为城，与侯拒战。
> 侯指授诸将，选劲弓强弩，期以必死，番休迭射。贼稍却，
> 则以奇兵乘险据隘，横攻夹击。如是三日，度其必困遁走。
> 侯遣麾下伏神岔峪，待其归。敌果遁走，伏发，贼溃，俘
> 其部将羊哥大字董及酋领三百余人，甲士八百六十人，尸
> 填坑谷者二十于里，获铠甲数十万计。乘夜并兵劫贼大寨，
> 四太子全军陷没，剿杀殆尽，几获四太子。②

以上记载充分说明了这场战役的惨烈，南宋将士在敌强我弱的
情况下取得了空前的战斗胜利，保卫了西北国门之安全。但今天这
里已经没有了刀光剑影的惨烈战斗，战争的一切仿佛消失得无影无
踪，我们感觉更多的是几分野草与山谷的寂寥。青山处处埋忠骨，
大宋将士的鲜血曾经浸透在了这片神奇的土地，他们的战斗豪气却
与秦岭永远同在。对于和尚原古战场的位置，我们还有些疑惑，这
里很明显是一片地势稍平的谷地，四面是凸起的山包，吴玠为什么
把自己的宋军营寨设在这样一个并不易守难攻的位置，原因很可能

---

① （清）徐松：《宋会要辑稿》兵 14 之 22—23，北京：中华书局 1957 年
  版，第 7003—7004 页。
② （宋）徐梦莘：《三朝北盟汇编》卷 196 之《吴武安公功绩记》，上海：
  上海古籍出版社 1987 年版，第 1410—1411 页。

就是现在人将和尚原古战场的位置标偏了，这给我留下了一个很大的疑问。

过了和尚原古战场不久，我们终于捕捉到了隐藏在深山中嘉陵江飘逸的身影。江水清澈，水流湍急，但是江面很窄，这里有一座今人建造的汉白玉石拱桥，架于江水之上，眼前仿佛是一幅古代山水画。之后我们又奔向下一个地点——飞云瀑。还未到飞云瀑，就已经听到江水撞击石头发出的隆隆声响，在山间发出巨大的回荡。这里更是水流湍急，水流撞击到石头，激起朵朵浪花，宛若天空中飘荡的朵朵飞云，我想这就是飞云瀑得名的原因吧。岸边的石头上长满了苔藓，前夜又刚刚下过雨，岸边很滑，尽管走起路来我们都很小心，但还是发生了一个小意外，我在这里拍照时不慎脚下一滑，摔了一跤。不过幸运的是，我并没有受伤，并无大碍。

我们继续前行，最后终于到达嘉陵江的源头。这里海拔2800余米，丛林密布，云雾缭绕，能见度不过20米。下车后，才感到此地气温更低，大约只有一两度。嘉陵江源头处的几条溪水聚成一潭，潭水清澈，潭上一条木制的小路通向刻有"嘉陵江源头"五个大字的石碑处。此地雾气腾腾，仿佛进入与世隔绝的仙境。我们沿着木制栈桥走到石碑前，才知道泉眼并未在此处，石碑后面还有两股小溪汇合成一条溪流，这条溪流应该就是嘉陵江的源头了。至于两条小溪分别发源于何处，由于当时的山路很滑，我们无法细细追寻，只是在石碑处拍了些照片。在这颇有纪念意义的地方，我给研究生们讲述了历史上有关嘉陵江源头的诸多争议和许多历史事件，学生们都听得很认真，并作了笔记。如果有人问我们此次嘉陵江历史遗迹的考察最为艰辛也最有纪念意义的地方在哪里，我们会毫不犹豫地说就在这里！秦岭嘉陵江源的考察正是我们此次考察活动的高潮和焦点，所以我们在这里从不同角度拍摄了大量照片。虽然气温很低，我们仍然待了很长一段时间，恨不得把这里的山水草木全部装进照相机。徘徊再三，时间已经不早，加之考虑到让陪同我们来的石玉平久等不妥，我们与嘉陵江源依依惜别。

回到车上，石玉平告诉我们，从这里还可以继续上山，大约两公里的距离，就可以到达秦岭之巅。那里地势很高，晴天时可以俯瞰整个秦岭。但由于此时此地天空中又雾气四合，山雨欲来，能见度很差，我们遂果断放弃攀登顶峰，看来这种壮观的景象只能由我们自己想象了。下山路上，我们又考察了嘉陵江源附近的另一名胜黑龙潭。看完后我们原路返回，回到宝鸡市时已经是下午时分了。在宝鸡街上，我们随便吃点面条，又去了宝鸡文理学院校园参观了一番，下午的行程重点是参观新落成的宝鸡市青铜器博物馆。

青铜器博物馆位于宝鸡市东郊的石鼓山上。石鼓山因发现先秦时期秦国的铭文石鼓而得名，博物馆的外造型就是一面巨大的石鼓，从远处望去，很壮观。宝鸡是西周国家政治中心"周原"所在地，也是我国著名的青铜文化之乡。青铜器博物馆里展示了出土于宝鸡地区许多西周到秦的精美青铜器，我们也拍了不少青铜器的照片，讲解员的讲解，丰富了我们有关青铜器的知识。从博物馆出来，我们又去了附近的石鼓阁，因为这时已经是下午五点多了，石鼓阁已经关门，我们只是在外围看了看，没有进去。因石鼓阁也在石鼓山上，所以地势较高，可以俯瞰大半个宝鸡市，石玉平说，这里还不够壮观，宝鸡市北侧的胜利原上视野更为开阔，可以俯瞰整个宝鸡市，建议我们去看看。他的这番话激起了我们"欲穷千里目，更上一层楼"的兴趣。

我们很快决定去原上俯瞰宝鸡全景。石玉平开车走了约半个小时到达宝鸡南原上，在一处视野开阔的地方停下来。在这里，整个宝鸡市像一个微缩城市模型一样尽收眼底，不远处巍峨的秦岭在云雾中若隐若现。回过头来，再看原上的景观，一马平川，一望无垠。听石玉平介绍，我们现在所处的原叫胜利原，它的西侧不远处叫蟠龙原，都是黄土高原的一部分。从这里向西看去，就是八百里秦川最西端的地方，整个关中地区呈橄榄球状，它的西端就在这里。我们在此拍照留影，暮色苍茫中又匆匆去参观了胜利原上的后唐李茂贞秦王陵。秦王陵建造得倒也算雄伟，只是周围并无多少附带陪衬建筑，遥想这位晚唐五代时期曾经在岐陇一带叱咤风云、纵横驰骋并割据为王的风云人物，其身后的陵墓在这秋风落叶的黄土原上多少显得有些孤寂苍凉，不由得又生出几份山河依旧主人非的感叹。

回到宾馆，送走石玉平，洗漱后稍微休息了下，又召集随行学生安排第二天的行程。由于订的是次日凌晨的火车票，因而一直在宾馆等到夜里 11 时半，才打车前往宝鸡火车站。零点 12 分，我们一行又坐上了宝成线开往阳平关方向的列车，奔向我们的下一个考察目标——陕西省宁强县的汉江源头地区。

三、在汉江之源

10月24日早晨七点半，经过夜间七个多小时的旅途奔波，火车准时抵达陕西省汉中市宁强县阳平关镇。阳平关在古代曾是著名的军事重镇。汉魏时的阳平关在今汉中勉县西，大约唐代以后才移至今天这个位置。今天的阳平关镇已经没有了作为军事重镇时的险要和显赫，初下火车，这里给我们的感觉更多的是乡镇闹市的喧哗和繁华。袅袅的炊烟、嘈杂的小贩、嘀嘀的鸣笛、熙攘的人群构成了这个大山深处小镇的清晨图景。阳平关镇虽小，但在宁强县的地位却不可小觑。在宁强，阳平关是仅次于县政府所在地汉源镇的第二大经济中心。著名的宝成铁路穿过此地，阳安（阳平关—安康）铁路的起点也在这里，嘉陵江穿镇而过，交通位置十分优越。

出了阳平关火车站，我们乘坐宁强县有关部门安排的接车，从阳平关镇经舒家坝镇去宁强县政府所在地汉源镇。路上，司机师傅介绍说，我们所走的这条路是九寨沟专线，是一条汶川大地震后新修建的公路，其他路段还没有完全修好。到达汉源镇后，我们一行受到了宁强县人大主任孙启祥先生的热情招待。孙启祥是一个学者型官员，个头不高，温文尔雅，官员的胸怀与学者的儒雅兼而有之，而且他对文史地理的爱好并非附庸风雅，而是发自内心的喜欢。孙启祥也是一位研究汉中历史地理与地方史的学者，早在十几年前，就曾经出版过陆游研究专著，后来又陆续在《历史地理》《汉中师院学报》等专业期刊上发表过多篇地方史学术论文。我曾经邀请他参加过在九龙坡举行的重庆历史地理年会，并作重点发言，反响很好。

孙启祥为我们这次在宁强的考察提供了很多的便利，专门安排了两辆轿车作为交通工具，并且还为我们请来了宁强县方志办前主任——76岁的宋文富老先生陪同考察，另外还有县人大办公室李主任作为我们的向导，这为我们的汉水源头考察提供了难得的便利条件。早餐后，听说我们行程紧张，稍微准备了一下，孙即协助我们开始了当天的考察活动。

根据安排，我们一行是分乘两辆车进行当天的田野考察的。我与宋文富先生、李主任乘一辆车开头，陈蕊、郭汇欣、郭晓辉乘第二辆车尾随其后。在车上，我们同司机杨师傅交流。他告诉我们，我们所走的这条路是川陕公路108国道，这条公路是2008年汶川地震抗震救灾的生命线，方向向北，从大巴山奔向汉水源头的嶓冢山。

我们在一个叫石钟沟的地方停下，宋文富先生将汉水源头的小溪干溪沟（其实为汉江上游的小支流）指给我们看。再往前走，经过金牛峡，公路左侧的石壁上刻着"金牛峡"三个红色的大字，仰望天光一线，道路依山傍水，两岸奇峰如刀劈斧削，直插云霄，真可谓一夫当关、万夫莫开之地。经宋先生介绍我们才知道所走的这条路就是古代的金牛道，"五丁开山""石牛粪金"的故事就发生在这里。这里是陕西省最大的油松飞播林区，也是金牛道入川的入口，曾流传着石牛粪金的故事。出了峡口，我们到达宽川乡龙泉村，这里有一眼千古名泉泛珠泉，本名龙洞潭。泉中水泡上冒，如密集泛珠，晶莹夺目，泛珠泉由此而得名。现在泉眼上面建起了一座亭子，水是温的，我们尝了一下，觉得很甜。清代《宁羌州志》卷一《山川》载:"泛珠泉在宽川铺,面阔径数丈,水从石底涌出,清澈泛滥,状如贯珠。士人开渠引水,以资灌溉。"①继续往前走,到达大安镇烈金坝禹王宫遗址所在地,禹王宫原建于唐代,整修于清代,毁于"文化大革命"期间,禹王宫亦称禹王庙或嶓冢祠,原是一座古香古色的三合院,千年桂花树植于庭院之中。禹王宫特为赞颂大禹亲历嶓冢治水的功德而建,宫殿虽毁,但庭院中古桂仍留存,古桂周长丈余,巨枝七出,枝状叶茂,宛如冠盖。阳安铁路穿过此地,桥墩上"毛主席万岁"几个油漆大字依稀可辨。铁路下方有一座小桥,桥下有小溪自山上流下。据宋先生介绍,这条小溪叫汉王沟,沿汉王沟逆流而上,就可到达汉王山(即《魏书·地形志》与唐宋地理文献中的嶓冢山)。现在禹王宫已经荡然无存,现在是村委会所在地。

之后我们一行开车进入汉王山,寻找当地人眼中的汉源。中午十二点半,我们一行在大安镇烈金坝村附近的公路上下车,我和研究生们一道披荆斩棘,开始攀登汉王山。我们沿汉王沟灌木丛逆水而上,步行半个多小时,眼前出现一座千仞绝壁,险峻异常。崖上山花吐艳,崖下林木葱茏,垂蔓之下有一石洞,据载洞口原有一状如卧牛的钟乳石,石牛臀部有八个蝌蚪文大字,《陕西省金石志》认定为夏禹治水的遗迹,故称《禹王碑》。每逢天降雨,会有瀑布从绝壁上流下,洞内轰然作响。我们考察时观察到了千仞灰白石壁,石壁下的石洞上,并没有发现状若石牛的乳石,更没有注意到石牛臀

———————————
① (清)马玉华修、邱书香等:《宁羌州志》卷一《山川》,据光绪十四年刊本影印,台北:台湾成文出版社 1969 年版。

部的大字。考察时并没有降雨，所以当时没有看到瀑布，更没有听到轰轰巨响。石牛左侧约 20 米的陡峭石壁上赫然刻着"古汉源"三个红色大字，大字旁边就是我们的目的地——汉源洞。洞内上方石头上渗出点点泉水，就这样常年累月地滴着，滴水成溪，这里就是《尚书·禹贡》中所载"嶓冢导漾，东流为汉"的古汉水发源地吗？但是在最近一篇研究文章中，有学者认为历史上这里并不一直是汉水的发源地，西汉之前，汉水发源地是今嘉陵江上游诸水[①]，这让我感到很诧异。随行的李主任告诉我们说，以前这里的水流要大得多，现在小多了。高晓阳和郭晓辉还兴奋地爬到滴水处，尝了尝汉水源头水的味道。遗憾的是，当时我们没有带上相应的容器，没有将古汉源的水带回，也没有在源头做相应的 GPS 定位。参观完古汉源，从汉王山下来，我们只用了不到半小时的时间，这时已经是中午一点半左右了。我们乘车去了大安镇。大安镇人大主席早已热情地安排好一桌饭菜等待，并陪同我们共进午餐。因为走累了，加之主人热情好客，大家吃得十分尽兴。

吃完午饭后我们驱车继续向西沿 309 国道公路前行。公路就在两山中间，沿河谷而行。下午我们的第一站是代家坝镇的老君铺。老君铺因老君洞而得名，洞在公路对面的半山腰，山脚下河水静静地流淌。随行的宋先生对我们讲，洞中原有一神龛，雕有太上老君石像一尊，后被毁，洞今犹在。传闻唐朝天宝十五年（756 年）玄宗避"安史之乱"在蜀途中曾见太上老君的幻影降于崖石之上，遂刻

---

① 周宏伟：《汉初武都大地震与汉水上游的水系变迁》，《历史研究》，2010（4）。

石像真容于所见之处。南宋爱国诗人陆游从老君洞前经过，曾作《老君洞》诗一首："丹凤楼头语未终，崎岖蜀道复相逢。太清宫阙俱煨尽，岂亦南来避贼锋。"表现出诗人对昏君误国与外敌入侵的无限愤懑之情。

再往前走就是学界有人认为是嘉陵江袭夺汉水的地点代家坝。老一代历史地理学者李健超曾经坐火车途经此地，后来在一篇文章中这样写道："车过代家坝，穿过一条近两千米的分水岭隧道，就到了汉江中源青泥沟。奇怪的是从代家坝到青泥沟，不像一般河流上源的谷地那样幽深，而是一条宽敞的谷道，宽谷中流水潺潺。就是在分水岭上也有河流堆积的卵石层，表明这里过去曾经发生过河流'袭夺现象'。"[①]历史上是否存在嘉陵江袭夺汉水上游河道？这无疑是嘉陵江历史地理方面一个非同寻常的重大问题。今天，我们专门来到李健超文章中提到的地方，就是要实地考察一下嘉陵江在历史上是否曾经袭夺过汉水，能否寻找到河流曾经袭夺的痕迹。宋文富先生随我们登上阳安铁路，考察了附近的地势。他告诉我们，东西两边的相对高差很大，除非发生翻天覆地的地质变动，绝对不可能发生河道袭夺或改道，而且所见任何史料中都没有提到过这里曾经有过较大的地质变动。早上孙启祥与我们交谈时也说，他也不同意嘉陵江袭夺过汉水的说法，这同周宏伟先生近期发表的《汉初武都大地震与汉水上游的水系变迁》所提出的观点完全不同。下了阳安铁路，我们又下到拦山河边，沿着小河走了很远，并没有发现有卵

---

① 李健超：《我国第一条电气化铁路——阳安铁路》，《地理知识》，1978(7)。

石层存在的痕迹，反而小河两岸都是未被流水冲刷过的整齐的页岩，只是裸露在地表的页岩已经风化得很严重了，用手轻轻一碰即变成粉末状。现今"嘉陵江袭夺汉水"的说法在历史地理学界颇有影响，但不知为什么，持此论者大都没有亲自实地考察过这一重要地带，只是凭个别经不起推敲的地理景象主观臆断。

继续向前走便是古三泉县遗址，它位于阳平关镇西行约三公里的擂鼓台村。三泉县始建于唐初，历经晚唐五代征战割据，县名、县志一直未变。北宋乾德五年（967年），由于三泉县令政治嗅觉与判断十分灵敏，在宋军入川后第一个向宋廷飞驰上表效忠，太祖大喜，诏令三泉县直隶京师，县令可越级直接上奏朝廷，三泉县遂成为宋代第一个中央直辖县，整个北宋沿袭不变达130余年。三泉县不仅地势险要，且以风景秀丽著称。嘉陵江从西北奔腾绕过，江岸悬崖峭立，岸上绿树翠竹掩映交错。如今在国道309公路边上仅仅立着一块石碑，石碑上写着"三泉县故城遗址"，右边镌刻一行小字"中国第一京师直辖县"。之后我们继续西行，约两公里，到达龙门洞。沿台阶走下，一座天然石桥横跨于龙门洞上，桥下即龙门洞，大洞中仍有小洞——济公洞和观音阁。龙门洞大道通其上，清溪流于下，瀑布垂于洞口，清珠泻玉，洞内怪石嶙峋，千姿百态。两壁多有摩崖题记和嵌碑，最有名的是北宋苏东坡之裔孙苏元老撰书的《龙洞记》，文笔恬淡优美，生动流畅，再现了800年前龙门洞的绝妙景色。从龙门洞上来，时间已经不早了，考察队一行经阳平关镇，再次沿九寨沟专线返回宁强县城。

10月25日早晨，我们一行在孙启祥的陪同下参观了宁强县羌文化馆。汶川大地震后，羌文化受到中央与地方的重视，宁强县借机建了羌文化博物馆。里边文物虽然不多，但馆长十分热情有干劲，一再向我们说再过几年来参观，展品定会琳琅满目，让我们大饱眼福。

10月26日下午2:30我们一行自成都东站乘坐动车回重庆火车北站，然后乘汽车返回西南大学，结束了为期八天的考察。

这次对三条江源头地区的考察虽然行程紧张，但收获颇大，收集到了许多考察地区的第一手资料，了解了三条江源头地区的地形地貌，对考察地区的民俗风情有了初步了解，同时对嘉陵江上游地区有了更多的感性认识。此外，经过考察，对历史地理学界先前一些深有影响的观点有了新的认识，发现其中缺少实际依据，进而提出了质疑。这次考察，我们另一明显的感悟就是研究区域历史地理，必须将实地考察与历史文献相结合，二者缺一不可。即使走向田野，如果我们完全忽略历史文献，在地理空间感知方面也将是一片茫然。以文献作为大致定位，以田野考察来印证文献记载，再结合具体的山川地形和相关历史遗迹、考古文物，就会对诸多历史地理问题得出逼近事实真相的结论。

（本文系与研究生高晓阳合写）

蜀人捕猴杂感

清人徐心余在《蜀游闻见录》中记载的蜀人捕猴之事，读后让人唏嘘不已。说的是川西猎人捕猴十分高明，先以木造一屋，置于山下。木屋四面门窗，均有暗机。猎人距木屋数十丈远掘一深洞，上盖木板，人藏板下，有绳索通木屋机关。先有一猴下山见该处有屋，不敢贸然进屋，先将四面门窗一一推摇，见无人在内，"而后入山长啸一声，则众猴闻声纷至，聚集屋下，跳窗而入"。猎人见时机已到，拉绳使门窗同时紧闭；然后十余猎猴者持利刃四面围木屋，猴哀号不断，猎人并不理会，推窗先抓一猴乱刀劈死，扔进猴群，"猴尽伏，不敢动，猎以草绳一捆掷入，叱令自缚送出"。可怜的猴们只好相互捆绑，凄然就擒。好在猎人尚未尽行擒拿，将少数猴放生山林，以待来日猎取。被放生的猴子出屋时还忘不了"各执玉麦一包，亦有空手回者，均泪浮于面，惨不忍见焉"。

这是一段不忍卒读的文字，虽然事情发生于两百多年前的乾隆年间，但落入陷阱猴群的悲哀凄惨之状却不时揪人心疼。"大师兄们"为了生存下山寻食，尽管有所警惕，却仍然防不胜防，集体陷入人设的陷阱。实际上在昔日漫长的岁月里，在四川，在全国，类似残害动物的悲剧常有发生。清中叶以后，国内森林动物锐减，大量野生动物趋于减少乃至灭绝。今日四川除了峨眉山上还可偶见猴群外，他处所见不多。我想，如果真的有一个动物法庭，必将诉讼不断。

洪荒沧桑，亿万年来地球上万千生灵本来各有领地，各有所属，相互依存。现今保护野生动物、维护生态平衡的呼声不绝于耳，但猎杀珍稀野生动物的惨剧却时有发生，人的进化、文明的发展必须要以相邻生灵的毁灭为代价吗？人类发展至今，其智慧技能已无与伦比，足以主宰地球万物的命运，甚至可以毁灭地球本身。对野生动物的残杀与威胁，也足以使其举族灭绝。过去让人们闻之色变的大虫猛虎，如今要不是动物园尚能看到，少年儿童简直不知是何物了。曾长期在秦巴山地生存的华南虎、长臂猿、犀牛、孔雀、鹦鹉在本地有的早已灭绝，如果不是保护及时，大熊猫、朱鹮等珍贵的动物也很可能成为美丽的传说。现在遑论上述珍物，即使连几十年前随处可见的斑鸠、麻雀等寻常鸟类在田野、城乡也不易看到，真庆幸我们这些中年人毕竟还曾有过鸟语花香、与动物相伴的童年经历，而新一代"花朵们"只有在爷爷们的鸟笼下听小鸟无奈地歌唱了。

虽然古代有诸如上引笔记中的猎猴惨剧，但因当时野生动物数量繁多，所以影响并不甚大，更何况国人自古即有怜悯生灵的动物保护意识。五代王仁裕在山南汉幕府时曾有山民献上幼猿一只，王氏将其养大后放归山林，后来王氏归蜀与猿邂逅，猿对诗人甚为依恋，不忍离去。《太平广记》说：昔邓芝射猿，其子拔其矢，以木叶塞疮。芝曰："吾惟物性，必将死焉，于是掷弓矢于水中。"邓芝的忏悔意识对今人应有所启示。

　　人对野生动物的滥捕滥杀和过度对大自然的攫夺已招来大自然的不断报复，而生态环境的恶化已给人类自身带来日益严重的威胁，厄尔尼诺、拉尼娜、南极上空臭氧黑洞已让全世界一片惊慌，1998年长江流域大面积的特大洪水灾害也与长江中上游森林植被严重破坏、水土严重流失有直接关系。动物是无辜的，几百万年来一直与人类和平共处，何以今天会遭受灾难？关键，还是人类无所不用其极的贪欲所致。或许，这是又一次沉重的世纪警钟。半个多世纪前，东欧一位革命者就义前曾在绞刑架下深情呼喊：人们，我爱你们，你们要警惕啊！今天，需要我们警惕的恐怕更应该是大自然的四面危机。

巴人与战争

2019 年 9 月底的一天，突然接到四川考古研究院前院长高大伦先生的电话，说 10 月下旬四川巴中市的巴文化艺术节要推出一个专家论坛，邀请三位国内"顶尖"的巴文化学者在电视台作"三讲文化"讲座。巴文化艺术节开幕当天还要做一个现场访谈，每个专家讲一个主题，大约 30 分钟，现场直播。高大伦先生因在南方科技大学有要务无法参加，遂推荐我作为重庆方面的专家参加，并作"巴人与战争"主题演讲。刚刚放下电话不久，巴中电视台谷先生的电话就来了，说得很诚恳，就是请我参加下月召开的巴文化论坛，希望支持，并说有论坛方案，届时有车来接。

高先生是我尊敬的前辈，盛情难却，于是我放下手头的工作开始准备资料，思考这个虽然是"命题作文"但也是我多年感兴趣的话题。当然，我也想借这个机会从历史文献和考古文物的角度，对巴人这个英雄的群体有更深刻的认识。

巴人与战争，似乎是与生俱来的主题。

历史上的巴人是一个苦难却又尚武不屈的族群。巴人的领土最大时"东至鱼复，东至僰道，北接汉中，南极黔涪"。面积虽然不小，但多为崇山峻岭，间或有些山间坝子可以耕稼，生存空间有限，多以渔猎为生。巴人第一次出现在历史舞台上是在武王伐纣这次伟大的战役中。据《华阳国志·巴志》记载，巴人不仅参加了周武王在周原的誓师会盟，而且表现得相当英勇而浪漫："周武王伐纣，实得巴蜀之师，著乎《尚书》。巴师勇锐，歌舞以凌殷人，前徒倒戈，故世称之曰：武王伐纣，前歌后舞也。"这是何等壮观的场面！可以想象，在这场关涉改朝换代的决定性战役中，来自大巴山南北粗犷、悍勇的巴人，在东向讨伐商王朝的滚滚洪流中载歌载舞，毫无畏惧，把血与火的战争当作一场独展绝技的狩猎，当作注定会满载而归的盛大乐舞。在这血与火的冲锋陷阵中，巴人是那样彪悍、那样乐观，这难道不也是这个古老的山地民族的"文化自信"吗？

　　巴人再次出现在史册上是楚汉战争前夕刘邦（当时还是一个被称为"沛公"的小诸侯）自汉中还定三秦之时。波谲云诡的鸿门宴后，侥幸脱逃的刘邦接受西楚霸王项羽所授之"汉王"的分封，就近穿越子午谷，来到秦岭、大巴山之间的汉中"就国"。一路上，刘邦用张良计，走入秦岭山谷，一边向汉中进发，一边烧毁走过的栈道，意在向项羽表示我刘邦决意终老汉中，无意北还。项羽多少受到了迷惑，便不再担心刘邦东归，到了徐州踌躇满志地坐上了"西楚霸王"的宝座，以为从此天下归项，可以世代君临天下，安享荣华富贵。尽管他把将秦朝三降将章邯、司马欣、董翳部署在关中、陕北，作为监督，其实只是做做样子，完全不相信在后来被曹操称为"天狱"的南郑就国的刘邦会有什么"异动"。哪知刘邦只在汉中短短四个月，就采纳军事天才韩信"明修栈道，暗渡陈仓"奇计，剑走偏锋，循嘉陵江险道，突然兵出陈仓（宝鸡），击溃楚军，很快收复关中，拉开与项羽决战的序幕。此间，萧何坐镇汉中，督运粮草，得到大巴山区"板楯蛮"七姓部族的支援。巴人构成的"板楯蛮"不仅为刘邦补充兵源，也贡献赋税，为楚汉战争的胜利做出了重要贡献。刘邦建立汉朝后，感怀巴人作战的英勇与对战争的支持，遂将长期流传于巴地的军事舞蹈引入皇宫，赐名为"巴渝舞"，不仅自己与皇后、后妃们饮酒作乐时观看，而且用来招待诸侯与外国使节，"巴渝舞"遂成为巴人历史上第一个进入皇家宫廷的艺术表演节目，但当时还只是一种燕乐杂舞。汉朝退出历史舞台后，"巴渝舞"并没有消亡，而是继续演化，逐渐成为军乐舞蹈。南北朝时，出现《兰陵王入阵曲》。兰陵王高长恭为北齐王朝宗室将领，系北齐开国皇帝高欢之孙，文襄帝高澄第四子，生相秀美，性格温柔，但时代形势偏偏要他典兵打仗。其美男子形象虽然颇得女人喜爱，但在战场上却不足以威慑敌人，于是有人建议仿照昔日的"巴渝舞"，让兰陵王及其卫队上阵时一律戴上夸张的恐怖野兽面具。这一招果然奏效，常常一上战场，这群"猛兽"就把敌人吓得望风而逃。于是音乐家们便根据这一故事编导出了《兰陵王入阵曲》这一军中舞乐，后该舞乐流行于南北朝后期至唐初。唐太宗李世民虽然以"玄武门之变"非常规继位，但也算是从隋唐鼎革之际剑丛箭雨中冲杀出来的皇帝。他对军乐舞蹈似乎也非常热衷，又在《兰陵王入阵曲》的基础上亲自编导了大型音乐舞蹈《秦王破阵乐》。据宋人王溥在《唐会要》中记载，《秦王破阵乐》的演员队伍由 128 名披甲执戟的壮士布成战阵，舞蹈分为三段，每段四种战阵。其中舞者"往来击刺，疾徐应节，抑扬蹈厉，声情慷慨，相传观者莫不扼腕踊跃，凛然震悚"，从中我们不难看出早期"巴渝舞"的一些影子。

历史上巴人与战争纠葛时段最长的是在南宋时期，由于秦岭、大巴山一线是宋金战争与宋蒙战争在西部的主战场，大巴山地区再次沦为金戈铁马、狼烟四起的重要战场。南宋一个半世纪先是百年宋金战争，后半个世纪则是宋蒙战争，川陕大巴山地区都是侵略与反侵略战争的西线主战场。靖康之难，北宋灭亡，南宋建立，历史进入宋金战争时期。南宋初年全国很快形成三大战场，即东部的淮河战场、中部的荆襄战场与西部的川陕战场。金人一直有一个十分险恶的计划，就是突破南宋秦岭、大巴山防线占领四川，再从长江上游东下包抄、灭亡南宋。但在爱国军民的顽强抗击下，南宋方面一直牢牢地防守着秦岭、大巴山防线，金人始终未能进入四川，这使得南宋有一个世纪之久的相对和平，而此时南方社会经济达到中古时期的顶峰。

然而宋蒙战争爆发后，情形却大不相同。早在成吉思汗灭亡西夏的战争中病亡前夕，这位蒙古民族具有罕见军事谋略的大军事家就留下遗嘱，指示蒙古军队"假道"嘉陵江及陕南，东向合围金国。绍定四年（1231年），蒙古军强行"假道"宋境，蹂躏关外五州，攻破三关，并且沿嘉陵江南下，在陕南、川北地区"纵骑焚掠，出没自如"，史称"辛卯之变"。宋理宗端平二年即1236年，宋蒙战争拉开序幕。在西线，蒙古军队吸取金人对秦岭一线百年久攻不下的历史教训，以不到一年时间的凌厉攻势首先占领秦岭、汉中一线，紧接着以兴元、利州为桥头堡大举入川；同年，占领米仓道，突破了大巴山防线，开始了近半个多世纪对四川的逐步侵占。

宋蒙战争期间，蒙古军队多次翻越米仓山突入巴、阆、达、万一带。宋蒙双方皆以米仓道为重要军事孔道。可见，蒙古军队在侵攻四川战略中，米仓道始终是其进军的重点路线。米仓道既失，南宋等于失去了大巴山防线，战线推进到大巴山以南巴州、渠州一带，苍溪、南充、合州成为分散的抗敌堡垒，从此抗蒙战争的范围渐渐由川东北向川东南收缩。

但蒙古军队在川东南巴渝一带却遭到了顽强的阻击，1259年的合川钓鱼城之战，蒙古国的皇帝蒙哥大汗被打死，不仅沉重打击了蒙古军队灭宋的图谋，也改变了世界历史进程。合川钓鱼城如中流砥柱坚守36年之久，不仅显示了巴渝地区人民顽强的抗战精神，也延缓了南宋的灭亡。

巴渝地区的抗击蒙古侵略战争整整坚持了半个多世纪，直至南宋朝廷最后的海军在崖山之战中全军覆没，只有合川钓鱼城等少数城堡还控制在宋军手中，可见南宋军民的抗战精神多么可歌可泣。

近现代以来大巴山地区再次扮演了重要角色。20世纪30年代，以巴中通江为中心的川陕革命根据地是当时第二大苏区，仅次于江西瑞金中央苏区。川陕革命根据地最强盛时发展到陕南、川北、川东。抗战前夕，在汉中与巴中之间还有一条红色交通线，中共地下党通过这条交通线，秘密沟通驻扎陕南的杨虎城部队与红军的联系，为中国共产党抗日民族统一战线的形成做出了重要贡献。据巴中党史工作者统计，整个红军时期，仅仅巴中一地，就有12万人参加红军，近 5 万人陆续牺牲。最后一位巴中革命女杰、老红军王定国奶奶前不久以 107 岁高龄去世。可以说，在革命战争年代，古老巴人的后裔为中国人民的解放事业做出了重大的牺牲与特殊的贡献。

国共两党在大巴山地区的最后较量发生在 1949 年。1949 年 5 月，秦岭以北的陕西关中平原大部分已经解放，蒋介石集团企图作最后挣扎，利用西南诸省崇山峻岭、交通不便、封建残余势力强大等条件，企图长期盘踞于此。

党中央采取大迂回、大包围战略，从 1949 年 11 月 1 日开始打响解放大西南的战役，15 日解放贵阳，30 日解放重庆。12 月 9 日，云南、西康的国民党军先后宣布起义。成都被围之敌，除一部分在突围中被歼外，其余宣布起义或投降。到此，除了西藏、台湾、海南岛外，我国基本得到解放。

20 世纪六七十年代，根据中央的部署，东北、华北及东部沿海一些重要国防厂矿企业纷纷迁至西南，大巴山地区成为三线建设的重镇，大量工厂建在大巴山地区。大巴山地区为国家当时的军事战略转移贡献很大。同时，这一时期的三线建设也为古老而落后的大巴山地区的现代化进程起到了有力的促进作用。

（此文系 2019 年 10 月 19 日在巴中电视台演讲稿基础上修改而成）

地理意象的跌宕：唐宋诗中的关中与秦岭

诗歌是诗人骚客的艺术作品。从中国文学史的角度看，诗同时也是一个时代的精神记忆。历朝历代的文学作品中，有关京城与京畿地区的诗歌从数量上说总是超过其他地域。这自然不难理解，京城作为国家的政治中心，天子脚下，巍峨宫阙，帝都威仪非他处可比。文人学士自然心驰神往，因而衍生了无数"京畿诗"。这些"京畿诗"不仅集中反映了一个时代知识阶层的各种心态与价值取向，而且从一个侧面折射了时代的变迁与国运的盛衰，值得特别关注。

唐宋时期关中地区经历了由京畿而"故都"的重大历史变迁，唐宋诗歌中的"关中意象"也表露出迥然不同的文化感知，秦岭的地理意象也在此间悄然转变。分析唐宋诗歌中关中及秦岭文化意象的变迁，对于认识一个传统的政治中心地区历史地位与文化意义的嬗变无疑有重要意义。

在唐宋时期知识阶层文化心理中，关中的政治与文化地位无疑占有十分突出的地位。唐长安为帝国京城，关中为畿辅之地，既是大唐帝国的国都所在，又是无数文人士子科举赶考、入朝为官，实现政治梦想的目标之地。因此，有唐一代题咏长安的诗歌俯拾皆是，关中题材的诗歌也占有相当分量，以讴歌长安及关中平原"帝王州"恢弘气象、寄托举子科举入仕的政治梦想者居多。宋代国都东迁，关中虽然失去了全国政治中心的地位，但仍然是西北地区最为重要的枢纽城市。同时，关中平原周秦汉唐时代的大量历史遗迹往往会触发宋代士人伤时感世的心灵，长安访古，总有麦秀黍离的历史沧桑感，因而留下大量长安怀古诗。从唐到宋，长安也经历了从"国都"到"故都"的巨大历史性变迁。这样，唐宋诗歌中的关中或长安就不仅仅只是一个都城，而具有多方面的文化象征意义。

号称"八百里秦川"的关中平原四塞险固，原野肥沃，山川雄奇，周秦汉唐时皆为国都首选之地。唐名臣郭子仪如是说："雍州之地，古称天府。右控陇蜀，左扼崤函。前有终南太华之险，后有清渭浊河之固。神明之奥，王者所都。"在唐人诗歌中，杜甫《秋兴八首》中"秦中自古帝王州"的文化地理观念影响至深，关中首先是作为畿辅"帝王州"地理意象入诗的，弥漫着一层厚重的政治文化气象，这在唐太宗李世民所作的《入潼关》一诗就已经展露出来："崤函称地险，襟带壮两京。霜峰直临道，冰河曲绕城。古木参差影，寒猿断续声。冠盖往来合。风尘朝夕惊。"自崤山、函谷关西渡黄河即进入周秦汉隋古都所在的关中平原。关中四塞险固，政治军事地理条件得天独厚，唐朝诗人们对关中军事地理首先称颂，认为它是保障国都安全的重要地理条件："都城三百里，雄险此回环。地势遥尊岳，河流侧让关。秦皇曾虎视，汉祖昔龙颜。何处枭凶辈，干戈自不闲。"在张祜眼中，正是关中的险要地势保证了秦皇汉武的赫赫功业，也表明在唐代，潼关已经取代函谷关成为长安的东门户。许浑则以简洁的笔调点画了潼关"山形朝阙去，河势抱关来"的地势特点，不过具有险要地势的潼关在"安史之乱"中曾被叛军攻破，迫使玄宗一行仓皇西逃，诗人并没有像张祜那样一味赞美，而是通过潼关"雁过秋风急，蝉鸣宿雾开"的秋晨景色表达深深的政治隐忧。杜牧诗有"洪河清渭天池浚，太白终南地轴横。祥云辉映汉宫紫，春光绣画秦川明"的咏唱，则以天池、地轴比喻关中形胜。

关中人文历史积淀丰富，有众多王朝建都，形成了特有的人文景观。巍峨宫阙、雁塔晨钟、曲江碧波、灞桥烟柳、泾渭古渡、终南积雪、汉唐陵寝等，这些唐关中平原特有的人文与自然景观组成了唐诗关中平原的文化空间。"皇居帝里崤函谷，鹑野龙山侯甸服。五纬连影集星躔，八水分流横地轴。秦塞重关一百二，汉家离宫三十六。"这是初唐四杰之一骆宾王《帝京篇》中的诗句，诗着意于长安及关中平原"帝王州"恢宏气象的描述，竭力张扬的是关中显赫森严的畿辅帝王之气。宋之问《长安道》则是对长安城的远视角图景："秦地平如掌，层城出云汉。楼阁九衢春，车马千门旦。"开元诗人苏颋赞美关中"壮丽天之府，神明王者宅。大君乘飞龙，登彼复怀昔。圆阙朱光焰，横山翠微积。河汧流作表，县聚开成陌。即旧在皇家，维新具物华"。在开元诗人看来，关中气象与盛唐气象相辅相成，其实也是大唐帝国鼎盛时期的象征。辉煌的历史文化与八百里秦川浑然一体，关中的地理气象自然就具有一种王者之气。元和诗人殷尧藩把这一地理意象表现得淋漓尽致："龙虎山河御气通，遥瞻帝阙五云红""地入黄图三辅壮，天垂华盖七星高""礼乐日稽三代盛，梯航岁贡万方同"，延续了某些盛唐关中气象的流风余韵。而关中平原厚重的历史积淀与星罗棋布的名胜古迹更能增添大唐京畿腹地的非凡气度："山连河水碧氤氲，瑞气东移拥圣君。秦苑有花空笑日，汉陵无主自侵云。古槐堤上莺千啭，远渚沙中鹭一群。赖与渊明同把菊，烟郊西望夕阳曛。"这是唐开成年间诗人陈上美题咏关中的名篇，虽然此时唐帝国从政治上已经走向黄昏，关中诸多陵寝苑囿也呈衰圮迹象，但在诗人心目中，关中平原的帝王之州依然气象不减，依旧维系着晚唐士子的政治梦幻，寄托着他们的政治情愫。

长安城在唐诗中有"上国""帝都""皇都""皇州""凤城""都门""青门"等多种称谓，如果说关中在唐诗中作为"自古帝王州"，只是提供了一个大的地域背景，那么最能代表关中辉煌的则无疑是京师长安的雄伟景观。"初唐四杰"中的卢照邻、骆宾王都对走向昌盛时期的长安城有史诗般的描绘。卢照邻《长安古意》诗云："长安大道连狭斜，青牛白马七香车。玉辇纵横过主第，金鞭络绎向侯家。龙衔宝盖承朝日，凤吐流苏带晚霞。"如果说卢照邻笔下的长安渲染的是雍容华贵的帝王气象，骆宾王的《帝京篇》则多角度再现了一代显赫帝都特有的人文景观："山河千里国，城阙九重门。不睹皇居壮，安知天子尊。……殿岌峨对玉楼，椒房窈窕连金屋。三条九陌丽城隈，万户千门平旦开。复道斜通鳷鹊观，交衢直指凤凰台。剑履南宫入，簪缨北阙来。声名冠寰宇，文物象昭回。钩陈肃兰戺。璧沼浮槐市，铜羽应风回，金茎承露起，校文天禄阁。习战昆明水，朱邸抗平台。黄扉通戚里，平台戚里带崇墉。炊金馔玉待鸣钟，小堂绮帐三千户，大道青楼十二重。宝盖雕鞍金络马，兰窗绣柱玉盘龙。绣柱璇题粉壁映，锵金鸣玉王侯盛。"虽然这两首歌咏帝京的名篇后半段都对帝王公侯豪奢极欲、纸醉金迷生活不无忧虑与讽喻，但仍竭力对长安城阙宫殿、亭台楼树、复道通衢、香车宝马进行铺陈与渲染，烘托出的是一代显赫帝都的恢宏华丽人文景观和雄视天下的气势。在唐诗中，长安城之夜，尤其能显示大唐帝都的豪奢壮观："月色灯光满帝都，香车宝辇溢通衢"，这是李商隐回忆中的长安元宵之夜。在长庆诗人袁不约的诗中，长安城依然有这样的奢华景观："凤城连夜九门通，帝女皇妃出汉宫。千乘宝车珠箔卷，万条银烛碧纱笼。歌声缓过青楼月，香霭潜来紫陌风。长乐晓钟归骑后，遗簪堕珥满街中。"

当然，诗歌中的地理景观难免有夸张与想象，同样的空间景观有时会随着诗人身世、遭际、情绪的不同而变化，表现出不同的地理意象和感知。所以，唐诗中的长安意象也并非一成不变，诗人们宦途的顺达与穷蹇、科举的及第或落第，甚至身心的强壮或弱病，都可以使诗作中的长安城市意象让人感知不同的空间。韩愈宦途顺达时眼中的长安是"天街小雨润如酥，草色遥看近却无。最是一年春好处，绝胜烟柳满皇都"。与此类似的还有封敖的《春色满皇州》诗："帝里春光正，葱茏喜气浮。锦铺仙禁侧，镜写曲江头。红萼开萧阁，黄丝拂御楼。千门歌吹动，九陌绮罗游"，喜悦舒畅心境中再现了长安城一片春光明媚、一派喜气洋洋的良辰美景。长安应试是唐士子走向仕途第一驿站，是光荣与梦想的全部寄托，及第上榜则意气风发，"春风得意马蹄疾，一日看尽长安花"，长安在心目中俨然一片繁花似锦；落第下榜则凄苦悲叹不已，成为唐士子文化心灵的一大磨难，长安也随之成为"高处不胜寒"之地。一时落第的贞元诗人陈羽，笔下的长安景观就给人异样的空间感触："九重门锁禁城秋，月过南宫渐映楼。紫陌夜深槐露滴，碧空云尽火星流。清风刻漏传三殿，甲第歌钟乐五侯。楚客病来乡思苦，寂寥灯下不胜愁。"与此有同样际遇心境的还有晚唐诗人薛逢，其诗中的长安之夜传递的同样是一种凄清如许的意象："滞雨通宵又彻明，百忧如草雨中生。心关桂玉天难晓，运落风波梦亦惊。压树早鸦飞不散，到窗寒鼓湿无声。""安史之乱"后，大唐盛世繁华已逝，宫中寂寥。白居易的《长恨歌》"西宫南苑多秋草，落叶满阶红不扫"，折射的是长安逐渐走向没落的悲凉。唐诗中与此同时映现的还有曲江的荒凉，如杜甫《哀江头》："少陵野老吞声哭，春日潜行曲江曲。江头宫殿锁千门，细柳新蒲为谁绿。"晚唐国运日蹇，政治昏暗，大部分诗人及第长安、经邦济世的政治理想已经幻灭，此时诗歌中的长安城也常常给人以迟暮寂寥之感，如刘沧《长安冬夜书情》："上国栖迟岁欲终，此情多寄寂寥中。钟传半夜旅人馆，鸦叫一声疏树风。古巷月高山色静。寒芜霜落灞原空。今来唯问心期事，独望青云路未通。"在诗人笔下，长安之夜的凄清寂静，象征着大唐的盛世不再。诗人心宇浩芒，却已报国无门。在晚唐咏长安诗中，刘沧此诗反映了晚唐诗人们普遍的心理感受。

麦秀黍离：宋代诗歌中的关中地理意象

唐宋之际，中国传统政治地理格局发生巨大变迁，北宋定国都于汴梁，标志着关中作为传统政治中心时代的终结。实际上，关中的衰落从盛唐开始已经渐露端倪。晚唐的战乱，朱温胁迫唐昭宗迁都，拆毁长安城，致使长安地区迅速衰落残破，作为"帝都"的繁华与显赫也一去不复返。宋初诗人王禹偁流贬商州时不无伤感："自唐风不竞，鼎入于梁，长安废为列藩。"宋代的长安已经下降为西北地区一个区域性城市，国都不再，在人们视野中呈现出来的只是一片故都遗址苍凉景观。邵博与友人游历长安，凭吊唐大明宫故址，眼前竟是这样一番景象："至唐大明宫，登含元殿故基，盖龙首山之东麓，高于平地四十余尺，南向五门，中曰丹凤门，正面南山，气势若相高下，遗址屹然可辨。自殿至门，南北四百余步，东西五百步，为大庭殿后，弥望尽耕为田。太液池故迹尚数十顷，其中亦耕矣。"陆游其至明确提到："长安民契券至有云某处至花萼楼，某处至含元殿者，盖尽为禾黍矣。而兴庆池偶存十三，至今为吊古之地。"邵、陆二人的记载对研究宋代长安城的历史地理价值自不待言，其展现的悲凉景观与深沉心绪也是显而易见的。所以宋代诗人凭吊怀古，题咏关中、长安之诗都有麦秀黍离的历史沧桑感。关中给人的总体印象是萧瑟残破，但关中毕竟是周秦汉唐诸王朝的国都所在，曾长期作为华夏文明的中心，富于历史意识的宋代知识阶层对关中平原仍然怀有深沉的眷顾，感伤长安故都的萧条；同时，也一再看重其丰厚的历史文化积淀，并高度评价其文化地位，这使得宋诗中的关中具备双重的文化内涵，意象上的萧瑟感与文化心理的怀旧认同感交相辉映，长安地理形象因之也就被赋予了更复杂的历史地理意象。

　　宋代题咏关中诗中，感叹关中荒凉萧条的诗作占了关中诗歌的大多数，多为追昔叹今、伤时感世之作。邵雍仕宦陕西，一入秦岭就深感关中历史的陵谷之变和时下的荒凉："秦川两汉帝王区，今日关东作帝都。多少圣贤存旧史，夕阳惟只见荒芜。"寇准的长安怀古诗意象更为悲凉："唐室空城有旧基，荒凉长使后人悲。遥村日暖花空发，废苑春生柳自垂。事着简编犹可念，景随陵谷更何疑。入梁朝士无多在，谁向秋风咏黍离。"寇准为华州下邽（今陕西渭南）人，算是关中本土人，其诗中的关中应该并非一时一地的关中之景，而是多年形成的感觉意象。曾经作为唐长安著名水上风景区的曲江，在宋诗中也成了长安没落衰败的象征。北宋诗僧宗惠题咏长安诗中的"人游曲江少，草入未央深"，为传颂一时的名句，典型地表现了宋长安古城的荒凉。李复为长安人，对唐朝故都的历史地理研究曾有深厚的造诣，他的《曲江》诗不仅凸显了长安景观的萧瑟，而且充满历史的反思："唐址莽荆榛，安知秦宫殿。常因秋雨多，时有微泉泫。孤蒲春自生，凫鹜秋犹恋。千古蔽一言，物极理必变。"应该说，宋代曲江池的荒凉与孤寂并非完全是诗人的主观想象，也反映了真实的地理原貌。曲江池在唐时是位于长安城东南隅的一大片洼地，作为唐皇家水上名苑，曾经烟波浩渺，楼亭相望，更是举子及第、皇帝赐宴的荣耀之地。晚唐五代时期兵荒马乱，曲江池也疏于疏浚，渐渐干涸湮废，入宋以后已经彻底干枯，荒草丛生，一片萧条景象。宋哲宗元祐年间，张礼等人曾专程考察唐长安古城遗址，所见曲江就是一片荒凉。其《游城南记》云："倚塔，下瞰曲江，宫殿乐游燕喜之地，皆为野草，不觉有黍离麦秀之感。"这可与宗惠、李复诗中的曲江景观相印证。而"黍离麦秀之感"，则正是宋人凭吊长安诗的共同文化心理。

当然，宋代关中的景观地理并非如此单一，关中形胜壮美秀丽，依旧有其不朽的魅力。张方平西行入蜀经陕，对关中地理感觉就十分良好："高原极望秦川阔，危栈横空蜀道长。多谢终南山色好，迢迢相送过岐阳。"虽只是匆匆过境，秦川的"第一印象"却很深刻。北宋承平日久，加之人为疏浚兴修，一些昔日的宫苑湖池也曾一度有所恢复，展露出某种程度的古都新貌。如蓝田辋川以风景优美著称，曾是唐朝诗人宋之问、王维、岑参等别业所在，在宋代依旧保持着某些唐时风貌。苏舜钦途经关中时曾特地前往游览，其《独游辋川》描绘了北宋时这一名胜的画卷："行穿翠霭中，绝涧落疏钟。数里踏乱石，一川环碧峰。暗林麋养角，当路虎留踪。隐逸何曾见，孤吟对古松。"辋川的青山绿野恬静安详，如诗如画，令人流连忘返。关中西部的凤翔府一带，宋代生态环境尚好，高山流水、茂林修竹随处可见，"府古扶风郡，壤地饶沃，四川如掌，长安犹所不逮。岐山之阳，盖周原也。平川尽处，修竹流水，弥望无穷"，苏轼、苏辙兄弟均曾赋诗题咏，对凤翔府地理环境赞美有加。苏辙诗甚至说"秦中胜岷蜀，故国不须归。甲第春风满，巴山昼梦非"。在宋代诗人笔下，灞岸烟柳仍然是长安之春的一大美景，寇准诗两次提及灞柳晚象:"灞岸春波远,秦川暮雨微。凭高正愁绝,烟树更斜晖""淡淡秦云薄似罗,灞桥杨柳拂烟波"。虽然已经没有了士女踏青春游、士子折柳送别的盛唐场面,但灞桥烟柳依旧是长安郊外迷人的风景线。

宋代长安兴庆池的前身是唐代兴庆宫内的人工湖,当年为唐明皇乐游之处,北宋时经过恢复,已经达到一定规模。从苏舜钦《兴庆池》一诗来看,兴庆池水域还是相当大的:"余润涨龙渠,疏溜连清浐。助晓远昏山,浮秋明刮眼。渔归别浦闲,雁下沧波晚。岸北有高台,离魂荡无限。"宋代兴庆池已经是长安城官员士女春游踏青的乐园,如范纯仁诗中的兴庆池:"莎匀古岸添新绿,蝶绕残花采旧香。佳木引阴交翡翠,疏林迸笋补篔筜""池边喜逐彩旗行,初夏亭台照水明。筼筜乍开春后绿,林梢长带雨来声。新荷猎猎香风远,深洞沉沉昼景清"。碧波亭榭,春雨幽篁,令诗人流连忘返。刘敞《兴庆池送客》中的兴庆池更是"红蕖千顷合,碧树百年藤。长日宜沿溯,清风破郁蒸",宛如江南水乡良辰美景。即使到了万木萧条的秋天,兴庆池也是"水风杨柳猛消暑,沙雨芰荷潜造秋。惊月禽栖时落树,避灯鱼鬣暗冲舟",岂非与"留得残荷听雨声"的意境有异曲同工之妙?兴庆池的风景秀丽,点画着宋代长安城的春色一角,也为一片枯黄的宋代长安城涂上一抹清新的绿色。然而在宋诗中,这类诗歌所占比例甚少,描绘关中萧瑟、破落景观,感叹繁华不再者居多,关中地区某些地方的春色美景只是一种自然景观陪衬,而雁塔浮云、辋川绿野、灞岸烟柳、兴庆碧波引发的常常是伤世感怀的忧思,更能衬托宋代关中历史的沧桑和人文景观的萧瑟。

宋诗关中的政治地理意蕴

虽然宋代国都东迁，关中不再作为王朝的京畿之地，但山川河流的险固雄奇却依然是文人学士一再咏叹的对象。不过，宋诗对秦川地理的题咏中总渗透着一种悲凉的历史沧桑感和更多哲学意味的历史反思。范祖禹自蜀赴汴京途经陕西时，曾写下多首凭吊游览关中的诗，对关中平原的地理景观感触颇深，最典型者当是其《长安》诗："我来踏雪走函关，下视秦川坦如坻。晓登太华三峰寒，凭高始觉天地宽。却惜京华不可见，烟花二月过长安。长安通衢十二陌，出入九州横八极。行人来往但西东，莫问兴亡与今昔。昔人富贵高台倾，今人歌舞曲池平。终南虚绕帝王宅，壮气空蟠佳丽城。黄河之水东流海，汉家已去唐家改。茂陵秋草春更多，豪杰今无一人在。"作为蜀人的范祖禹首次北逾秦岭，即被关中平原雄奇的山川地理和悠久的历史文化所震撼。秦川平坦如坻，华岳高耸入云，长安通衢、曲江池苑遗迹犹在，汉陵唐阙历历在目，然而"汉家已去唐家改"，汉唐繁盛早已灰飞烟灭，诗人禁不住感慨万千。

宋代关中地理诗往往夹杂着军事地理评论和深沉的历史反思。如北宋晁以道在考察了秦汉唐长安、咸阳遗址后作如此感叹："诗所谓'经始勿亟，庶民子来'者，其专以简易俭约为德，初不言形胜富强，益知仁义之尊，道德之贵。彼阻固雄豪，皆生于不足，秦汉唐之迹，更可羞矣。"这一思想反映在诗歌中，则隐含着"重德不重险"的传统政治地理观念。刘敞《观陕西图二首》："险固非天意，承平怪主忧。三年劳将帅，万里问旃裘。尚记安西道，空悲定远侯。

大河知所向，日夜正东流。忆昨传消息，羌来渭水旁。信知秦地险，未觉汉兵强。青海通西域，长城起朔方。分明见地里，怅望隔要荒。"刘攽《题陕西图三首》对关中形胜的观感与之颇有异曲同工之妙："干戈今日事，关塞此图看。白日长安近，苍山垄坂寒。由来名百二，自古有艰难。指以安西道，凝情意据鞍。"在宋代诗人们看来，关中自古以被山带河、四塞险固著称于世，但周秦汉唐王朝建都于此，最终并没有保证江山社稷传之千秋万世。河山的险固固然重要，但更重要的则是君臣的圣明贤能和国家军事的强大，唯有这样才能金瓯永固，威震八方，否则即使秦修长城、汉通西域，也皆非长久之计。苏舜钦在长安凭吊唐含元殿遗址，赋诗以抒发感慨，对唐玄宗朝政治进行了批判："在昔朝元日，千门动地来。方隅正无事，辅相复多才。仗下簪缨肃，天中伞扇开。皇威瞻斗极，曙色辨崔嵬。赤案波光卷，鸣梢殿尾回。熊罴驱禁卫，雨露覆兰台。横赐倾中帑，穷奢役九垓。只知营国用，不畏屈民财。翠辇还移幸，旻天未悔灾。群心争困兽，回首变寒灰。曾以安无虑，翻令世所哀。行人看碧瓦，独鸟下苍苔。虽念陵为谷，遥知祸有胎。青编遗迹在，此地亦悠哉。"诗中的含元殿遗址即唐大明宫含元殿，曾是唐玄宗理政之所，是大唐盛世的象征。然而，正是在这里，在同一个天子手中，既创造过辉煌的开元盛世，又酿成了使唐迅速衰败的"安史之乱"，含元殿可谓唐王朝由盛而衰的历史见证。这样，就不难理解为什么宋代诗人凭吊长安唐宫遗址时心情如此沉重和苍凉了。

唐宋诗中的"秦岭"及地理意象转换

　　秦岭是中国中西部一条著名山系，地跨陇、秦、豫三省，横亘于关中平原南部，因地近周秦汉唐国都长安，与中华文明的起源与发展有密切关系，故有"华夏祖庭"之誉。秦岭不仅是中国南北地理分界线，在文化地理上也是秦陇文化与荆楚、蜀汉文化的分野。在唐宋人语汇中，秦岭西部自太白山至长安南终南山一带在唐宋诗中一般被称为"南山"，终南山以东至商州一带唐人一般称之为"商岭"，有时也直接称之为"秦岭"。而唐诗中的"终南"则主要是指长安南面秦岭山系中今终南山部分。宋人地理概念中的终南山范围较大，西起秦陇交界，东至蓝田。唐诗中不仅有秦岭自然景观、生态环境等多方面的记录，而且还赋予其深沉的文化地理意义。秦岭既是自然之山，又是文化之山。"标奇耸峻壮长安，影入千门万户寒。徒自倚天生气色，尘中谁为举头看。"既是屏蔽关中平原南缘的连绵群山，也是以长安为视角不可或缺的景观构成，甚至秦岭的晴雨雪，也会触发诗人的多愁善感。对于唐代诗人而言，由于秦岭近在京畿之南，举目能及，加之由京师长安前往荆楚、巴蜀之地必须逾秦岭，所以"终南""太白""商岭"等常常被采撷入诗，成为歌咏对象。

　　在唐代诗人中，描写秦岭最厚重者要算"文起八代之衰"的韩愈。韩愈有洋洋千言长诗《南山诗》，对秦岭的历史、山貌、内涵作了多角度的描绘和评论，其篇幅之长、想象之奇峻、思想之复杂、思维之奇特皆为唐诗所罕见："吾闻京城南，兹惟群山囿。东西两际海，巨细难悉究。山经及地志，茫昧非受授。"秦岭在《山海经》中就有记载，被称为"天下之大阻"。韩愈对秦岭的感知从历史追溯回归现实，诗人心目中的秦岭高峻险峭，森林苍郁，云蒸霞蔚，仙风道骨，春夏秋冬，风景各异，显得秀美、深邃、神秘，高深难测：

蒸岚相颏洞，表里忽通透。无风自飘簸，融液煎柔茂。横云时平凝，点点露数岫。天空浮修眉，浓绿画新就。孤撑有巉绝，海浴褰鹏噣。春阳潜沮洳，濯濯吐深秀。岩峦虽犂辜，软弱类含酎。夏炎百木盛，荫郁增埋覆。神灵日歊歜，云气争结构。秋霜喜刻轹，磔卓立瘭瘦。参差相叠重，刚耿陵宇宙。冬行虽幽墨，冰雪工琢镂。新曦照危峨，亿丈恒高袤。明昏无停态，顷刻异状候……

在韩愈笔下，秦岭的雄奇险峻，与传统五德终始的神秘历史观和关中雄浑的地理环境观念紧紧相连，更显现出非凡的气质与人文地理内涵："西南雄太白，突起莫间簉。藩都配德运，分宅占丁戊。逍遥越坤位，诋讦陷乾窦。空虚寒兢兢，风气较搜漱。朱维方烧日，阴霰纵腾糅。昆明大池北，去觌偶晴昼。"对于韩愈个人遭际来说，秦岭的高寒险峻还是人生仕途坎坷多难的象征："前年遭谴谪，探历得邂逅。初从蓝田入，顾盼劳颈脰。时天晦大雪，泪目苦蒙瞀。峻涂拖长冰，直上若悬溜。褰衣步推马，颠蹶退且复。苍黄忘遐晞，所瞩才左右。杉篁咤蒲苏，杲耀攒介胄。专心忆平道，脱险逾避臭。昨来逢清霁，宿愿忻始副。"唐宪宗元和十四年（819年），韩愈因谏诤迎佛骨事激怒宪宗，险些丢掉性命，旋被贬迁炎荒遥远的潮州，经商州秦岭山中的蓝关时曾写下了著名的"云横秦岭家何在，雪拥蓝关马不前"的诗句。"前年遭遣谪""初从蓝田入，顾盼劳颈脰。时天晦大雪，泪目苦蒙瞀"，回忆了当时贬途的情景。因此在韩诗中，秦岭又蕴含一种宦途难测、命运不定的人生苍凉遭际感受，有"高处不胜寒"的绝险意境。

在唐诗中，横亘秦蜀间的巍峨秦岭，不仅是南北交通的一大"天险"，也是铺设在唐代士人心灵上的一道通天桥梁，北逾秦岭，就进入京畿之地、天子脚下，预示着及第授官、人生飞黄腾达；南下秦岭，则往往意味着贬迁漂泊、人生坎坷磨难的开始。在唐人看来，秦岭不仅是秦蜀、秦楚之间地域的分界线，也是都门与飘泊的界碑，是政治人生顺达或蹇困的象征。长安南的终南山密迩帝都，因而有特殊意义。"委曲汉京近，周回秦塞长""商山名利路，夜亦有人行""焉知掖垣下，陈力自迷方""红尘白日长安路，马足车轮不暂闲。唯有茂陵多病客，每来高处望南山"，都很清楚地表达了秦岭对于士人的地缘意义。唐人为求入仕，除科举考试外，隐于秦岭，以图沽名钓誉、名动京师者不乏其人，以致有"终南捷径"之笑柄。但是对于大多数士人来说，人生的失意、仕途的坎坷才是命运的常态。唐诗中的秦岭更多的是作为离别都门、飘零偏远时出现的地理意象。所谓"试登秦岭望秦川，遥忆青门更可怜"的喟叹就是这一心绪的典型写照。白居易贬迁江州（今江西九江），经商州前往贬所，过秦岭时离愁别绪阵阵袭来，几乎悲不自胜："草草辞家忧后事，迟迟去国问前途。望秦岭上回头立，无限秋风吹白须。"司空曙在《登秦岭》

中也有同样的感受："南登秦岭头，回望始堪愁。汉阙青门远，高山蓝水流。三湘迁客去，九陌故人游。从此辞乡泪，双垂不复收。"白居易、司空曙经过秦岭是要赴烟瘴谪迁之地，悲苦心绪固然不难理解，但欧阳詹自长安南下入蜀，本身并非贬官，而是游历，且蜀地也是乐游之地，翻越秦岭时竟也悲伤不已，他的两首有关秦岭的诗抒发的都是同一种心境："南下斯须隔帝乡，北行一步掩南方。悠悠烟景两边意，蜀客秦人各断肠""鸟企蛇盘地半天，下窥千仞到浮烟。因高回望沾恩处，认得梁州落日边"。李涉经武关下商州，面对秦岭也不禁悲从中来，喟叹"远别秦城万里游，乱山高下出商州。关门不锁寒溪水，一夜潺湲送客愁"。温庭筠在《商山早行》中也有同样的心境："晨起动征铎，客行悲故乡。鸡声茅店月，人迹板桥霜。槲叶落山路，枳花明驿墙。因思杜陵梦，凫雁满回塘。"南下秦岭，对诗人来说意味着辞京谪迁、羁旅漂泊，意味着由政治中心走向政治边缘，由秦岭而产生的这一文化心态在唐代表现得特别突出，可以说是在唐代出现的一种特殊文化心理现象，实际上也是秦岭地近京师地理原因的反映。

北宋国都东迁，关中作为国都的辉煌历史宣告结束，有关秦岭的诗歌大大减少，秦岭的地理文化意象也较唐诗简单，但也有一些新变化。在北宋诗歌中，除了一般的秦岭风景诗外，秦岭大多作为学道仙隐场所，笼罩着一层仙道隐逸的氛围。宋初著名隐士种放曾隐居终南山，"山林养素，孝友修身，既聚学以诲人，亦躬耕而事母"，种放因隐居而闻名遐迩，皇帝屡征不至，颇受时人推崇，此后终南山总与隐逸高士相连。"琐闱聊辍皂囊封，赐告归寻一亩宫。关路蒲轮千里远，岩扉蕙帐几年空。"这是宋初西昆诗人杨亿送别种放的诗，诗虽十分含蓄空灵，却隐含着对秦岭隐居地的向往；王禹偁与大隐士种放的唱和诗也以秦岭作为道隐背景："王生出紫微，谴逐走商洛……闽乡正南路，秦岭峭如削。"秦岭宁静高峻，超然世外，也使诗人们产生回归自然之感："秦岭巍巍列万峰，晚岚浑欲滴晴空。如何学得崔重易，吟啸终南明月中。"北宋关中少了都门的喧嚣，秦岭诗的意境也就趋于恬静闲适，其地理意象自然也就失去了唐诗中过于厚重的政治文化成分，还原其与生俱来的自然形象，只是由于对种放等人的推崇赞美"层累"般加大，因而北宋诗中的秦岭愈来愈凸显隐逸文化的特征。

到了南宋，川陕之地沦为其与金蒙交战的战场，诗歌中的秦岭地理意象又为之一变。特别是富平之战宋军战败、关中沦陷于女真金人之后，终南宋一代，秦岭成为南宋西部国防的一大屏障，"秦岭剑攒青不断""一柱西南半壁天"。"南山"一词随之成为北伐抗战、恢复中原的地理象征。著名爱国诗人陆游曾在抗金前线重镇兴元府（今陕西汉中）王炎幕府从军，兴元府北缘就是秦岭南麓，循褒斜、傥骆古栈道可以直通关中之岐、眉、扈、鳌屋一带，因此在放翁诗中，秦岭（南山）一词总是寄托着抗金北伐的战斗激情："许国虽坚鬓已斑，山南经岁望南山""尔来从军天汉滨，南山晓雪玉嶙峋。呜呼！楚虽三户能亡秦，岂有堂堂中国空无人"。南宋秦岭一线经历艰难的百年抗金岁月，在历史上写下了可歌可泣的一页，秦岭成为南宋爱国军民抗击强敌的天然屏障和中流砥柱，也见证了南宋的兴盛衰亡。宋末元初，南宋遗民诗人汪元量登临秦岭时沉痛地写道："峻岭登临最上层，飞埃漠漠草棱棱。百年世路多翻覆，千古河山几废兴。红树青烟秦祖陇，黄茅白苇汉家陵。因思马上昌黎伯，回首云横泪湿膺。"在另一首《终南山馆》诗中还以秦岭之夜比兴亡国后的悲凉："夜凉金气转凄其，正是羁孤不寐时。千古伤心南渡曲，一襟清泪北征诗。"秦岭从隐逸意象到抗敌爱国形象的转变，再到凭吊故国的兴亡之地，实际上折射了两宋完全不同的时代特征和士人由出世到入世转变的心路历程。而从唐诗到宋诗，秦岭地理意象的转变置换，也从一个侧面反映了关中地域社会由盛而衰的转折。

　　中国古代诗歌中蕴含丰富的区域地理意象，而这些区域地理意象随着政治、社会、文化环境的变迁以及诗人所处环境和遭际的不同也会发生变化，从而以诗性语言反映出区域社会历史的重大变迁。唐诗中的关中地域形象是由巍峨京城、雁塔晨钟、曲江碧波、灞桥烟柳、泾渭古渡、终南积雪、汉唐陵阙等大唐王朝关中平原特有的自然与人文景观组成的诗性空间。在宋诗中，关中地区则往往呈现出一片残垣断壁、秋风落叶的萧瑟意象，充满麦秀黍离的历史沧桑感，成为宋代士子凭吊怀古、追忆汉唐盛世的伤心之地。作为古都长安自然与文化景观不可分割的秦岭，其地理意象在唐宋诗歌中也随着唐宋间关中地区历史地位的跌宕巨变而发生微妙的嬗变。这说明从历史地理学角度研究古典文学作品中的区域地理意象、区域人文景观等，无疑是值得进一步思索的重要课题。

唐风宋韵中的巴蜀

　　唐宋时期的"巴蜀"地域范围除了今天四川省、重庆市的绝大部分地区外，还包括今天陕南的汉中、安康地区（梁州、洋州、金州）及鄂西北山地（即均州、房州）等。从自然地理角度而言，大致为秦岭以南、长江三峡及以东，大渡河以北、岷山（川西北高原）以西广大地区。虽然巴与蜀大致各有地理分野，但在唐诗中"巴蜀"已经是一个常用组合词汇，一般泛指汉魏以来的益、梁一带。

　　唐代巴蜀是众多诗人游历、歌咏之地，诗人们或曾在巴蜀仕宦、羁旅，或送别友人入蜀赠诗，因而留下了极为丰富的诗歌作品。几乎所有著名诗人如李白、杜甫、白居易、元稹、刘禹锡、陈子昂、高适、岑参、李商隐、韦庄、温庭筠、苏轼、王安石、范成大、陆游等都有关于巴蜀的诗歌传世。唐宋巴蜀诗不仅多方面反映了巴蜀地区的经济、军事、社会、风俗，而且留下了有关对巴蜀地域富有时代特色的地理认识，对于研究巴蜀文化地理具有重要的价值。

一、唐宋诗人笔下的巴蜀意象

巴蜀地区北、西、南三面分别有秦岭、巴山、青藏高原、横断山脉拱卫，东有长江三峡天险阻隔。川西平原土地肥沃，气候温暖，河流纵横，物产富庶，自汉代以来文化昌盛，人才辈出。但蜀地四塞险固、蜀道难行的封闭性地理环境特征，又给自古以来的巴蜀地理印象笼罩着神秘的面纱。唐人魏颢在为李白文集作序时这样写道："自盘古划天地，天地之气艮于西南。剑门上断横江，下绝岷峨之曲，别为锦川。蜀之人无闻则已，闻则杰出。是生相如、君平、王褒、扬雄，降有陈子昂、李白，皆五百年矣。"应该说，魏颢从蜀地地理环境结合孟子"五百大运"的神秘历史理论评论蜀地天才诗人陈子昂、李白出现的原因，虽然难免有所偏颇，但其中所表达的对唐代蜀地的文化地理感觉却是值得重视的，特别是"自盘古划天地，天地之气艮于西南"的地域评价，反映了唐人对于蜀地一种带有神秘色彩的地域观念。在宋人心目中，蜀地的自然与人文景观更能代表人们对四川的地理感知。南宋楼钥虽然生平未曾到过四川，却根据历史知识与友人传闻，赋有一首千言长诗，其中对蜀地的山川形胜作了全景式的描绘：

> 万山四塞围平陆，大为关中次为蜀。我生东南未曾到，蜀士游从闻颇熟。自从襄阳上峻途，高欲登天下临谷。女娲大山塞空虚，麻线名堆千万曲。行人一升鹿头关，下瞰平川如画幅。幅员二百四十里，里出万缗民自蹙……五丁

开山果何在，赞皇筹边言可覆。剑门石角皆北向，雪岭界天望身毒。高皇将台在汉中，武侯八阵留鱼复。栈阁绳桥世称崄，威茂渡筏来夷族。李冰离堆如砥柱，大宁盐泉若飞瀑。

在宋人描写四川的诗篇中，楼钥的这首诗应该很有代表性。诗写送友人入蜀的缘由，首先从四川的宏观地貌写起，犹如空中鸟瞰，视野恢宏。其次叙述古老巴蜀大地的神话传说、历史风云、交通形势、名胜古迹，如数家珍，娓娓道来。诗很长，兹不全引。楼钥主要生活在东南浙江地区，"我生东南未曾到"，说明他生平并未履迹蜀地，却对四川地理如此熟悉，有关蜀地的历史典故、险要形胜描写皆准确生动，如数家珍，宛若亲临其地。这至少说明到了宋代，国人对四川的地理认识已经大大提高，其地理意象业已形成。在唐宋蜀地诗中，险关、秋江、驿馆、岭树、山岚、田园等组合构成了纷繁的巴蜀感觉地理意象和多维空间，多方位折射了这一时期的诗人对巴蜀地区的地理感知与地域评价。

二、巴蜀地理景观中的"山川奇异感"

由于巴蜀地区自然地理与人文地理的独特性，同时也由于唐宋时期题咏蜀地的作者大部分来自文化中心所在的长安、汴京、江南地区，因此唐宋诗歌中蜀地地理意象中的"山川奇异感"是十分突出的。对于初次入蜀者，这一感觉尤其明显。杜甫自秦州流寓成都之初，虽然心境尚未从颠沛流离的悲苦中完全解脱，却已经被西蜀与北方迥然不同的自然人文景观所深深吸引："翳翳桑榆日，照我征衣裳。我行山川异，忽在天一方。但逢新人民，未卜见故乡。大江东流去，游子去日长。层城填华屋，季冬树木苍。喧然名都会，吹箫间笙簧。"杜甫入蜀前一直生活于北方，又是从隆冬寒风萧瑟的关陇边塞秦州（今甘肃天水）南下入蜀，所以甫至蜀地，陡然有"我行山川异，忽在天一方"的强烈异乡感。不过由于蜀地的景致优美与物产繁富，加之人文历史积淀厚实，这一"奇异感"多少有所寄托与慰藉。这与司空曙《送柳震入蜀》诗有异曲同工之妙："粉堞连青气，喧喧杂万家。夷人祠竹节，蜀鸟乳桐花。酒报新丰景，琴迎抵峡斜。多闻滞游客，不似在天涯。"杜甫曾在成都生活数年，对蜀地特别是成都平原印象很深，在流寓夔州（今重庆奉节）后，仍然对成都怀有深深的眷恋："万里桥南宅，百花潭北庄。层轩皆面水，老树饱经霜。雪岭界天白，锦城曛日黄。"从自己居住的浣花草堂到举目远及的雪岭，这些都成了杜甫晚年的难忘回忆。

唐代西南都会成都，在诗人笔下也颇具奇异特色："锦江近西烟水绿，新雨山头荔枝熟。万里桥边多酒家，游人爱向谁家宿。"这首曾经脍炙人口的诗作重点渲染的也是成都烟雨迷蒙、荔枝飘香、酒肆林立的西南商业都会形象。当然，在唐诗中也不乏诗人对西蜀的想象之作，如王维《送梓州李使君》："山中一半雨，树杪百重泉。汉女输橦布，巴人讼芋田。"王维一生未曾旅蜀，诗中情景自然皆属想象，地理意象倒也大体相符，但张籍想象成都有"山桥日晚行人少，时见猩猩树上啼"这样奇异的景观，则未免有些离谱。晚唐乱离，温庭筠流寓途中曾十分向往蜀地。在他想象中，蜀地山岭风雪、花草飞禽幻化而出的是如诗如画的诗性空间："蜀山攒黛留晴雪，簝笋蕨芽萦九折。江风吹巧剪霞绡，花上千枝杜鹃血。杜鹃飞入岩下丛，夜叫思归山月中。巴水漾情情不尽，文君织得春机红。怨魄未归芳草死，江头学种相思子。"诗以杜鹃为主要比兴物，暗喻蜀地悠久的历史。

但是，这种蜀地环境也常常容易引起旅蜀者浓重的乡愁。由于地理位置相对偏远和交通难行而产生的"客愁"情结在唐代旅蜀诗中同样大量存在："故乡千里外，何以慰羁愁""蜀客本多愁，君今是胜游。碧藏云外树，红露驿边楼。杜魄呼名语，巴江作字流。不知烟雨夜，何处梦刀州""巴兴千万岑，此去若为心。蟋蟀既将定，猕猴应正吟。剑门秋断雁，褒谷夜多砧。自古西南路，艰难直至今"。这是以长安、洛阳为地理中心的唐人普遍的地理感觉："蜀郡将之远，城南万里桥。衣缘乡泪湿，貌以客愁销""金牛蜀路远，玉树帝城春""楚客去岷江，西南指天末"，等等。类似的诗句几乎见于大部分旅蜀诗中，可见"偏远"也是唐人对巴蜀地理的一个重要感知，连杜甫也认为如此："信美无与适，侧身望川梁。鸟鹊夜各归，中原杳茫茫。初月出不高，众星尚争光。自古有羁旅，我何苦哀伤。"尽管成都富庶闲适，但毕竟地属偏远，使得中州籍贯的杜甫难免东顾而哀伤。好在诗人还善于自我解脱，不至于沉溺伤感之中。正是因为杜甫对蜀地有这样的地理感觉，我们就不难理解为什么诗人风闻洛阳被官军收复后那样欣喜若狂，有"即从巴峡穿巫峡，便下襄阳向洛阳"这样急迫返乡的冲动。当然，杜甫是因为战乱流寓蜀地的，他的"客愁"掺和着国家多难的时代忧患。

悠久的历史文化、四塞险固的地理形势、富庶的社会经济、浓郁的地域风情，构成了蜀地地域社会的独特地理空间，也营造了唐宋诗人蜀地"在水一方"的感觉印象，因而描绘蜀地险峻秀美、人文景观"奥区"的诗作占主流。如李白对蜀地的地域评价甚高："剑壁门高五千尺，石为楼阁九天开。九天开出一成都，万户千门入画图。草树云山如锦绣，秦川得及此间无。"值得注意的是，李白诗中经常把蜀地与京畿关中相比，认为成都山川形胜并不亚于关中，虽然有为玄宗奔蜀作粉饰的目的，但也暗示了"安史之乱"后地域评价重心的转移，这是蜀地政治地位抬升的反映。宋代宋祁为河南开封府雍丘人，知益州任初次入川，对蜀地的众多名胜感叹不已："风物繁雄古奥区，十年伧父巧论都。云藏海客星间石，花识文君酒处垆。两剑作关屏对绕，二江联派练平铺。"当然，这主要是针对四川历史古迹而言，更加吸引诗人的还是成都繁富乐游的民俗景观："岷峨俗美汉条宽，野实呈秋照露寒。卖剑得牛人息盗，乞浆逢酒里余欢。锦波濯彩霞湔浦，砲浪催轮雪沸滩。"此外，宋代四川的"繁富"与文化昌盛在当时为文化人屡屡称道，如陈师道所言："惟蜀中之右地，乃海内之上游，家有刑书，知而不犯，地为沃野，富以无求。囹圄屡空，枹鼓几困，乂安周召之化，寖成齐鲁之风。"在唐宋诗中，蜀地总是"雄险"与"繁富"并行不悖，这一地理感觉在全国其他区域文化中是很难体验到的。

三、"山南"诗：古典蜀地农业地理景观的再现

唐宋时期的蜀地虽然也有战争，但比起西北、中原地区，社会秩序毕竟要稳定平静得多。加之蜀地气候宜人、山清水秀、民风淳朴，所以在唐宋诗人的作品中，巴蜀地区常常弥漫着悠闲恬静的田园气息，这在有关蜀北山南汉水上游谷地的诗歌中占有很大比例。唐代山南西道的梁、洋、金三州位于巴山、秦岭之间的汉水上游，由大小不等的谷地盆地组成，田畴盈野、烟树远村、江帆点点，自古农业发达、风光旖旎，这里属于典型的小农经济社会。在唐代士子心目中，山南汉中之地无疑是令人心驰神往的"休闲"胜地："华夷图上看洋川，知在青山绿水边。官闲最好游僧舍，江近应须买钓船。"在唐宋诗中，山南的农村景观是常常入诗的"诗眼"。岑参赴嘉州滞留梁州，有感于汉中田园风光之美，吟有"芃芃麦苗长，蔼蔼桑叶肥""水种新插秧，山田正烧畲"。金州（今陕西安康）本是山南蕞尔小州，但在姚合眼中，金州的农村田园风光却十分迷人："簿书岚色里，鼓角水声中。井邑神州接，帆樯海路通。野亭晴带雾，竹寺夏多风。溉稻长洲白，烧林远岫红。"甚至汉中水乡的茅草民居和养蚕村妇，也被题诗吟唱。戎昱有《汉上题韦氏庄》："结茅同楚客，卜筑汉江边。日落数归鸟，夜深闻扣舷。水痕侵岸柳，山翠借厨烟。调笑提筐妇，春来蚕几眠。"这类水乡庄园大概到晚唐时还存在，如唐彦谦《兴元沈氏庄》诗描写汉中水乡之夜的静谧与清幽："清浅萦纡一水间，竹冈藤树小跻攀。露沾荒草行人过，月上高林宿鸟还。"宋代汉中盆地农业发达，农业景观更受诗人青睐，文同曾先后

知洋州与兴元府，汉中给他的印象就是"平陆延袤，凡数百里，壤土衍沃，堰堨棋布，桑麻粳稻之富，引望不及"。所以宋诗写山南，首先捕捉的就是汉中旖旎如画的农村风光，如韩亿《洋州》诗："梁州邻左古洋川，气候融融别是天。地僻过冬希见雁，箐深初夏已闻蝉。乡风与蜀微相似，驿路牵秦旧接连。骆谷转山围境内，汉江奔浪绕城边。展开步障繁花地，画出棋枰早稻田。"宋神宗熙宁年间曾任褒城县丞的黄裳，其《汉中行》曾盛传一时，对汉中夏秋时节的农田景观描写颇为惹眼："汉中沃野如关中，四五百里烟蒙蒙。黄云连天夏麦熟，水稻漠漠吹秋风。七月八月罢稏红，一家往往收千钟。"南宋陆游的山南诗中，即使有抗金前线强敌压境的隐忧，汉中的农田风光依然让诗人陶醉不已："我行山南已三日，如绳大路东西出。平川沃野望不尽，麦陇青青桑郁郁。"汉中山川如此秀美，抗敌的豪情就更为高涨了。

在未曾游历山南的诗人想象中，山南之地更富于诗情画意："人家连水影，驿路在山峰。谷静云生石，天寒雪覆松""田夫捐畚锸，织妇窥柴荆。古岸夏花发，遥林晚蝉清"。似乎到处都是一片山青水绿、男耕女织的古典田园风光。仕宦于这样一个富有诗情画意的地方，官员士子们的闲暇生活也就十分散淡闲适：宴饮高台、泛舟汉江、赋诗唱和，成为唐朝山南官员生活的一大时尚："买酒终朝饮，吟诗一室空。自知为政拙，众亦觉心公""唱歌江鸟没，吹笛岸花香。酒影摇新月，滩声聒夕阳"。不能说这是唐山南官员荒怠政务，在恬静闲适的山南小农社会里，官员们的散淡悠闲是很自然的事情。

农业景观是区域人文地理景观的重要组成部分，唐宋时期蜀地的农业景观资料主要保存在文人骚客的诗歌作品中。诗歌对蜀地北缘山南汉水沿岸农村的描绘，着眼于"田园"诗意的捕捉，展开了唐宋时期蜀地农业风俗的画卷。正是在这一具有普遍意义的感觉地理基础上，元和年间著名诗人姚合提出了"诗境西南好"这样一个唐代文学地理的重要命题。

唐宋时期是中国诗歌艺术的巅峰，而巴蜀山川的雄奇秀美在唐宋诗歌中得到了全方位的描写与尽善尽美的讴歌。千年以后的今天，当你品读这些优美的诗篇时，一处处已经消失的唐宋巴蜀美景、一幅幅中古社会的社会风俗画卷就会为你徐徐展开，让你陶醉其中。诗歌的功能除了"言志"外，还可以陶冶心灵、净化灵魂，带给你无可替代的历史之美。

名门之后

　　中国历史上不乏文化名人，但文化名人后代中却罕见再出名人。一般而言，政治名人以雄才大略建不世功勋，显赫当时，名垂后世；文化名人在当世以文章、品德、风范独领风骚，举世瞻仰、传诵。但是，中国历史有一个似乎带有宿命式的现象值得关注，就是名人的子女在功业、名声方面大多很难超越父辈，无论是做官还是做学术文章，成器成才者都十分罕见，大多默默无闻。东晋陶渊明是何等聪颖之人，作为中国田园诗之先祖足以光耀千秋，但其子女的情况却令人惋叹，要么懒惰无为，要么偏执愚顽。这些在其《责子》诗中都有披露："虽有五男儿，总不好纸笔。阿舒已二八，懒惰故无匹。阿宣行志学，而不爱文术。雍端年十三，不识六与七。通子垂九龄，但觅梨与栗。天运苟如此，且进杯中物。"看来陶渊明晚年对儿子们是彻底失望了，认为命中如此，无奈只好借酒浇愁、打发岁月。无独有偶，唐朝大诗人李白、杜甫，其文学成就与巨大声誉不必多言，韩愈一句"李杜文章在，光焰万丈长"就足以说明一切。但其子女比陶渊明的后代好不了多少。李白首婚生有长子伯禽、长女平阳。长女幼年夭折，长子伯禽也资质平平，后来穷途潦倒。李白去世后不久，一位倾慕李白才华的官员范传正决心要寻访李白子女的下落。一番查找后，范传正终于找到了李伯禽的准确下落，发现伯禽生平潦倒，生育一子两女，长子早年离家出走，两个女儿却嫁给了当地的农民，这让范传正唏嘘不已。这些在范传正的《唐左拾遗翰林学士李公新墓碑并记》中有所记载。近年有学者推测陶渊明、李白后代才智一般，当与父辈嗜酒有关，当然也不无道理，可备一说，但原因可能并非如此简单。

范仲淹是宋代受朝野赞誉的杰出人物，一般人即使不知道他推行过著名的"庆历新政"改革，至少也从《岳阳楼记》知道他的英名与伟大情怀。毋庸置疑，范仲淹在宋代乃至在整个中国传统时代都是一个倍受赞颂的政治家，一生可谓出将入相，功成名就，连一向对本朝人物罕有好评的朱熹也说"本朝唯范文正公振作士大夫之功为多"。从家族史来说，历史名人的后裔是一个颇有意义的话题，古代名人之后的德行功业鲜有超过祖上者。一般来说，父辈功勋显赫，子辈却默默无闻，传至二代、三代即湮没无闻者多不胜举，甚至贪赃枉法，贪生降敌、羞辱先祖者也大有其人，正可谓"君子之泽，三代而斩"。

范仲淹的情况不完全属于这一类，其第二代毕竟也曾颇为争气，政绩声誉盛传一时，次子范纯仁官至参知政事，第四子范纯粹官至户部侍郎，子辈算是承其风范，光大门庭。但其第三代生逢北宋末南宋初强敌入侵、国家处于危急存亡之秋，情况就大不相同。关于范仲淹的女儿一辈，大概由于无甚政绩与名声，史书文献记载很少。

以往只有富弼在为范仲淹写的墓志铭中有所提及："范氏有子矣，三女，长适殿中丞蔡交，次适封丘主簿贾蕃。"至于其外孙辈，后人中只知道有一个叫贾正之的人，应该是范文正公的二女儿与封丘主簿贾蕃所生。关于其人宦迹，毕仲游在《西台集》中有所提及，汉中褒谷石门摩崖宋人题刻中也有其简略题名，其生平事迹十分简略。

2010 年，我在一篇讨论汉中褒谷宋代石刻的文章中，考证出汉中褒谷石门摩崖中的《贾公直等北宋绍圣题名》中的贾公直，应为北宋名臣范仲淹嫡外孙贾正之，指出贾正之的题名之所以出现在汉中褒谷，是因为其曾在兴元府有过仕宦经历，并且从毕仲游《西台集》友人通信中找到贾正之仕宦兴元府的间接信息。但苦于石刻的简略与文献记载的零散，无从得知贾正之更多的信息，甚至贾公直在兴元府担任何职也不得而知。幸运的是，此文刊发后不久，考古工作者即在河南郑州发现了贾公直（正之）及其妻子的墓葬，并且于 2013 年公布了贾正之夫妇墓志，这为进一步研究范仲淹后裔的分布、流迁、仕宦以及生平事迹提供了殊为珍贵的文物资料。《贾正之墓志铭》的出土发现，不仅对于研究北宋名臣范仲淹家族以及宋代兴元府官员的演替有重要意义，而且有助于探讨北宋勋臣家族的婚宦、理政、思想及其家族盛衰演变。该墓志透露的信息对于深入了解宋代职官的恩荫制度、资序转迁，以及地方官员的行政理念，名人之后的人生行为规范、家族荣誉感等也有一定参考价值。为此，几年前我曾撰写论文《范仲淹嫡外孙贾正之家世生平考略》进行探讨，后发表在当年范文正公督师屯兵抗击西夏的重镇甘肃庆阳的一家学术期刊上。但论文发表后总感到意犹未尽，于是又引出了对"名公之后"即历史上名臣后代的德行优劣及命运沉浮问题的思考。

贾正之墓志全称为《有宋贾正之墓志铭并序》(以下简称《贾氏墓志》),系贾正之之舅、范仲淹第四子范纯粹撰文,族弟贾公彦书并题额,全文1300多字。为行文方便,兹根据公布的拓片与志文将此墓志前半部分移录如下:

有宋贾正之墓志铭并序

高平范纯粹撰

族弟贾公彦书并题盖

正之,殿中丞赠工部侍郎贾公讳汾之曾孙,太常少卿直昭文馆赠吏部尚书讳昌龄之孙,朝议大夫赠正议大夫讳蕃之子也。名公直,上世本沧州南皮人,自唐相耽之子孙徙居常山,至侍郎公始葬开封,遂为开封人。我先公文正以次女归正议公。正之,余姊出也。幼失所恃,文正哀而怜之,移任子恩授以官,得试将作监主簿。少者庄重,不为儿童戏。既长,以人品闻于时。初调卫州汲县主簿,中进士第。以颖州团练推官充府界提点司勾当公事。改著作佐郎,知开封府武阳县。遭正议继室之丧,服除,知广济军定陶县,迁奉议郎,移开封府封丘县。哲宗践祚,进承议郎,充郓国、忠正、武昌三宫教授,改朝奉郎,通判兴元府,改朝请郎,通判郓州。上即位,进朝奉大夫行光禄寺丞,擢提举河东路常平,就迁本路提点刑狱,改朝大夫,移广东路。过阙,陛见未行。罢使,请管勾当兖州太极观,因买宅购田汶上。未几，暴得疾不起，享年六十一，实（时）崇宁四年七月十四日。后九十五日，克葬于郑州管城县周张原，从正议之兆。[①]

《贾氏墓志》后半部分主要追述、表彰贾正之品德高行、风貌才干、著述及子女姓氏、官爵等，因篇幅所限，兹不全录。

关于贾正之的身世，其舅父范纯粹所撰《贾正之墓志》有如下记述："我先公文正以次女归正议公。正之，余姊出也。"可知贾正之乃范仲淹女之子，也即范仲淹嫡外孙。贾正之出身于沧州南皮世家大族，其远祖可以追溯至唐德宗名相、唐代著名地理学家贾耽。其家族晚唐迁常山（今河北正定），至宋初再徙开封。堂祖父贾昌朝，宋仁宗庆历年间曾为同中书门下平章事，封魏国公。贾昌朝谢世后，范仲淹曾为其撰墓志，说明贾、范两家关系非同一般。贾正之祖父贾琰，宋太宗时官拜左正议大夫、枢密直学士，旋迁三司副使。太平兴国二年（977年）卒于开封。其父贾蕃（1020—1089年），任职封丘县主簿，妻即范仲淹次女。富弼《范文正公仲淹墓志铭》曰："范氏有子矣，三女，长适殿中丞蔡交，次适封丘主簿贾蕃。"[①]贾蕃妻后来荫封崇德县君。王安石变法期间，贾蕃知开封府东明县，曾鼓动聚众闹事，反对变法。《续资治通鉴长编》卷二二三熙宁四年九月戊戌条载："东明县民以县科助役钱不当，相率遮宰相，自言凡数百家。王安石既说谕令退，遂白上曰：知东明县贾蕃者，范仲淹女婿，好附流俗，非上所建立。近枢密院选差勾当进奏院。去年进奏院妄以朝廷事报四方，令四方疑懈于奉行法令。今使勾当宜得平实者，如蕃殆不可用。上以为然，因令究东明事。蕃，管城人琰曾孙也。"贾蕃在王安石变法期间只是一个小小的东明知县，却掀起了这么一场轩然大波。熙宁四年（1071年）九月，东明县发生乡民聚众抗议青苗法赴京师上访风波，并且闯进王安石宰相府请愿。东明知县贾蕃因鼓动县民闯宰相府申诉新法不便，王安石大为光火，接连上奏神宗要求处分贾蕃。此时的皇帝对王安石之请言听计从，"上批贾蕃可令治其不奉法之罪，其他罪勿劾，昭示四方，使知朝廷用刑公正"。但王安石还是不依不饶，坚持要求给予贾氏更严厉的惩处。大概贾蕃经此遭际后升迁之路受阻，后来长期担任地方官员。苏辙有《次韵知郡贾蕃大夫思归》诗①，应该作于贾蕃晚年致仕归乡时。至于贾蕃官终何职，从与苏辙唱和中可知曾官至知州，由于史籍文献再无记载，已不能知其详。《贾正之墓志》说其父官职衔为"朝议大夫赠正议大夫"，盖为晚年授散官或卒后赠官。可见贾蕃出身名宦世家，且与范仲淹家族可谓门当户对，他与范家的结亲，实际上属于典型的士大夫联姻。

范、贾两个姻亲家族有很深的交往，范仲淹一生为他人所撰写的墓志铭并不算多，但宋代以来各种版本的范仲淹文集均收录有《太常少卿直昭文馆知广州军州事贾公墓志铭》，简称《贾昌龄墓志》。2012年6月《贾昌龄墓志铭》①在河南新郑市二十里铺抱嶂山出土，署范仲淹撰文、李蒙篆额、彭余庆镌刻，与传世文本比较，石书墓志虽然内容大致相同，但文字略有出入。《贾昌龄墓志》言贾昌龄之子贾蕃娶范仲淹次女为妻，因而贾蕃与范仲淹为翁婿关系。范氏次女嫁贾蕃后生贾正之。贾昌龄为宋英宗时进士，官至广州知州，卒于康定元年（1040年）。据《宋史》卷二五八《贾昌朝传》附伯祖父《贾琰传》，琰有湜、汾二子，"汾子昌龄，第进士"，可知贾昌龄系贾汾之子，为贾昌朝同族兄弟。其世系为贾琰—贾汾—贾昌龄—贾蕃—贾正之。在政治上，贾蕃与其妻兄范纯仁及富弼、司马光等曾激烈反对王安石变法，以致引起王安石的反感。《宋史·王安石传》载王氏曾向皇帝奏报说"知县贾蕃，乃范仲淹之婿，好附流俗，致民如是"。在政见上，贾蕃应该属于"保守派"，与王安石对立。

范仲淹孙辈名皆以"正"字行，如范纯仁生子五：名正民、正平、正思、正路、正国。范纯礼生一子，名正己。范纯粹生五子，分别为正夫，官凤翔令；正图、正途、正舆、正需。贾公直字正之，虽为外孙辈，但字行也顺从其表亲兄弟，当也是遵从范家孙辈命名辈行。

北宋士大夫家族结亲联姻十分普遍，所谓"婚姻不问阀阅"并非普遍现象。范仲淹的儿女亲家皆为当朝名宦，其孙辈也不例外。2010年发现的贾正之墓志及其妻子蔡氏墓志为贾正之的婚宦提供了难得的第一手资料。关于贾正之妻蔡氏，《贾正之墓志》谓："娶蔡氏，故参知政事文忠公齐之侄，尚书驾部郎中提点广东刑狱交之女，先三十四年卒，封崇德县郡。"据同时发现的贾公直妻蔡氏墓志，蔡氏为东莱人，"赠刑部侍郎元卿之孙，广南东洛（路）提刑赠朝议大夫交之中女"。墓志所言"元卿"即蔡元卿，为仁宗朝参知政事蔡齐之伯父，家有四子皆仕宦，自己则终身未仕，卒后范仲淹为之作《蔡元卿墓表》："君讳元卿，字某，其先洛阳人。祖讳某，为莱之胶水令，有惠爱名，官九载不得去。既终，邑人留葬之，子孙遂家焉。"

与墓志记载蔡氏为"东莱"（今山东莱州平度）籍贯相合^①。贾正之岳父蔡交，乃蔡齐之弟，《宋史》无传，清嘉庆《汉南续修郡志》载蔡交"仁宗时以朝奉郎守尚书虞部郎中知洋州"。《贾正之妻蔡氏墓志》言蔡交最终官至"广南东洛（路）提刑赠朝议大夫"。据雍正《陕西通志》记载，蔡交于宋仁宗治平年间（1064—1067年）知洋州（今陕西省汉中市洋县）。蔡交在知洋期间曾整饬地方教育，雍正《陕西通志》记载洋州府学沿革时提及他曾经迁府学于城东。蔡交在洋州曾经留下几首诗作，其中《洋州》诗云："武定新雄闿，丰宁旧奥墟。地兼秦蜀美，川会汉洋纡。翠垒环封岭，清流跃冶渠。安知下斜谷，别得上华胥。""武定"即晚唐光启年间曾在洋州置武定军节度使，治洋州兴道县，蔡交在诗中采用的是洋州旧称。到绍圣间贾正之通判兴元府，翁婿俩都算是与山南汉中之地有仕宦之缘。

《贾正之墓志》明确记载贾正之卒于崇宁四年（1105年）七月十四日，享年六十一岁。据卒年推算，贾公直生于宋仁宗庆历四年（1044年）。墓志也言志主因与范仲淹的关系而授官，"移任子恩授以官，得试将作监主簿"。这与蔡襄《端明集》卷十一所载《范仲淹亲外孙贾公直试将作监主簿制》敕文"朕以仲淹，勤劳王家，忠义一节，奄尔沦谢，悼于予衷，录其外姻，试秩监省，勉思所立，毋忝异恩"的记载相符。

《贾正之墓志》提供了贾公直较完整的生平行年，包括历官、婚姻、子女及其政绩、著述等。但或许由于范纯粹作墓志时资料不足，或者出于某种政治忌讳，《贾正之墓志》缺少对志主仕宦行年的具体时间、在任政绩与政治思想倾向的记述，除了言其通判郓州时不畏权贵、秉公办事、触犯朝廷使官外，并无具体理政事迹记述，一再彰扬的是其为官低调、宽厚待人而不善自表的忠厚品德："守将处事或未当于理，正之面若雷同，而退必密启。使归，于是而止。未尝复以语人，故为守者喜。其阴助而人莫知事之自我也。"若要复原其仕宦期间的政绩，墓志内容相对空泛，能提供的记载十分有限。因而《贾正之墓志》的价值并不在于钩沉一个湮没在宋代历史烟云中普通中级官员的生平事迹，而在于该墓志所透露的宋代贵族家族的社会关系和范仲淹后代血脉的历史信息。

在贾正之墓志发现之前，我们对范仲淹女辈子孙及旁系支族的了解十分有限，文献提供的资料寥寥无几。此前我们根据富弼与蔡襄的记载，仅仅知道贾正之因外祖父范仲淹的显赫功名恩荫入仕，授将作监主簿。据富弼所作《范文正公仲淹墓志铭》，范仲淹夫妇育有四子三女，子范纯佑、范纯仁、范纯粹、范纯礼皆学有所成，先后入朝为官，名显于时。而其女及外孙事迹记载其少，仅知"长适殿中丞蔡交，次适封丘主簿贾蕃。诸孙三，长正臣，守将作监主簿"。蔡襄《端明集》所收《范仲淹亲外孙贾公直试将作监主簿制》的制词曰："朕以仲淹勤劳王家，忠义一节，奄尔沦谢，悼于予衷，录其外姻试秩监省。勉思所立，毋忝异恩。"蔡襄知制诰是在宋仁宗皇祐四年（1052 年），而范仲淹逝世恰好也在是年，因此我们有理由推测正是范仲淹临终前为自己这位幼年丧母的外孙上表皇帝请求恩荫，才使贾公直入仕授将作监主簿。而根据墓志记载，贾正之荫补授官，正是其外祖父范仲淹临终前上表为之请封的结果。贾正之生于庆历四年（1044 年），则初授官时年方八岁。《墓志》说贾公直幼年丧母，

"幼失所恃，文正哀而怜之，移任子恩授以官，得试将作监主簿"，也与富弼所作《范文正公仲淹墓志铭》记述相合。但宋代童子授官一般皆为虚授，并非实职。《贾正之墓志》云："少者庄重，不为儿童戏。既长，以人品闻于时。初调卫州汲县主簿，中进士第。"可见贾正之并非完全靠恩荫做官，真正使贾正之赢得进身资质的还是在汲县主簿任上考中进士，为自己仕途打下基础，也可谓自己励志努力的结果。不过贾氏功名与其外祖父比起来毕竟相去甚远，不可同日而语。贾正之入仕后，长期在地方任县级官员，阶佚均不显重，直到通判兴元府（今陕西汉中），也才官至从五品，总算是升迁到中层官员了。关于贾公直通判兴元府的时间，《贾氏墓志》仅仅记载"哲宗践祚，进承议郎，充郧国、忠正、武昌三宫教授，改朝奉郎，通判兴元府"，虽在哲宗在位时期，却无具体年份。陕西汉中褒谷石门宋人题刻中有贾正之等人游历褒谷并镌刻石门的《贾公直等北宋绍圣题名》："贾公直正之、俞次皋伯谟、师庚成之何贲元素，绍圣乙亥中春望，同游。伯谟题。""绍圣乙亥"即宋哲宗绍圣二年，即公元 1095 年，说明至少哲宗绍圣二年贾氏已经在兴元府任通判之职，由墓志结合褒谷题名，贾正之通判兴元府时间当在绍圣元年至二年之间。

　　贾正之仕宦兴元府事，毕仲游《西台集》曾有提及："贾正之必犹在郑下，待次才一通书，何日当赴兴元耶？料其美材，必别有差遣。"毕仲游（1046—1121 年），宋初名臣毕士安曾孙，哲宗元祐初为军器监丞，旋除卫尉寺丞，后又任集贤校理、权太常博士等职，历仕神宗、哲宗、徽宗三朝。毕仲游与贾氏父子关系密切，曾撰有贾正之之父贾蕃的墓志《朝议大夫贾公墓志铭》，言志主"始娶范氏，封崇德县君。资政殿学士、尚书户部侍郎文正公之女"，可见与贾家十分熟悉。从毕仲游书信中的语气来看，毕仲游与贾关系友笃，熟悉其才干与行踪，所以贾正之赴将兴元任职事在西行前在朋友间已有传闻，但遗憾的是毕仲游没有提及贾氏将赴兴元履何职及其任职的确切时间。现在这一问题已经冰释，我们根据《贾正之墓志》结合陕西汉中褒谷题名《贾公直等北宋绍圣题名》可知，贾正之于哲宗绍圣乙亥（1095 年）在兴元府通判任上，故有是年春游览褒谷石门事。宋代通判为州府副长官，虽系州倅，但对州府长官有监察之职权，在知府缺员之时可代行府州行政之职，位高权重。《贾公直等北宋绍圣题名》中贾氏排名首位，也说明作为兴元府通判的贾公直在春游一行官员中年长且位尊。

贾公直任利州路兴元府通判当在绍圣二年及稍前，此时贾氏已经五十一岁，距崇宁四年（1105 年）去世正好还有十年时间，应该是贾正之晚年为数不多的任职了。据墓志，贾氏结束兴元府通判任后又曾通判郓州。墓志载宋徽宗即位后，贾氏一度官运亨通，"进朝奉大夫行光禄寺丞，擢提举河东路常平，就迁本路提点刑狱，改朝大夫，移广东路"。但在赴广东路任职前过阙觐见宋徽宗后，不知何故，未能南下广州就职。或许言语触忤，龙颜不悦，宋徽宗收回了任命，只让他去山东做了个清静的闲差"勾当兖州太极观"。因此"买宅购田汶上"，欲在鲁地安度晚年，但不幸不久后即染暴疾，于崇宁四年（1105 年）七月十四日卒于兖州，终年六十一岁，归葬郑州管城县张周村祖茔。

兴元府系唐德宗于兴元元年（784年）诏改梁州而来，宋代属利州路，治南郑（今陕西汉中市汉台区），在唐宋时代向称奥区重镇。但北宋晚期历史文献散佚严重，特别是北宋兴元府郡守演替情况历史文献记载较少，清人吴廷燮《北宋经抚年表》对利州路的长官记载仅仅限于路级监司长官；清嘉庆年间严如熤《重修汉中府志》卷九《佚官》载，宋代汉中任官最早者也是从南宋川陕宣抚使张浚起始，北宋兴元府郡守、通判等完全失载，一片空白。今人李之亮《宋川陕大郡守臣易替考》对两宋利州路兴元府历任郡守进行了文献学的钩沉排列，用力甚勤，但或许是文献记载不足，元祐至宣和之间三十余年兴元郡守表付之阙如，府级通判易替更是无一胪列。因此，《贾公直墓志铭》及褒谷《贾公直等北宋绍圣题名》可增加一条宋代兴元府历任官职的重要资料。至于贾正之通判兴元府以后的任职，除了墓志中记述的通判郓州、进朝奉大夫行光禄寺丞、擢提举河东路常平、迁本路提点刑狱、移广东路诸事，在宋人文献中没有相应的记载，盖其政绩平平、乏善可陈，无甚影响，故史书失载。但墓志言其晚年阶段职官皆为具体差遣，当非虚构。

　　《墓志》还对贾正之儿孙辈名号、官爵作了简要叙录，言贾有五男二女、孙八，但其子辈的行状似乎显示了其家族的衰落。《贾正之墓志》所载的贾氏子辈，有长男贾君文、次子贾伟节、三子贾敦诗，隐约见于史载。据宋代史籍文献的零星记载，贾公直三子大致沉浮于两宋之际动荡不安的时代风雨之中，其他子女大概年幼尚未入仕，故墓志未载其职官。《墓志》言贾正之长男"曰君文，举武科，庭试策艺皆第一"。揆之文献，贾君文以"举武科"入仕，中武举进士当在哲宗元祐六年（1091年），《续资治通鉴长编》哲宗元祐六年三月癸未记载："赐特奏名进士诸科刘必以下同出身，假承务郎京府助教文学三百二十三人，武举进士贾君文等二十三人。"《宋史全文》卷一三、《太平治迹统类》卷二七也有相同记载。《墓志》仅载贾君文中武举授官后长期在京担任武职，范纯粹载其曾任内殿崇班、环庆第三正将，这只是撰写墓志时的官职。实际上据文献的零星记载，贾君文后来在大观二年（1108年）曾官至知西京左藏库副使和知登州军事，《政和五礼新仪》卷一载有宋徽宗大观二年十二月十八日的《内降》批复，其中录有贾君文《西京左藏库副使新就差知登州军事贾君文札子》，贾君文因治兵失职遭到弹劾惩处。刘安上《给事集》收有《张阅、贾君文降官》制文，即言其"属邑玩法，连逸重囚，尔于平时，曾不按察，逮其已然，乃始究治。失刑纵恶，谁之过欤？姑从降秩，以警旷瘝"。因而一度降官。贾君文于北宋末宣和年间曾与宋滋、康厚、种师中等擢升提刑之职，贾曾任河北路提刑。此后即不复见于记载，推测极有可能殁于宣和末抗击金人战争。

次男贾伟节，《墓志》载登进士第，为宣德郎。《宋史》卷三五六有传："贾伟节，开封人，第进士，累擢两浙转运判官。条上民间利病，加直秘阁，为江淮发运副使。蔡京坏东南转般法为直达纲，伟节率先奉承，岁以上供物，径造都下籍，催诸道逋负，造巨船二千四百艘。非供奉物而辄运载者，请论以违制花石海，错之急切，自此而兴。论功进秩遂拜户部侍郎，改刑部。岁余，以显谟阁直学士提举醴泉观卒。"如果这个贾伟节就是贾正之之子，则他显然没有像外曾祖父那样刚直忠君，反而党附蔡京，为宋徽宗劳民伤财、大肆搜刮花纲石不遗余力。此外费衮《梁溪漫志》卷三《闲乐异事》所载宣和三年（1121 年）陈修梦谒天帝、控诉杭州郡守搜刮民财的故事①，也反映出时人心目中贾伟节贪黩媚上的不佳形象。到贾公直第三子贾敦诗入仕，已经是兵荒马乱的宋金战争时代，文献有贾敦诗官为楚州通判的记录。

战争可使人成为爱国抗敌的英雄，也可使人成为贪生怕死的懦夫。《宋史》《建炎以来系年要录》等均记载建炎三年（1129 年），金人重兵围攻楚州（今江苏淮阴），时为楚州通判权代知州的贾敦诗"欲以城降"，由于赵立等将领的坚决主战抗敌方保全楚州，才中止了贾敦诗的投降行为，贾敦诗因此而受到贬谪偏远连州的惩处。据李心传《建炎以来系年要录》载，建炎四年（1130 年）五月甲子，"朝散大夫、直秘阁通判楚州贾敦诗除名，连州编管，坐尝欲为书降敌，为守臣赵立所按也"①。贾公直孙辈人格行为先后走向不良，或党附奸佞，或贪黩媚上，或弃城降敌，渐渐背离了其先祖范仲淹一代名臣厉行纲常名节的君子风范，或许从一个家族衰落的角度折射出两宋之际士人人文精神的失落。

苏东坡的地理情怀

苏轼生于蜀地，"性好山水"，一生仕宦游历地理空间辽阔，东至登州、密州，西至关陕凤翔，北至徐州、定州，中含凤翔、颍州，南达黄州、杭州，甚至远至岭南惠州、儋州。多地游历，登临览胜，"身行万里半天下"，感受多方物候生态、风土民俗，身膺各地地域体验，且善于亲近自然；观察思考自然与社会现象，得"江山之助"；加之终生写作不辍，诗文书画宏富，整个作品中有关山川、湖泊、物候、气象、动物、植物、政区、交通及区域风土民俗等地理信息丰富。虽然苏轼在地理学方面留下的专门著作不多，但在崇尚博学洽闻的北宋文化语境中，他不仅是一个文学大家，也是包括精通地理学在内的百科全书式的学者。他认为作为一个学者应该研习并熟练掌握天文、地理等经世学问："今吾学者之病亦然，天文、地理、音乐、律历、宫庙、服器、冠昏丧纪之法，春秋之所去取。礼之所可，刑之所禁，历代之所以废兴，与其人之贤不肖，此学者之所宜尽力也。"苏轼崇敬那些居于重要地位又知识博洽之人，曾称赞宰相富弼学识渊博，为"五帝三代之事，百家之书莫不尽读，礼乐刑政之大小，兵农财赋之盛衰，四海之内地理之远近，山川之险易，物土之所宜莫不尽知"。虽然宋人所说的"地理学"与现代地理学的概念不尽相同，但基本内涵也多有相合之处。苏轼重视舆地之书，而且深究真相，不盲从流行之说，善于追根溯源，以求是求真而后快。如他在贬谪黄州时就曾结合《隋书·地理志》对"永安城"这一地名作过探究："昨日读《隋书·地理志》，黄州乃永安郡，今黄州东十五里许有永安城，而俗谓之女王城，其说甚鄙野，而图经以为春申君故城，亦非是。春申君所都乃故吴国，今无锡惠山上有春申庙，庶几是乎？"这一情怀与学问追求使之成为一个富有地理学情怀的人，且地理学知识十分渊博，并运用于理政实践之中。苏轼的地理学思想涉及自然地理学、人文地理学及其区域地理学等多个方面，本文试从历史自然地理学方面加以探讨。

北宋国家版图虽然较之汉唐有所缩减，但除西北、东北为西夏、契丹等控制外，仍然幅员辽阔。苏轼一生由西蜀而京师，仕宦南北东西多地，也屡遭贬谪偏远南荒，对南北地理景观多有体验；加之智慧多思，因此他对宋朝境内多地的自然地理现象有观察记录。虽然他并没有留下真正的地理学著作，但这些对自然物象的观察记录散见于其诗词文赋之中，并多次抒发对山川、湖泊、物候生态的情感，因而也具有重要的地理学价值。

一、终生不渝的故土之恋

出生眉州的苏轼对巴蜀地理的热爱情怀与生俱来，江山雄奇，风光旖旎，经常激发诗人的豪情。《南行前集·叙》回忆三苏父子出川时的情景说："山川之有云雾，草木之有华实，充满勃郁，而见于外，夫虽欲无有，其可得耶？……已亥之岁，侍行适楚，舟中无事，博弈饮酒，非所以为闺门之欢。而山川之秀美，风俗之朴陋，贤人君子之遗迹，与凡耳目之所接者，杂然有触于中，而发于咏叹。"这是青年苏轼第一次乘舟出川，自眉州顺岷江而下，经叙、泸、渝、夔出三峡至荆楚，然后陆行至京师的所见所感。此次出行，年轻的苏轼饱览巴蜀雄奇之风光，其中苏轼作诗 78 首，也是第一次走出家乡的苏轼对巴蜀地理风情的初次相识，在诗中尽情抒发了对蜀地地理的惊讶与喜爱。《初发嘉州》《过宜宾见夷中乱山》《夜泊牛口》《江上看山》《留题仙都观》《八阵碛》《诸葛盐井》《白帝庙》《入峡》《巫山》《神女庙》等诗篇写尽峡江之雄奇殊异。蜀地的秀山绿水，使诗人深深陶醉，并在日后漫长的仕宦或贬谪生涯中对蜀地产生长久的眷恋；"吾家蜀江上，江水绿如蓝""我家江水初发源，宦游直送江入海。闻道潮头一丈高，天寒尚有沙痕在。中泠南畔石盘陁，古来出没随涛波。试登绝顶望乡国，江南江北青山多""认得岷峨春雪浪，初来，万顷蒲萄涨渌醅"（《东坡词·南乡子》）。宋代岷江眉山段因水质良好，江水清澈，有"玻璃江"之美誉，苏轼《送杨孟容》诗即说："我家峨眉阴，与子同一邦。相望六十里，共饮玻璃江。"苏轼的怀蜀诗中，最突出的是蜀地山关奇险、青山绿水的地理意象。

二、一个州官的地理学知识及其实践

苏轼一生曾先后在杭州任职，一为杭州通判，一为杭州知州，对吴越地理考察尤为深入。其《墨妙亭记》云："吴兴自东晋为善地，号为山水清远。其民足于鱼稻蒲莲之利，寡求而不争。宾客非特有事于其地者不至焉。故凡守都者，率以风流啸咏投壶饮酒为事。"这是指吴兴之地人文风俗方面山水俱佳、民风淳朴。但吴越自然地理方面却存在一些不利因素，太湖流域地势低下，虽经济富庶，但南方多雨，造成水灾频繁，且不易排涝。苏轼在《进单锷吴中水利书状》指出，太湖流域的苏、湖、常三州即古代所谓"吴中之地""吴中本江海大湖故地，鱼龙之宅，而居民与水争尺寸，以故常被水患，盖理之当然，不可复以人力疏治，是殆不然"。太湖之水通过松江与东海接通，雨季湖水泛滥，松江成为泄洪通道，如果发生海潮倒灌，松江则成害河，因此松江的疏浚尤为重要："三吴之水潴为太湖，太湖之水溢为松江以入海，海水日雨潮，潮浊而江清，潮水常欲淤塞江路，而江水清驶，随辄涤去，海口常通。故吴中少水患。昔苏州以东，官私船舫皆以篙行，无陆挽者。古人非不知为挽路，以松江入海，太湖之咽喉，不敢鲠塞故也。"在《录进单锷吴中水利书》中又说："三州（苏、常、湖）之水，咸注之震泽，震泽之水东入于松江，由松江以至于海。自庆历以来，吴江筑长堤，横截江流，由是震泽之水常溢而不泄，以至壅灌三州之田。"在苏轼看来，吴中之地水灾等自然灾害虽然难以避免，但有的灾害却是人为治理不切实际造成的："父老皆言，此患所从来未远，不过四五十年耳。而近岁特甚，盖人事不修之积，非特天时之罪也。"苏轼认为，之所以近几十年来吴中水患频发，是因为前任州官不深入民间调查了解吴地地理实情，治理方法错误："昔苏州以东，官私船舫皆以篙行，无陆挽者。古人非不知为挽路，以松江入海，太湖之咽喉，不敢鲠塞故也。自庆历以来，松江始大筑挽路，建长桥、植千柱水中，宜不甚碍。而夏秋涨水之时，桥上水常高尺余，况数十里积石壅土筑为挽路乎？自长桥挽路之成，公私漕运便之，日葺不已，而松江始艰噎不快，江水不快，软缓而无力，则海之泥沙随潮而上，日积不已，故海口湮灭，而吴中多水患。"苏轼的《进单锷吴中水利书状》及《录进单锷吴中水利书》不仅是宋代两篇重要的水利史文献，也集中体现了其对太湖流域形成、松江流域水文特点及其水灾形成原因的分析，在宋代自然地理学上占有重要地位。

三、南荒地理感知与晚年人生的升华

关于海南岛的历史自然地理状况，宋代以前记载甚少，且十分零散，中土人士知之甚少。唐宋时期，一批政治上遭受挫折的士大夫相继流贬至海南岛。他们在诗文题记中记录了不少海南物候土产与风土民俗，海南地理状况渐进为他地人所了解。这其中以苏轼的海南地理体验最为深刻，其诗文也多含海南的自然地理知识。其作品中的海南地理风情，因为其亲身经历体验而显得真实可信，具有舆地志书不可替代的历史地理学价值。宋哲宗绍圣四年（1097 年）七月，已逾花甲之年的苏轼再次遭贬，浮海抵达儋州昌化军（今儋州中和镇）。陌生的贬地充满地理环境强烈的"殊异感"，苏轼有诗回忆初至所见时的情景：

> 四州环一岛，百洞蟠其中。我行西北隅，如度月半弓。登高望中原，但见积水空。此生当安归，四顾真途穷。眇观大瀛海，坐咏谈天翁。茫茫太仓中，一米谁雌雄。幽怀忽破散，永啸来天风。千山动鳞甲，万谷酣笙钟。安知非群仙，钧天宴未终。喜我归有期，举酒属青童。急雨岂无意，催诗走群龙。梦云忽变色，笑电亦改容。应怪东坡老，颜衰语徒工。久矣此妙声，不闻蓬莱宫。

尽管是对梦境的回忆，却有非常真实的现实描写。"四州环一岛，百洞蟠其中""登高望中原，但见积水空"就描写了初至海南所见海天相连、四顾茫然的真实情景。

苏轼在海南这样四周环海、水天苍茫的地理环境中，还引发了对自然与生命、个体与命运的哲学思考。宋人朱弁笔记有一段记述："东坡在儋耳，因试笔，尝自书云：吾始至南海，环视天水无际，凄然伤之曰：何时得出此岛耶？已而思之，天地在积水中，九州岛在大瀛海中，中国在少海中。有生孰不在岛者？覆盆水于地，芥浮于水，蚁附于芥，茫然不知，所济少焉"，从天地而海洋，由中土（国）而环海，由芥草浮于水，再到蝼蚁浮于芥，由大而小，相存相依，天外有天，展开了对宇宙、人生、命运、价值、瞬间与永恒、宏大与微小的哲学思考。这与庄子天一生水、物我齐一哲学思想一脉相承，也表明苏轼的自然哲学思想在海南得到了进一步升华。

海南岛地处热带海洋，气候炎热，而且四季变化不大。苏轼在这样的环境中却发现一个惊奇的现象：儋州长寿老人很多，并且分析研究了原因："然儋耳颇有老人，百有余岁者，往往皆是，八九十岁者不论也。乃知寿夭无定，习而安之，则冰蚕火鼠，皆可以生。吾尝湛然无思，寓此觉于物表，使折胶之寒，无所施其冽；流金之暑，无所措其毒，百余岁何足道哉。"海南是中国著名的长寿之乡，这当然与海南纯净的空气、宜人的水土、充分的光照、无污染的食物等有直接关系。而且在唐宋流放士大夫的"南荒之地"中，苏轼还欣慰地发现海南是唯一少有瘴气的地方，算是不幸中之大幸："此间……惟有一幸，无甚瘴也。"从苏轼的记载可以看出，海南岛人口的长寿现象由来已久，早在北宋就已经为主流学者所观察并留下记录。只是苏轼认为这里人口稀少，加之冬无严寒，夏虽有酷暑却对人作用不大，因而人们长命百岁不足为奇。

宋代海南岛在中土人士的传闻与语境中往往被冠以"南荒""烟瘴""极远""黎蛮"等字眼；加之从官方而言，贬谪海南算是"南荒极远"的流刑，其惩罚程度仅次于死刑，因此朝野认为海南给人的地理印象近乎恐怖。苏轼临去儋州前夕也是如此心态，充满生离死别的悲凉："臣孤老无托，瘴疠交攻，子孙恸哭于江边，已为死别，魑魅逢迎于海上，宁许生还。"但是，儋耳三载经历表明，真正的海南生涯并没有当初想象的那样可怕，苏轼很快适应了这陌生的环境，适应苦难、承受苦难并超越苦难，并且在三年流贬海南岁月中获得了人生不可多得的收获。在这里，他发现了自然之美，在瘴烟蛮雨的岭南世界，儋耳"惟有一幸，无甚瘴也"。对苏轼而言，这无疑是一种幸运。苏轼的个人经历与地理体验实际上打破了海南四处皆瘴的传闻，还原了真实的海南地理环境，对后世认知海南地理产生了深远的影响。"他年谁作舆地志，海南万里真吾乡"虽是苏轼初至海南时的悲壮诗句，现在看来却可以视为他对海南地理环境的深刻认同。苏轼的海南诗文表达的是诗性时空与诗化意境，但由于系其所见所闻与个人真切体验所得，加之北宋末年恰好处于中古气候由温暖向寒冷转折的过渡时期，因此对于研究北宋时期海南岛的气候、物产、水文、地域民俗、民族地理等，都是不可多得的实证性文献。

四、东坡地理学思想的实践运用

苏轼的地理学知识在其作为郡守兴修水利工程时往往能够发挥作用，甚至否定一些不切合实际的所谓"开河工程"。《宋史》载，苏轼知颍州间，"先是开封诸县多水患，吏不究本末，决其陂泽，注之惠民河，河不能胜，致陈亦多水。又将凿邓艾沟与颍河并，且凿黄堆欲注之于淮。轼始至颍，遣吏以水平准之，淮之涨水高于新沟几一丈，若凿黄堆，淮水顾流颍地为患。轼言于朝，从之"。这一记载的背景是元祐六年（1091年）八月，苏轼调任颍州知州。时都城开封附近各县常闹水灾，当地官员把水引入惠民河，结果又淹了陈州。于是他们又决定凿开邓艾沟，使之通到颍河，然后凿开黄堆引水入淮河。苏轼到任后，对此提出质疑。他经过实地考察论证，认为开沟之事绝不可行，为此苏轼连续上奏《奏论八丈沟不可开状》《申省论八丈沟利害二首》，指出："若淮水不涨，则一颍河泄之足矣。

若淮水不免涨，则虽复旁开百沟，亦须下入于淮。淮水一张，百沟皆壅，无益于事，而况一八丈沟乎？"朝廷认为苏轼所奏有理，遂采纳了他提出的合理化建议，从而取消了开凿八丈沟的水利工程。在这里，苏轼以自己的地理学知识与卓越的科学理性果断地否定了"凿黄堆引颍水注淮"的错误工役，使得陈、颍一带避免了更大的人为水患。

陆游：奔走在巴山蜀水间

诗歌并非只能抒情言志，实际上也可以是一个时代自然与社会万象的广角镜头。南宋大诗人陆游一生除了以诗歌名世外，还著有《南唐书》《家世旧闻》《入蜀记》与《老学庵笔记》等史学著作及散文笔记。《入蜀记》与《老学庵笔记》虽在陆游一生著述中所占文字比重不算大，但皆为宋人笔记中的精品，其学术价值不容忽视。两部笔记均以记述丰富详赡著称，涉及前史、时事、掌故、典制、名人逸闻、地理、风俗、诗学等多个方面，故晚清李慈铭在《越缦堂读书记》中谓此书"杂述掌故，间考旧文，俱为谨严。所论时事人物，殊多平允"。近年来，随着对陆游研究的深入，其诗文的历史地理学价值也开始引起一些学者的关注，陆续有论文发表出来，但大多偏重于对陆诗的考察，而对其散文笔记的多学科价值缺乏系统科学的考察。实际上，陆游作为南宋前期诗坛巨擘与著名学者，其一生全部著述，堪称南宋前期社会历史百科全书，其诗文的环境史价值也值得关注。

一、走向巴蜀的寒冷

在中国气候变迁史上，宋代是一个重要的转折节点。1972年著名气象学家竺可桢先生发表著名的《中国近五千年来气候变迁的初步研究》，首次全面揭示了仰韶文化时期以来东亚与中国近五千年来的温暖期与寒冷期的交替变迁，而唐宋时期正处于有史以来第三个温暖期向寒冷期过渡阶段，其中宋代属于寒冷期。尽管四十多年来历史地理学界的大量研究表明竺可桢先生的论点基本上经受住了时间的检验，但也有不少学者发现这一经典性的气候变迁理论研究虽然不失有开创之功，但由于资料占有的局限，仍然有粗疏、遗珠之憾。笔者深以为然，仅仅就环境史角度讲，竺文在南宋气候研究中资料运用方面仍然有可补充之处。现在我们可以更进一步说，宋代气候变迁的基本走向应该是北宋仍然处于温暖期，北宋末年开始趋向寒冷，至公元12世纪后期，具体地说在南宋乾道年间出现突变极寒，降低至中古气候寒冷的峰值，这在黄庭坚、陆游、王十朋等人的诗歌中有真实的客观反映。其中，陆游的笔记和其从军梁州的诗歌及其日后的回忆诗作都有关于这一时期气候寒冷的珍贵记录。西南地区的寒冷气候突变表现得尤为明显。陆游注重气候记录，从历史地理学角度看，他的川陕诗尤其具有价值。

西南地区的气候转向寒冷是从北宋晚期开始的，在公元12世纪中叶的南宋时期出现了寒冷气候峰值。从陆游等人的诗文记录中可以看出，乾道六年（1170年），气候已经发生了显著变化。著名诗人陆游自家乡山阴（今浙江绍兴）奉诏赴夔州任通判，其《入蜀记》

真实记载了沿途所见所闻的物候生态，对江陵、三峡地区过早寒冷的气候有亲身感受。九月十九日过江陵时，"极寒如穷冬，土人云：此月初已尝有雪"；十月入三峡，"是日极寒，岩岭有积雪"。长江三峡一带九月已初雪、十月已"极寒"，可见当时秋冬气温明显低于现代。

陆游所生活的年代正是南宋寒冷期，其气候特征在其长江三峡诗中有典型的反映。如乾道六年（1170 年）冬作于夔州（今重庆奉节）的《雪中卧病在告戏作》云："面裂愁出门，指直但藏袖。谁云三峡热，有此凛冽候。殷勤愧雪片，飞舞为我寿。方惊四山积，已见万瓦覆。岂惟寒到骨，遂觉疾在膝。地炉炽薪炭，噤坐连昏昼。梅花真强项，不肯落春后。"寒风凛冽，大雪纷飞，手指冻僵，可见当时三峡气温之低。今日地处长江三峡西口的奉节县冬季已经罕见降雪，即使有雪也是零星飘散，很快融化，绝无"面裂愁出门"的凛冽寒冷。而万州的气温似乎更加寒冷，《偶忆万州戏作短歌》云："峡中天下最穷处，万州萧条谁肯顾。去年正月偶过之，曾为巴人三日住。南浦寻梅雪满舟，西山载酒云生屦。"可见乾道六年冬夔、万一带雪线明显下移，已经是漫山遍野、大雪覆盖了，这种大雪铺天盖地的寒冬景象早已不复见于今日长江三峡地带了。

《入蜀记》所记载的长江三峡寒冷气候在陆游诗歌中也得到了印证，其宦游山南汉中的诗作也颇能说明南宋山南气候转寒的问题。如《夜行》诗自注回忆乾道八年（1172 年）秋在山南，"顷自小益还南郑，夜宿金牛驿，时方大寒，人马俱仆卧"。而且陆游诗还说明，乾道年间汉中降霜、降雪时间明显提前。《秋雨渐凉有怀兴元》诗写道："八月山中夜渐长，雨声灯影共凄凉。遥知南郑风霜早，已有寒熊犯猎场。"另一首诗也颇能说明问题:"昔我从行台,宿师南山旁。仲秋已戒寒,九月常阴霜。入冬即大雪,人马有仆僵。土床炽薪炭,旐毳结行装。果蔬悉已冰,熟视不得尝。"诗中所反映的汉中秋冬气温明显低于现代。这些诗文资料都有力地印证了12世纪中叶以后,确切地说南宋乾道六年至八年(1170—1172年),是宋代气候突变转寒的关键时段。陆游的气候诗为我们今天研究南宋气候变迁提供了极好的一手资料。

此外,据陆游《老学庵笔记》记载,陆游寓居成都时,发现成都的物候节令与唐时已经大不相同。荔枝是典型的喜热作物,对气温热值的要求十分敏感。唐代成都平原曾经普遍有种植荔枝的记录。而到宋代特别是南宋,其种植北界已经退缩至川南边缘乐山、宜宾、泸州、万州、涪陵一带,因而成为研究历史上气候变迁的一个重要标志。陆游对此显然也颇为关注,由读唐人张籍《成都曲》对荔枝的描写引发对气候变迁的敏锐感受:"张文昌《成都曲》云:锦江近西烟水绿,新雨山头荔枝熟。万里桥边多酒家,游人爱向谁家宿。此未尝至成都者也。成都无山,亦无荔枝。苏黄门诗云:蜀中荔枝出嘉州,其余及眉半有不?盖眉之彭山县已无荔枝矣,况成都乎?"《老学庵笔记》还从唐代诗人张文昌《成都曲》对荔枝的描写谈及南宋时成都已无荔枝,是南宋西南气候趋寒的重要史料。陆游在《老学庵笔记》中还说:"杜子美梅雨诗云:南京犀浦道,四月熟黄梅。湛湛长江去,冥冥细雨来。茅茨疏易湿,云雾密难开。竟日蛟龙喜,盘涡与岸回。盖成都所赋也。今成都乃未尝有梅,雨惟秋半积阴,气令蒸溽,与吴中梅雨时相类耳。岂古今地气有不同耶?"从此条记载看，陆游已经敏锐地感觉到南宋成都气温要比中唐杜甫诗中所说节令偏低，以至于气候转寒，已经无梅雨气象，气候已经较唐时发生了较大变化。虽然限于时代认识水平，陆游尚不能给出科学解释，然而他能较同时代的人敏感地意识到唐宋地方气候、节令的变化，并在笔记中加以记述，是难能可贵的。

值得注意的是，《老学庵笔记》还记载了北宋汴京"处暑"风俗："故都残暑，不过七月中旬。俗以望日具素馔享先，织竹作盆盎状。贮纸钱，承以一竹焚之。视盆倒所向，以占气候，谓向北则冬寒，向南则冬温，向东西则寒温得中，谓之盂兰盆，盖俚俗老妪辈之言也。又每云，盂兰盆倒则寒来矣。"这里的"故都"当指北宋都城汴京，不仅反映了宋代有占卜"气候"的习俗，而且说明北宋的"处暑"时间比现代要早。按照汉代以来即沿用的夏历，七月中旬入秋，尤其七月半之后，秋意渐显，气温渐凉，此即陆游所说的"故都残暑，不过七月中旬"的含义。这在一定程度上反映了北宋末期夏日气温要低于现代。陆游另有诗句曰："四时俱可喜，最好新秋时"，说的也是作者对"处暑"时节的感受。

二、陆游笔记之南宋湖泊的变迁

宋代是我国内陆湖泊急剧萎缩、减少时期，重要原因之一是随着人口增加、农业经济的开发，人均耕地面积变得紧张，从而不断围湖造田。这种现象在广大南方地区普遍存在。陆游的故乡绍兴镜湖，形成于东汉时期，系东汉永和五年（140年）会稽（今浙江绍兴）

太守马臻纳山阴、会稽两县诸水为湖，湖泊总面积一度很大，有"三百里镜湖"之称，南北朝时期已是浙东地区著名的大湖。但镜湖在唐中叶之后由于疏于疏浚逐渐淤积。北宋时，大量豪家大族在湖上建筑堤堰，围湖造田，镜湖面积大大缩小，至南宋时期减缩的情况已经令人触目惊心。《老学庵笔记》对此有重要的记载："陂泽惟近时最多废，吾乡镜湖三百里，为人侵耕几尽"，痛心忧虑之情溢于言表。

在历史上，四川盆地从成都平原到蜀中丘陵地带也分布许多大小不等的湖泊沼池，但在宋代也出现锐减的势头，情况似乎比浙东地区更加严重。如成都城内著名的摩诃池，为隋文帝开皇二年（586年）益州刺史杨秀镇蜀时所开凿，初凿成时面积很大。唐人卢求在《成都记》中说："隋蜀王秀取土筑广此城，因为池。有胡僧见之，曰：摩诃宫毗罗。胡语谓摩诃为大，宫毗罗为龙，言此池广大有龙也。"唐人李吉甫也说"摩诃池在州中城内"，可见摩诃池在唐代仍然是成都城市的一大景观。陆游初仕宦成都时曾经亲临摩诃池，作有《摩诃池》诗："摩诃古池苑，一过一消魂。春水生新涨，烟芜没旧痕。年光走车毂，人事转萍根。犹有宫梁燕，衔泥入水门。"并在诗后注曰："蜀宫中，旧泛舟入此池，曲折十余里。今府后门虽已为平陆，然犹号水门。"大概摩诃池在南宋时水域面积已经很小，大多"已为平陆"，因而《老学庵笔记》中说"成都摩诃池，嘉州石堂溪之类，盖不足道"，水域面积已经很小。陆游在成都经年，对这座西蜀首府城市的环境相当熟悉，此语当非虚。此外，《老学庵笔记》还记载了唐代都城长安湖泊在宋代的湮废状况："长安民契券，至有云某处至花萼楼，某处至含元殿者，盖尽为禾黍矣。兴庆池，偶存十三，至今为吊古之地。"兴庆池地处唐长安皇城"南内"兴庆宫，唐时开凿了面积可观的兴庆池，专供皇帝后妃游乐享用，也是唐代京城著名的水上乐园。花萼楼即在兴庆池之西，系唐朝皇帝举行朝贺、盛宴之地，下临兴庆池，唐诗中多有题咏。据《老学庵笔记》载，兴庆池的变迁可谓沧海桑田，既然至宋代兴庆池、花萼楼一带已经成为民众私田，湖泊的淤积毋庸置疑。

这里要特别关注《老学庵笔记》所说的阆州"南池"的变迁。阆州南池，历史上也是面积颇大的湖泊，但南宋时期水域面积不断减少，以至于为诸多豪右之家墓葬所占。《老学庵笔记》谓："阆州南池亦数百里，今为平陆，只坟墓自以千计。虽欲疏浚复其故，亦不可得，又非镜湖之比。""南池"又称"彭道将鱼池"，开凿于东汉，与嘉陵江连通，引水入湖，在唐代水域仍然很大。唐代诗人杜甫有《南池》诗，诗题有注："南池在阆中县东南，即彭道将鱼池。"其诗曰："峥嵘巴阆间，所向尽山谷。安知有苍池，万顷浸坤轴。呀然阆城南，枕带巴江腹。芰荷入异县，粳稻共比屋。皇天不无意，美利戒止足。高田失西成，此物颇丰熟。清源多众鱼，远岸富乔木。"从杜诗看，南池在阆州（今四川阆中），既说"万顷浸坤轴"，当系阆州一大湖泊。不过从阆州地形来看，陆游所说南池"亦数百里"，则显然有夸大之嫌。《太平寰宇记》卷八六《阆州》云："彭道将池，《郡国志》云：彭道鱼池在州西南，《四夷述》云州东南有南池。东西二里，南北约五里。州城西南十里有郭池，周约五十亩。二池与《汉志注》相符。"不过阆州南池的湮废，却是宋代四川盆地环境史上一个颇具悲剧意义的典型事件。陆游在《剑南诗稿》卷三《南池》诗题下进一步作注说:"杜诗所谓'安知有苍池,万顷浸坤轴'者,今已尽废。"有赖于陆游的记载,我们可以断定阆州这一著名古代湖泊最后消失的时间正是在南宋。南宋抗金期间,大量北方难民逃亡至四川盆地,战争的灾难造成四川人地矛盾尖锐突出,加之地方官府、豪强、军队不断围湖垦田,川中大量湖池萎缩乃至消失,阆州南池的最后消失应该就发生在这一历史背景下。

湖泊与渠洫为古代农业灌溉的重要保证,陆游出于对国计民生的重视,对一些古代水利工程现状十分关注。其在《老学庵笔记》中保存了许多关于关中平原古代著名水利工程郑、白二渠在宋代湮废的记录:"秦所作郑、白二渠,在今京兆府之泾阳,皆以泾水为源。白渠灌泾阳、高陵、栎阳及耀州云阳、三原、富平,凡六县,斗门百七十余所。今尚存,然多废不治。郑渠所灌尤广袤,数倍于白渠。泾水乃绝深,不能复入渠口。渠岸又多摧圮填淤,比之白渠,尤不可措手矣。"郑、白二渠为战国时秦国所创修,秦汉时期在关中平原发挥过十分重要的农业灌溉作用。南北朝时期因为战乱失修,以后逐渐湮圮(前秦苻坚时曾发动民役整修郑、白渠,旋即废毁)。北宋时关中农业有所恢复,由于引水困难,曾多次将引水渠口上移。其中大观二年(1108年)曾进行过大的整治工程,灌溉面积一度达到两万余顷,并改称丰利渠。关中平原在南宋已经沦为金人占领区,郑、白二渠再次湮废。《老学庵笔记》中这条关于郑、白二渠的史料虽非陆游亲历所得,但反映了南宋关中地区水利工程的退化与凋敝,陆游所言当另有所本,值得重视。

三、对自然灾害的困惑

中国古代自然灾害主要有地震、山崩、泥石流、水灾、旱灾、蝗灾等，可分为地质灾害、气象灾害、生物灾害等类型，属于生态环境失衡后发生并造成程度不同的生命与财产损失的灾难，其中地质构造作用引发的地震、山崩等造成的社会灾难最为深重。长江三峡地区的地质灾害常有发生，有史记载以来就有数次较大的山崩导致峡中江水壅塞，秭归"新滩"即为有名的险阻。一般认为为后世所知的"新滩"形成于嘉靖二十一年（1542 年）归州山崩，其实只是后人误解。在宋人行旅记中，就频频出现"新滩"这一地名。北宋时苏轼出川曾经受阻于"新滩"数日，为此作《新滩阻风》诗。南宋时行旅"新滩"，往往要舍舟卸物，陆行绕过此处险滩方能继续舟行。范成大谓："此滩恶名豪三峡，汉晋时，山再崩塞江，所以后名新滩。石乱水汹，瞬息覆溺。上下欲脱免者，必盘博陆行，以虚舟过之。"陆游《入蜀记》的记载与范成大《吴船录》的记载可谓相互印证："十三日，舟上新滩。由南岸上及十七八。船底为石所损，急遣人往拯之，仅不至沉，然锐石穿船底，牢不可动，盖舟人载陶器多所致。新滩两岸，南曰官漕，北曰龙门。龙门水尤湍急，多暗石，官漕差可行，然亦多锐石，故为峡中最险处。非轻舟无一物不可上下。舟人冒利以至此，可为戒云。"与范成大的记载相比，陆游对归州"新滩"及其舟行交通的艰险记载得更加生动具体，并且对新滩两岸的暗礁分布和危险有具体的说明，对当时长江三峡的船运有一定的导航意义。范成大《吴船录》与陆游《入蜀记》同记三峡险阻，但前者为顺江东下，后者为逆流西上，对三峡险滩的感触自然也以后者更为惊心动魄。不过，对研究长江三峡历史交通地理而言，二者异曲同工，各有偏重，难分伯仲，同样具有重要的参考价值。

熙宁五年（1072年）地震引发华山阜头峰的山崩，造成华山脚下生命财产重大损失。《老学庵笔记》卷七载："熙宁癸丑，华山阜头峰崩。峰下一岭一谷居民甚众，皆晏然不闻。乃越四十里外，平川土石杂下如簸扬。七社民家压死者几万人，坏田七八千顷，固可异矣。"这次华山崩坍事件，曾经震惊朝野，并在宋代多种文献中留下记载。魏秦《东轩笔录》较早记载了这次华山崩坍事件："熙宁三年，京辅猛风大雪，草木皆稼，厚者冰及数寸。既而华山震，阜头谷圮折数十百丈，荡摇十余里，覆压甚众。"不过，时间上与陆游所载有出入。此外，庄季裕《鸡肋编》、王明清《投辖录》、邵博《闻见后录》对此都有长短不一的记述，而以陈均《九朝编年备要》的记载最详："知华州吕大防言，少华山前，阜头谷山岭摧陷。其下平地，东西五里，南北十里，溃散坟裂，涌起堆阜，各高数丈，若堤岸。陷居民六社，凡数百户。林木庐舍，亦无存者。并山之民言，数年以来，谷上尝有云气，每遇风雨，即隐隐有声。是夜初昏，略无风雨。山上忽雾起，有声渐大，地遂震动，不及食顷，即有此变。诏赐压死者，家钱，贫者，官为葬祭。"但南宋时期一些野史笔记将这次山崩事件渐渐神异化，使之笼罩上一层神秘色彩，最典型者如王明清《投辖录》的记述："熙宁中，神宗遣内侍高伟使蜀。既还，道繇华阴，投宿县驿中。忽一老卒若抱关者前白曰：'某住此多年，今夕气候非常，必有大灾异。官人速去，或可免，不可留也'，坚请其行甚切。伟疑其有他，迟回未肯发。老卒曰：'若某妄语，来日官人回此，穷治未晚。今已急矣，速去，犹可投前铺'。伟异其言，不得已，上马未十余里，天已曛黑，得小马铺止宿。俄而风雷大作，震荡轰磕，若天翻地转，通夕惶怖。诘朝澄霁，遣人回视旧路，则曰昨夕华山崩，少西十里，则高山大石弥望，不知几里，非复故道矣。"陈均、王明清多渲染华山崩坍前的神秘预兆，将这次地震引发的山崩涂抹上某种"灵异"色彩，突出的不是华山崩坍本身，而是崩坍前夕神秘抱关老卒的先知先觉、料事如神，有意凸显记载的传奇性。相比较之下，《老学庵笔记》的记载则较客观翔实，只是时间上有差错。关于这次华山地震引起的山崩，宋代国史对此也有记载。据南宋李焘《续资治通鉴长编》载，这次华山崩坍事件发生于熙宁五年（1072 年）十月，"丙寅，少华山崩"，并自注说："此据吕大防奏。新、旧《纪》又云赐压死者家钱不能葬者，官为葬。祭之地产，因山变口给田，贷以钱谷。今移入十月三日并五日。"陆游《老学庵笔记》作于宋宁宗时期，时距少华山崩事已有 120 余年，在家乡山阴无多少史乘图籍凭借的情况下，将此次地震事件记载为"熙宁癸丑（熙宁六年）"，所记载地震时间与李焘《续资治通鉴长编》纪年有一年误差也当无可厚非。重要的是，陆游对华山地震事件去除了南宋文人热衷渲染的神秘色彩，坚持了一定的客观性，这与诗人长期坚持山川地理考察，具备一定的地理知识有关。

成都平原虽然有都江堰等著名的水利工程灌溉，系古代著名的产粮区，但影响农业歉收的水旱灾害也常常发生，陆游在四川期间就有多次相关记录。南宋孝宗乾道九年（1173 年）夏，成都平原发生大面积旱灾，涉及多个州县，直到立秋普降喜雨，方才解除旱情。陆游时在嘉州（今四川乐山），对这次旱灾有亲身经历，感触尤深，云："癸巳夏，旁郡多苦旱，惟汉、嘉数得雨，然未足也。立秋夜三鼓，雨至，明日晡后未止，高下沾足，喜而有赋：画檐鸣雨早秋天，不喜新凉喜有年。眼里香粳三万顷，寄声父老共欣然。"对天隆甘霖的欣喜之情，溢于言表。这次川西南旱灾，《宋史·五行志》等史籍失载，陆游的记载有重要史料价值。

四、陆游的地理学家情怀

陆游作品的环境史价值当然并不仅限于两部散文笔记，作为伟大的爱国主义诗人的陆游，也是一位博物学家，其一生创作诗词多达九千余首，创造了中国文学史上写诗数量最多的纪录。从历史地理学角度考察，由于陆游曾先后在浙江、江西、四川、福建等地为官宦游，躬身实践，游历地理空间广袤，生活阅历丰富，加之其又有悲天悯物、亲近自然的文化情怀，并勤于对所见所闻地理风物进行观察和记录，因而无论是其诗词还是散文笔记，都包含大量有关南宋物候生态、山川湖泊、植物动物以及风俗民情的内容。特别是陆游长达八年之久的山南汉中和剑南地区的军旅生活，蜀汉地区雄奇的山川自然景观、浓郁的风俗时尚、独特的地理位置，以及陆游等人对巴蜀文化的长期习濡，使得陆游诗文中的地理文学成色更加突出。在南宋人心目中，巴蜀之地偏远而神秘，有"地多殊异"的评价，又因地近抗金前线而让爱国志士心驰神往。乾道九年（1173

年）六月陆游在成都时曾回忆说："余少读地志，至蜀、汉、巴、僰间，辄怅然有游历山川、揽观风俗之志。私窃自怪，以为异时或至其地，以偿素心，未可知也。岁庚寅，始溯峡，至巴中，闻竹枝之歌。后再岁，北游山南，凭高望鄂、万年诸山，思一醉曲江、浐陂之间。其势无由，往往悲歌流涕。又一岁，客成都唐安，又东至于汉、嘉，然后知昔者之感，盖非适然也。"正是对蜀地地理的情有独钟，陆游从家乡启程开始川蜀之行时即已有意识地将沿途所见风物记载下来。《入蜀记》即以三峡地理描述为世人称道，是今天研究宋代三峡历史地理的珍贵文献。可见，他对于川陕历史地理的向往并非始于入蜀以后。陆游是一个有深厚地理学情结的诗人，川陕地理雄奇独特的地理景观、悠久灿烂的历史文化，激发了诗人极大的创作激情，也使诗人在"得江山之助"的同时，对地理之学发生浓厚的兴趣。陆游戎幕汉中时，曾经亲自攀登上险峻的嶓冢山，近距离观察并记录了汉水发源地潺潺山泉，他还留下了与此次汉中实地考察嶓冢山汉水源有关的诗，如"孤云两角不可行，望云九井不可渡。嶓冢之山高插天，汉水滔滔日东去""嶓冢山头是汉源，故祠寂寞掩朱门。击鲜藉草无穷乐，送老那知江上村"。由于在川陕地区近十年广泛接触自然环境与社会环境，他的诗歌创作取得了前所未有的辉煌成就，他在地理学思想上也有重要的收获。他甚至企图亲历绝域，考察江源，并对古代学者坐以论道、皓首穷经的治学方法提出批评，这在他为吕居仁诗集所作序言中有集中的反映：

天下大川莫如河江，其源皆来自蛮夷荒忽辽绝之域，累数万里而后至中国，以注于海。今禹之遗书所谓岷积石者，特记禹治水之迹耳，非其源果止于是也。故《尔雅》谓河出昆仑墟，而《传记》又谓河上通天汉。某至蜀，穷江源，则自蜀岷山以西，皆岷山也。地断壤绝，不复可穷河江之源，岂易知哉！古之学者盖亦若是，惟其上探宓羲唐虞以来，有源有委，不以远绝，不以难止，故能卓然布之天下后世而无愧。凡古之言者，皆莫不然①。

陆游的江河之论，既正确指出了我国主要江河（长江、黄河）皆发源于西南遥远闭塞高原的民族地区，蜿蜒逶迤进入内地，最后注入大海的基本走向，又以自己在川陕地区的地理考察实践表明，虽然《尚书·禹贡》及《尔雅》诸经典对江源、河源都有不二之论，但在宋代疑经思潮下，仍然不断有探究江源、河源之举，由于地理环境险恶，未能穷尽企及。这种辩证的地理学思想在宋代地理学史上无疑是卓然不俗的论断，应该得到充分的重视。

陆游时代的环境问题虽然远远没有今天严重，特别是他所仕宦的川陕地区生态资源之优越当时在全国首屈一指，但他仍然对湖泊湮圮、山崩灾害、水利失修等环境现象作了多方位的观察与记录，并且以地理学家的情怀考察汉水源，甚至有溯流寻求长江源的打算，这在古代诗人中十分罕见，也是难能可贵的。他的诗文不仅留下了南宋十分珍贵的环境史料，也为其诗歌长卷增添了深层次的科学史价值。

诗魂长留巴蜀间

——苏轼、陆游两代诗人的巴蜀地理情结

关于四川，有一句俗话流传甚广，叫"少不入川，老不出蜀"。此话怎讲？按照我的理解，应该是指号称"天府之国"的四川实在富庶而温柔，气候温暖、物产丰富、风景秀美自不必说，美食繁多、美女如云更颇具诱惑力，年轻人入川则难免流连忘返；而在迟暮之年，因为上述原因，蜀地是理想的退养终老之地，自不必再走出四川了。这句话出自何时何人，已难考证清楚，但既然流传甚广，也足以说明"天府之国"绝非浪得虚名，其吸引力与地域影响力亦由此可见。当然，这是指社会公众而言。在中国文学史上，巴蜀不仅是一方文学重镇，出过司马相如、扬雄、李白、陈子昂、苏轼、杨慎、李调元、巴金、郭沫若等文学巨匠，而且巴蜀本身对诗人学者有极大的吸引力。唐宋文学史上，几乎有大半诗人曾经有过蜀地游历的经历，出现"唐宋诗人多入蜀"，可谓一道亮丽的风景线。其中，苏轼与陆游对巴蜀地理的酷爱及其与巴蜀文化的关系，就值得特别关注。

文学地理学在近年来异军突起，成为诸多学人热衷提及的话题。实际上文学地理学的实质是探讨作家、作品与地域文化的关系，从而对某一地域文学的文化风貌、内涵特色及其价值取向给予更准确的揭示与定位。从理论上说，历史上任何一位重要作家都与地域文化有千丝万缕的联系，地域文化对作家生命历程、文化心理及其作品的历史、美学价值的影响都是不容忽视的，其故土家园的"原型文化"、其仕宦流寓的异乡文化都会在诗文作品中得到反映，具有重要的学术研究价值。苏、陆在宋代文学史上的定位以及二人在文学风格上的相承关系早已引起学者的关注，但学者们主要关注二人的人生哲学思想、诗歌地位的颉颃以及其诗风的相似与渊源等方面，而对于巴蜀地域文化对苏、陆二人的人生、文学影响以及他们对巴蜀文化的贡献则关注甚少。虽然学界关于苏轼、陆游的研究成果早已连篇累牍，但苏、陆与巴蜀文化的关系及意义研究始终是一个薄弱环节。这里不揣浅陋，试作探讨，以请教于方家。

　　如果说安土重迁是在中国深厚的农耕文化基础上产生的思想观念，那么浓重的家园意识则是古代士大夫共有的文化情怀。蜀地作为苏轼的桑梓之地，巴蜀文化符号与其生命历程相始终。尽管苏轼发出过诸如"试问平生功业，黄州、惠州、儋州""此心安处是吾乡""我本儋耳人，寄生西蜀州""海南万里真吾乡"的感喟，有学者借此认为苏轼乡土文化观念相对淡薄，但实际上并不确切。只要多读苏子诗文，就会发现这些话语都是苏轼在不同人生际遇以及特殊环境下的感叹，有时也是其幽默达观的表现，并不能因此就说其乡土意识淡薄。苏轼出生于"介岷峨之间""江山秀气聚西眉"的眉山，一生对巴山蜀水的热爱与眷恋始终如一，除了人之常有的故土之恋外，巴蜀地区悠久的人文历史、浓郁的地理风情一直为作家提供源源不断的文学创作源泉。宋仁宗嘉祐六年（1059年），年轻的苏轼兄弟随父亲苏洵离开故乡眉州，走水路，取道戎、泸、渝、涪、万、夔、巫至楚，循长江水路出川赴京师。父子三人为沿途雄奇的自然风光所深深陶醉，吟诗不辍，互相唱和，后汇编为《南行集》。其中苏轼作诗78首。第一次走出家乡的苏轼初次相识巴蜀地理风情，在诗中尽情抒发了对蜀地地理的惊讶与喜爱。《初发嘉州》《过宜宾见夷中乱山》《夜泊牛口》《江上看山》《留题仙都观》《八阵碛》《诸葛盐井》《白帝庙》《入峡》《巫山》《神女庙》等诗篇尽写峡江之雄奇殊异。

　　凤翔府是年轻的苏轼释褐入仕的第一站。研读苏轼仕宦凤、岐时期的诗作，不难发现从美丽西蜀来到黄土塬的苏轼对关中西部的地理景观有强烈的排斥感。苏轼习惯了蜀地的青山绿水，对满目荒凉的黄土高原感到强烈不适，不断思念自己的家乡："吾家蜀江上，江水绿如蓝。尔来走尘土，意思殊不堪。况当岐山下，风物尤可惭。有山秃如赭，有水浊如泔。"即使在秦岭深山峡谷中，同样存在故乡之思："门前商贾负椒荈，山后咫尺连巴蜀。何时归耕江上田，一夜心逐南飞鹄"（《二十七日自阳平至斜谷宿于南山中蟠龙寺》）；"南山连大散，归路走吾州。欲往安能遂，将还为少留"。青年苏轼即有归隐思想，当与对初仕地赭山黄土的自然环境强烈不适大有关系，因而在苏诗中常常出现故乡之思。

　　蜀地江河纵横，水量丰沛，水质优良。岷江流经嘉州眉山，清澈如画，早在唐代即有"蜀江水碧蜀山青"（白居易《长恨歌》）的美誉。苏轼诗词中的"蜀江"有时说的是长江，但更多的则是指家乡的母亲河岷江。"蜀江久不见沧浪，江上枯槎远可将。去国尚能三橡载，汲泉何爱一夫忙。崎岖好事人应笑，冷淡为欢意自长。遥想纳凉清夜永，窗前微月照汪汪。"（《和子由木山引水二首》其一）"西南归路远萧条，倚槛魂飞不可招。……谁使爱官轻去国，此身无计老渔樵。"（《题宝鸡县斯飞阁》）仕宦凤翔时期的苏轼诗作中频频出现思乡归隐的想法并非偶然，地理环境的殊异感促使青年苏轼渴望回归故乡蜀地乃是重要原因。在苏轼的词作中，乡关之思同样表现得很强烈。在黄州，观西来长江之水，眼前映现的却是蜀地山水的影子："认得岷峨春雪浪。初来，万顷蒲萄涨渌醅。"（《南乡子·春情》）尽管蜀地远离北宋政治文化中心的汴京，但苏轼一生从未放弃自己"蜀人"的身份，始终以西蜀人自居。在荆州他说过"轼西州之鄙人，而荆之过客也"（《上王兵部书》）；即使在其仕途最顺达之时，也没有忘记自己是"远方之鄙人，游于京师"（《上刘侍读书》）。在风景如画、人文胜地的润州，观雄阔长江，他会油然想起江之上游的家乡眉州："我家江水初发源，宦游直送江入海。闻道潮头一丈高，天寒尚有沙痕在。中泠南畔石盘陀，古来出没随涛波。试登绝顶望乡国，江南江北青山多。羁愁畏晚寻归楫，山僧苦留看落日。"（《游金山寺》）即使日常的山中游览也经常引发其归乡之思："富贵良非愿，乡关归去休。携琴已寻壑，载酒复经丘。"（《集归去来诗十首》其六）羁旅客乡，浓浓的乡愁会不时袭来。西归难愿，只好以诗抒怀，以慰乡关之思。在元丰七年（1084 年）七月所作的《眉州远景楼记》中，苏轼又深情地写道："轼将归老于故丘，布衣幅巾，从邦君于其上，酒酣乐作，援笔而赋之，以颂黎侯之遗爱，尚未晚也。"上述所引一再说明，作为蜀士的苏轼，终其一生家园情怀始终伴随，怀蜀乡愁成为苏轼文化心理一个重要的"原型"情结。

陆游仕宦蜀地八年，游历梁、益多地，对巴蜀地区自然地理与人文社会有切身的体会与深刻的了解。蜀汉地区雄奇的山川自然景观、浓郁的风俗习惯、独特的地理位置，以及陆游对巴蜀文化的长期习濡，使得陆游诗文的地理文学成色更加突出。在南宋人心目中，巴蜀之地偏远而神秘，有"地多殊异"的评价；又因地近抗金川陕前线而让爱国志士心驰神往。陆游很早以来即对巴蜀地理奇异的风俗心向往之。乾道九年（1173年）六月，陆游在成都撰《东楼集序》时曾深情回忆道："余少读地志，至蜀、汉、巴、僰间，辄怅然有游历山川、揽观风俗之志。私窃自怪，以为异时或至其地，以偿素心，未可知也。岁庚寅，始溯峡，至巴中，闻竹枝之歌。后再岁，北游山南，凭高望鄂、万年诸山，思一醉曲江、渼陂之间。其势无由，往往悲歌流涕。又一岁，客成都唐安，又东至于汉、嘉，然后知昔者之感，盖非适然也。"正是出于对蜀地地理的情有独钟，陆游从家乡启程开始川蜀之行时，即有意识地将沿途所见风物记载下来，其《入蜀记》即以描述三峡地理为世人称道，成为今天研究宋代长江旅游线特别是三峡历史地理的珍贵文献。陆游是一个有深厚地理学情结的诗人，川陕雄奇独特的地理景观、悠久灿烂的历史文化，激发了诗人极大的创作激情，也使诗人在"得江山之助"的同时，对地理之学产生浓厚的兴趣。陆游在汉中王炎幕府时，曾经亲自攀登上险峻的嶓冢山，近距离观察并记录了汉水发源地的潺潺山泉：

自古水土之功，莫先乎禹。纪其事，莫备乎《禹贡》之篇。《禹贡》之所载，莫详乎江、汉。曰："嶓冢导漾，东流为汉"；又曰："岷山导江"。某尝登嶓冢之山，有泉涓涓出两山间，是为汉水之源，事与经合。（《成都府江渎庙碑》）

此文作于淳熙四年（1177 年）五月。他还写了与此次汉中实地考察嶓冢山汉水源有关的诗，如"孤云两角不可行，望云九井不可渡。嶓冢之山高插天，汉水滔滔日东去"（《十月二十六日，夜梦行南郑道中。既觉，恍然揽笔作此诗，时且五鼓矣》）；"嶓冢山头是汉源，故祠寂寞掩朱门。击鲜藉草无穷乐，送老那知江上村"（《怀旧》其六）。在川陕地区近十年，广泛接触自然环境与社会环境，陆游在诗歌创作上取得了前所未有的辉煌成就，而且在地理学思想上也有

重要的收获。他甚至试图亲历绝域，考察江源，并对古代学者坐以论道、皓首穷经的治学方法提出批评，这在他为吕居仁诗集所作序言中有集中的反映：

天下大川莫如河江，其源皆来自蛮夷荒忽辽绝之域，累数万里而后至中国，以注于海。今禹之遗书所谓岷积石者，特记禹治水之迹耳，非其源果止于是也。故《尔雅》谓河出昆仑墟，而《传记》又谓河上通天汉。某至蜀，穷江源，则自蜀岷山以西，皆岷山也。地断壤绝，不复可穷河江之源，岂易知哉！古之学者盖亦若是，惟其上探邃义唐虞以来，有源有委，不以远绝，不以难止，故能卓然布

之天下后世而无愧。凡古之言者，皆莫不然。

——《吕居仁集序》

陆游的江河之论指出了我国主要江河（长江、黄河）皆发源于西南遥远闭塞高原的民族地区，蜿蜒逶迤进入内地，最后注入大海的基本走向。虽然《尚书·禹贡》及《尔雅》诸经典对江源、河源都有不二之论，但在宋代疑经思潮下，陆游亲自在川陕地区进行地理考察，并曾有探究江源、河源之举。这种辩证的地理学思想在宋代地理学史上无疑是卓然不俗的论断，应该得到充分的重视。

蜀地文化塑造了苏陆二人达观、散淡的文化心理基调。苏轼有两篇文章谈及家乡眉州地域风俗与学术传统对自己的影响。一是在《谢范舍人书》中对当时蜀中文化风气有如是评论：

> 文章之风，惟汉为盛。而贵显暴著者，蜀人为多。盖相如唱其前，而王褒继其后。峨冠曳佩，大车驷马，徜徉乎乡闾之中，而蜀人始有好文之意。弦歌之声，与邹、鲁比。然而二子者，不闻其能有所荐达，岂其身之富贵而遂忘其徒耶？尝闻之老人，自孟氏入朝，民始息肩，救死扶伤不暇，故数十年间，学校衰息。天圣中，伯父解褐西归，乡人叹嗟，观者塞涂。其后执事与诸公相继登于朝，以文章功业闻于天下。于是释耒耜而执笔砚者，十室而九。

蜀地地理位置偏远，但山川雄奇、物产富庶。自秦至西汉，文化学术异军突起，经过文景之时蜀守文翁等人大力倡导文化教育，蜀地一跃成为西部文化昌盛之地。如《汉书·地理志》所载："景、武间，文翁为蜀守，教民读书法令，未能笃信道德，反以好文刺讥，贵慕权执。及司马相如游宦京师诸侯，以文辞显于世，乡党慕循其迹。后有王褒、严遵、扬雄之徒，文章冠天下。"蜀地人才辈出，盛极一时。然而魏晋之后，巴蜀社会动荡不安，僚蛮入蜀，文化倒退，经济凋零。入宋以后，经过官方大力倡导推广科举制度，移风易俗，文教再兴，苏氏家族也由此走向发达，名显于世。此篇书信就对蜀地文教昌盛之风气作了生动回顾。眉州地域文化风俗既对青年苏轼产生了重要影响，也是苏氏家族走出四川、走向全国的重要文化原因。苏轼后来在写于元丰七年（1084 年）的《眉州远景楼记》中对家乡眉州的学术文风又作了进一步的叙述与总结："吾州之俗，有近古者三。其士大夫贵经术而重氏族，其民尊吏而畏法，其农夫合耦以相助。盖有三代、汉、唐之遗风，而他郡之所莫及也。始朝廷以声律取士，而天圣以前，学者犹袭五代之弊，独吾州之士通经学古，以西汉文词为宗师。方是时，四方指以为迂阔。至于郡县胥史，皆挟经载笔，应对进退，有足观者。而大家显人，以门族相上，推次甲乙，皆有定品，谓之江乡。"由此可见，苏轼时代的眉州"通经学古"之风盛行，文化教育发达，在蜀地独树一帜。宋代眉州文化家族辈出，与这样的学术文化氛围大有关联。

陆游仕宦蜀地八年，在四川度过了中年最值得怀念的时光。就其文学创作而言，他在蜀地完成了诗风的重大转变。陆游在巴蜀地区的仕宦可分为三个阶段，乾道六年（1170 年）至乾道八年（1172

年）通判夔州（治今重庆奉节）时期；乾道八年（1172年）三月至同年十月，入四川宣抚使王炎幕府，在西北抗金前线南郑（治今陕西汉中汉台）度过戎马生涯的八个月；乾道八年（1172年）十一月，王炎幕府解散，陆游改授成都府安抚使参议官，离开南郑西至成都，先后任职于蜀州（今四川崇庆）、嘉州（今四川乐山）、荣州（今四川荣县）等地，至淳熙五年（1178年）春秩满出峡东归，在蜀汉地区仕宦游历达八年之久。陆游本为一介书生，到南郑抗金前线王炎幕府，可谓投笔从戎，介入军旅生活。在南郑，陆游写下诸多激情豪迈的诗篇，如《山南行》写山南汉中山川地形及军民备战："我行山南已三日，如绳大路东西出。平川沃野望不尽，麦陇青青桑郁郁。地近函秦气俗豪，秋千蹴鞠分朋曹。苜蓿连云马蹄健，杨柳夹道车声高。"《春感》则回忆昔日汉中所见军旅生活："少时狂走西复东，银鞍骏马驰如风。眼看春去不复惜，只道岁月来无穷。初游汉中亦未觉，一饮尚可倾千钟。叉鱼狼藉漾水浊，猎虎蹴踏南山空。射堋命中万人看，毬门对植双旗红。"即使多年后归隐山阴，戎马梁州（南郑）岁月仍魂牵梦绕，其回忆诗充满令人向往的战争美学意味："客枕梦游何处所，梁州西北上危台。雪云不隔平安火，一点遥从骆谷来。"（《频夜梦至南郑小益之间慨然感怀》其二）离开南郑进入西蜀后，陆游与抗敌前线渐远，莺歌燕舞的蜀地良辰美景固然有时也让陆游陶醉其中，但雄奇的巴蜀山川更让诗人印象深刻："蜀汉崎岖外，江湖莽苍中"（《蜀汉》）。魂牵梦萦的依然是梁州南郑的从军生活："貂裘宝马梁州日，盘槊横戈一世雄。怒虎吼山争雪刃，惊鸿出塞避雕弓。朝陪策画清袖里，莫醉笙歌锦幄中。老去据鞍犹矍铄，君王何日伐辽东。"（《忆山南》）告别蜀地的东归途中，陆游怅然若失，对蜀汉生活难以忘怀："蜀栈秦关岁月遒，今年乘兴却东游。全家稳下黄牛峡，半醉来寻白鹭洲。"（《登赏心亭》）陆游在生命的最后几年，对蜀汉军旅生活仍然记忆犹新："骑驴夜到苍溪驿，正是猿啼月落时。三十五年如电掣，败墙谁护旧题诗。"（《自春来数梦至阆中苍溪驿，五月十四日又梦作两绝句记之》其一）苍溪驿在南郑与阆中之间，也是秦蜀古道重要驿站，陆游在山南期间曾数度往返于这条线上，因而印象深刻。诗人离开南郑三十五年后依然梦回苍溪，可见蜀汉岁月对诗人后半生是何等的铭心刻骨！

陆游入蜀前的诗歌创作，深受江西诗派的影响，以闲适、散淡风格为主，追求章句用典，兼以描绘田园山水，抒发岁月虚度、功名未就的悲伤，诗风则模仿晚唐皮日休、陆龟蒙及其先师曾几、吕本中等人，自己也多不满意，屡有删改。入蜀诗作，格调为之一变，风格雄奇壮伟，充满战斗豪情与刚健之气。正如清人赵翼所论："放翁诗之宏肆，自从戎巴蜀，而境界又一变。"而自淳熙五年（1178年）东归回乡后，诗风又趋于平淡恬静。

巴蜀自然山水与民俗风物对苏轼、陆游文学及其学术成就的影响巨大，但影响大小与文学表现又各不相同。苏轼作为走出蜀地、赢得海内外巨大声誉的一代文豪，深受巴蜀地域文化影响，其前无古人的巨大文化成就又在很大程度上丰富了巴蜀文化的历史意蕴。如前论述，陆游很早就向往巴蜀山川地理，对蜀地走出的文学大家苏轼也充满崇敬与思慕之情，曾赋诗赞美这位心目中的蜀地前贤："商周去不还，盛哉汉唐宋。苏公本天人，谪堕为世用。太平极嘉祐，珠玉始包贡。公车三千牍，字字炎飞动。气力倒犀象，律吕谐鸾凤。天骥西极来，矫矫不受鞿。"（《玉局观拜东坡先生海外画像》）因受"元祐党争"案影响，苏轼诗文在徽、钦时期一度被禁，时人不敢公开颂扬。而到宋室南渡，这一禁锢始被打破，苏轼在朝野的美好形象迅速提高，其诗文声誉与日俱增。陆游的《老学庵笔记》对此有生动记载："建炎以来，尚苏氏文章，学者翕然从之，而蜀士尤盛。亦有语曰：'苏文熟，吃羊肉；苏文生，吃菜羹。'"陆游的巴蜀诗文不仅有意继承苏轼，更因时代不同而有所超越，即把卫国抗战、北伐中原的战斗豪情引入其诗词创作，相较于苏轼以妙笔描绘南北壮丽河山、抒发浩然古今风流的豪放词来说，注入了新的时代内容。巴蜀文化作为苏轼的精神家园，成了其异地仕宦及其坎坷流贬岁月中文学创作源源不断的灵感。终其一生，巴蜀情结始终伴随着苏轼的丰富人生与诗文书画活动，是促使其走向宋代文化巅峰的精神原动力之一。陆游中年入蜀，蜀汉地区雄奇的地理风情与地近抗金国防前线的战斗氛围不仅使陆游迎来了最为意气风发的军旅生涯，也使得其诗风出现重大变化，促使陆游走向南宋中兴"第一诗人"的高地，也成为诗人中晚年一再回忆眷恋的精神慰藉。从这一角度考察，巴蜀地域文化在宋代文学史上的意义与地位值得进一步深入研究。

东坡故里纪行

2018年9月28日清晨，北碚又下起了绵绵秋雨。

当日是去眉山参加"东坡文化国际学术高峰论坛"报到的日子。早晨起床，推开窗户，发现秋雨绵绵，而且愈下愈大，就颇有些踌躇。从北碚到眉山三百多公里路，自己带领学生驾车去，路上是否安全，这是不得不考虑的问题。这次会议，眉山方面准备颇早，早在三个多月前就发出了通知。由于我此前尚未去过眉山，组委会秘书长刘清泉先生专门发来了行车路线图，还特地叮咛，历史地理学界就我一个代表，请尽量出席。我也早早发去了回执，表示一定要去苏东坡的家乡看看。

踌躇片刻，为了遵守承诺，也为了有机会前往眉山这一神奇的土地瞻仰学习，毅然决定按照原计划自驾前往。于是通知乔、赵二位研究生准时赶至小区门口等候，按照约定时间出发。

驾驶着动力十足的SUV小威，穿过城区，很快驶上了绕城高速，向西北方向的四川眉山进发。百度地图显示，从北碚去眉山路程330公里左右。阵阵秋风夹带雨点时紧时疏，扑打在前挡风玻璃上，不断发出簌簌的声音，天气颇有些凉意。尽管雨刮不停地在左右忙碌，密集的雨点仍然不时挡住了视线。伴随着车窗外的阵阵秋雨不断掠过，车很快就驶上了沪蓉高速公路。风大雨骤，而且车辆渐多。穿过主城西北的云雾山隧道后，为了安全，我让两个研究生尽量少说话，自己则全神贯注驾驶。

重庆秋季多雨名不虚传，进入9月以来，雨天似乎占据了一个月的绝大部分时间。好在过了铜梁北收费站进入四川境内后，雨渐渐小了起来。驶至资阳、乐至境内，天竟渐渐放晴，前面已经能够看见蔚蓝色的天空和一簇簇棉花般洁白的云朵。在湛蓝的天空和白云的映衬下，川西平原渐渐露出了妩媚的一面。进入四川境内后，车外田畴平衍，暖风习习，绿树成荫，城乡错落有致，道路宽阔整洁。"一方水土养一方人"，看来不无道理，大凡伟大人物的家乡自然皆有非同寻常的地理神韵。眉山，是宋代伟大家族"三苏"的家乡，"文起八代之衰"的唐宋八大家，眉山就成就了其中三位，特别是诞生了冠绝古今的大文豪苏东坡，家乡的山水灵韵当然是其成功的"地理因素"。

过乐至，进入蒲江、彭山地带，地势平坦，远山近树，村庄簇拥如绣，一派川西南田园风光。此时，道路宽平如砥，行车稀少，我们的心情也就渐渐放松下来。我开始给同车的研究生传授求学经历，传授行车技巧，无论是历史、文学抑或地理皆侃侃而谈。我告诉他们，作为学历史地理的研究生，即使乘车出行，也要注意观察窗外自然地理景观、地貌地形及村落城乡人文景观，并要尽量记住沿线路牌地名，出外考察，是学习、体验地理环境的难得机会。路上并没有过多涉及论文内容，而是不时讲述一些求学经历、治学得失与学界轶事，同时穿插介绍了四川地貌与历史地理的一些特点与历史事件。两位学生都是第一次跟随导师赴四川参会，自然觉得很新鲜、很激动。

近年或许是因为发表过一些文史跨界的文章，我经常收到古代文学方面学术会议的邀请。此次是应邀参加在四川眉山市举办的"东坡文化国际学术高峰论坛"，也是唯一以历史地理学界学者身份应邀与会的人。虽然这次是古代文学方面的学术研讨会，但论文仍然没有离开历史地理问题。今年四月在海口第一次参加苏轼文化学术研讨会，提交的论文即从"地理体验"理论出发撰写的《海南地理体验与苏轼晚年思想的升华》，会前即被海南一家学术刊物主编选中，后来发表在《海南热带海洋学报》上，居然得到苏学专家冷成金、海滨教授的赞赏。此次眉山之行，算是第二次参加苏轼学术研讨会，提交的论文是有关苏轼、陆游巴蜀诗地理意象比较研究方面的，仍然与宋代巴蜀地理相关。这篇文章论述的是两宋时期苏轼、陆游作为文学巨擘和双子星座浓重的巴蜀地理文化情结，但二者对巴蜀地理有着不同体验与感知，并且分析了二人的这种情结在地理认知、诗歌风格和情感审美上迥异的产生原因；以此为切入点，引经据典，论述了巴蜀地理与文化实为苏轼的精神家园，其异地仕宦及其坎坷流贬岁月是其文学创作灵感，而巴蜀情结也始终伴随着苏轼的丰富人生与诗文书画活动，是促使其走向宋代文化巅峰的精神原动力之一。南宋时期的陆游也同样具备巴蜀文化情结，但与苏轼又有差异。陆游壮年入蜀，抗金战争前线的蜀地深刻影响着他后半生的生活、心态与诗歌风格，其蜀地诗与苏轼诗无论是内容与风格都有鲜明的时代风格与审美特色。因此，苏、陆二人的蜀地诗固然有共同的题咏对象与价值取向，但更多的则是思想情感与诗歌风格的相异。这些拙见都反映在提交的会议论文之中。

会议开幕式前夜，我们在主办方工作人员的导引下来到岷江之畔的远景楼，观看了眉山迷人的夜景。夜幕下的眉山，沉浸在万家灯火中，美不胜收。岷江上的彩色喷泉伴随着音乐翩翩起舞，仿宋而建的远景楼灯火通明，仿佛给客人们叙说永远让家乡骄傲的苏东坡往事，也诉说着苏东坡故里人民对这位文化巨人的无限怀念……当地学者介绍说，两宋时期，眉山共有 886 人考取进士，史称"八百进士"，眉山也因此成为中国历史上著名的"进士之乡"，真可谓钟灵毓秀地、人杰地灵乡。

29 日上午，"东坡文化国际学术高峰论坛"在欢快的气氛中隆重开幕。第一环节是文艺演出，其中包括合唱《我爱苏东坡》、舞蹈《苏母的宅院》、戏曲《但愿人长久》和歌伴舞《中国有座诗书城》等。歌舞由眉山市中小学青少年及四川音乐学院学生出演，青春热情，服饰古色古香，富有历史文化的醇美，表达了青年一代对文化巨人苏轼的敬仰。第二个环节是行政议程，其中包括东道主城市领导致辞、中国文化管理协会向"三苏祠"博物馆授牌、四川省副省长宣布开幕等内容。

第三个环节也是会议的中心环节，即主旨学术演讲环节。本次主旨演讲的主题为"东坡文化与新时代的开放合作"，会议邀请了众多国际国内著名"苏学"专家以及 100 位来自海内外的苏轼宗亲代表出席。其中，美国华盛顿大学东亚文化研究中心荣誉退休教授唐凯琳的演讲尤其引人注目。我对唐凯琳并不陌生，十多年前就认识。她属于美国人中罕见的苏轼研究专家，对苏轼及"东坡文化"十分热爱和推崇。三十多年前，当时还很年轻的唐凯琳作为中国改革开放后最早一批来华的美国留学生，本来被安排在北京大学攻读宋代文学，但她酷爱苏东坡，而北京大学并无苏轼研究专家，于是她提出申请转学至四川大学，拜四川大学古籍整理研究所曾枣庄先生为导师，专攻苏轼思想研究，最终获得四川大学历史学博士学位。2006年夏天，四川大学《全宋文》首发式及研讨会期间，刚刚从四川大学博士毕业的我在会上与专程从美国来川的唐凯琳相识。当时我用英文问好并提问，她却幽默地用汉语回答，并且时常露出开心的笑容。此后彼此间并无通信往来。这次唐凯琳在题为《英国牛津网页数字化书目里的中国文人苏轼》的主题中，讲述了英国牛津网站对苏东坡相关资料的收录情况，网站中含有 12 个部分，分门别类地记载了有关苏轼的传记、诗词、书画，以及《唐宋文诗资料库》《苏轼研究》等内容，涵盖了苏轼研究的众多资料。会议上，唐教授全程用汉语作报告，表达了自己对苏轼的崇敬、对中国文化的热爱。十几年未见，唐凯琳明显苍老了，上台与下台皆要工作人员搀扶，但精神依然很好，始终带着爽朗的笑容。岂料半年以后，我从中国宋代文学研究会会长周裕锴先生的微信中惊悉唐凯琳去世的消息。其后方知，半年前唐凯琳来眉山参加研讨会的时候，实际上已经罹患癌症。但她仍然坚持不远万里飞到中国，来到眉山。与其说是参会，不如说是最后一次前来眉山与她一生中珍爱的苏东坡及其学界的朋友们告别。再次回想起眉山会议相见的情景，我怎么也想象不出她当时已经是一个癌症患者！那两天她是那样的从容与亲切，依旧谈笑风生，依旧有求必应，不断与年轻学者相依合影，没有丝毫的悲伤与沉郁，而我与她的这次重逢哪知竟是最后的诀别！我想，美国的医疗保健条件那么好，为什么没能够延续唐凯琳的生命呢？哪怕三五年也好啊！

接下来是中国人民大学教授、著名苏学专家冷成金发表演讲。他谈到四川旅游的定位应为"民族精神的后花园"，眉山应该打造自己"休闲、养生、养老"的品牌。此外，他通过自己对太湖灵山小镇的观感，提出眉山文化旅游也应效仿太湖小镇，拥有自己的特色，打造一个"儒、释、道"文化公园。其后，新加坡南洋理工大学中文系教授、博士生导师衣若芬教授发表题为《苏东坡题画文学研究》的演说。最后，中国苏轼研究学会会长、四川大学教授周裕锴作主旨演讲，赞赏东坡超然的审美，以及无欲求、无功利心的为官作风，并通过讲述苏东坡的政绩，传播东坡精神的当代价值。专家们从不同的文化背景和不同话语体系，表达对一代文豪苏东坡的崇敬与怀念，阐释了东坡文化的时代价值和现实意义。

学术讨论会上，来自各大高校的教师和硕士、博士研究生发表了精彩的演讲，学者们的研究方向十分广泛，涉及苏轼的诗文、书画、烹饪、养生等领域。另外，有学者将苏轼与不同历史时期的诗人进行比较，如苏轼与陆游、苏轼与章楶等的比较。书画方面，有学者从逻辑推理的角度证明李伯时不是《东坡笠屐图》的"首创者"等。对苏轼研究的重点还是在于其诗文，如有学者关注苏轼诗中的养生之道、苏诗诗歌中的夸张运用、苏诗中的佛经故事等。另有学者关注苏诗"白战体"文学体物研究以及苏诗中的"快"境、悲剧意识、审美超越、用典、文体分工意识、人生哲学等。但其中最令我印象深刻是华中师范大学教授邹建军的专题《苏轼诗词中的地点性存在及其史学价值》。邹老师讲，苏轼的诗词是高度个性化的存在，也是具有世界性影响的存在。其中，他对苏轼诗词中的地理因素十分关注，提出苏轼在不同地方为官时，其诗作中涵盖了 17 个地方的地理位置，这在一定程度上说明苏轼关注自然，有强大的地理感知能力。邹老师讲，可以将苏轼诗中的"地理诗"研究形成体系，最终形成苏轼行迹地图、苏轼地理年谱等成果，丰富苏学研究。邹老师的研究构想在某种程度上与历史地理学的研究视角有所重合，值得历史地理学专业的学生关注。

30 日上午，我们师生一行参观了著名的"三苏祠"和"三苏纪念馆"。"三苏祠"是北宋著名文学家苏洵、苏轼、苏辙的故居。明代洪武元年（1368 年）为纪念"三苏"而改宅为祠，明末毁于兵燹，清康熙四年（1665 年）在原址模拟重建。庭院红墙环抱，绿水萦绕，古木扶疏，翠竹掩映，形成三分水二分竹的岛居特色。楼台亭榭，古朴典雅；匾额对联，词意隽永。在历史上，"三苏祠"历经兴衰，一直是文人墨客和广大民众拜祭圣贤的聚集场所。在"三苏祠"中，我看到了跨越千年的水井和焦枯的树干，领会了千年前文人的生活方式，也为那个"苏子与客泛舟游于赤壁之上"的旷达诗人着迷。

（本文系与硕士生赵成智合写）

大唐动乱年代的士庶命运

——读唐人墓志札记

　　煌煌"二十四史"作为国史上体系最为完整的纪传体系列，在历史上的文化意义与政治功能之重要自然不言而喻。但由于受传统史学"资治""鉴戒"等观念和原则的影响，记载王朝国家的纪事核心是兴亡治乱、改朝换代的大事，入传人物自然以帝王将相等为主，最多再适当掺杂一些隐逸、方技、列女一类作为点缀，而普通家庭和人物的生存与命运、结局则很少有完整的记载。当然，这与普通人物的政治地位低与"影响力"小不无关系。好在从汉魏时期起，文化史上有了一种叫作"墓志铭"的石刻文献，志主不仅有高官显贵，更有大量中下层官员甚至庶民，其墓志虽然没有正面的"宏大叙事"，但往往从家庭与个人经历角度折射了时代的治乱与社会的变迁，其中以涉及唐代"安史之乱"时期的墓志铭最具代表意义。这些墓志铭不仅多角度反映了"安史之乱"前后大唐帝国的繁荣与衰落，而且从私家角度真实再现了在这场空前大"乱离"年代大量官员何去何从的两难选择，更有普通士庶的命运遭际及其影响。

爆发于公元 755 年的"安史之乱"是唐代历史上空前的大动乱，不仅直接导致大唐王朝由盛而衰发生急剧转折，而且也使大量士庶家庭遭受战争灾难，并由此改变了无数家庭和个人的命运。关于这一重大历史事件的记载，传世历史文献《旧唐书》《新唐书》《资治通鉴》和姚汝能《安禄山事迹》等当属代表，对于重构战乱始末过程的意义不言而喻。但这些重要文献对于这场重大历史事件及其影响的记载基本上只限于国家政治、经济层面，或者重点集中在与战乱相关的少数重要军政人物的事迹言行上，很少关注和记载这场大动乱中大量个体家庭和普通人物的遭际和命运。幸运的是，近数十年来不断出土的唐人墓志弥补了这个缺陷，在一定程度上反映了普通士庶家庭在战乱中的遭际和命运。从大量出土的唐人墓志来看，天宝、至德、乾元甚至以后相当一个时期内的墓志对这场巨大战争动乱多有不同程度的涉及，留下了不少动乱年代惨痛的家族灾难回忆。从史学角度而言，这些相关墓志为更深刻更具体地认识"安史之乱"这一重大历史事件提供了新的石刻文献个案，特别有助于从社会基层认识"安史之乱"对于唐代世家大族盛衰、士人科举、人口迁移、妇女等问题的研究。这里笔者拟利用唐人墓志中的家族资料对此问题加以探讨。

唐玄宗时代是一个大起大落的时代。开元、天宝年间，唐王朝政治、经济发展到极盛时期，而天宝末年爆发的"安史之乱"是大唐王朝空前的大动荡，使得公元 8 世纪中叶的几代人不可避免地遭遇了这场席卷大半个中国的战争。旷日持久的战争使大唐王朝迅速由盛转衰，在唐代历史上留下了全民族战争灾难的共同记忆。墓志作为唐人最原始的私家生平行状对此有真切的记录。据笔者粗略统计，在截至目前已经发现的大量唐人墓志中，涉及"安史之乱"的墓志有50余方，既有对"安史之乱"的概括性谴责评论，也有对战乱中个人不幸遭际的沉痛追忆。特别是对那些曾经亲身经历了生死乱离者遇过程的追述，对于深刻了解这场战争动乱对社会的影响有重要意义。

一、亲历者墓志所载"安史之乱"前后社会的 巨大变迁

"安史之乱"是大唐王朝空前的大动荡，也是唐代全民族战争灾难的共同记忆。在唐朝历史上，唐玄宗开元天宝年间是一个重要的转折。这四十余年间，既创造过辉煌的盛世——"开天之治"，又酿成了致使大唐王朝近乎崩溃的"安史之乱"。唐人对此翻天覆地的时代变迁感触尤深。曾经亲身经历"安史之乱"的元结回忆说："开元、天宝之中，耕者益力，四海之内，高山绝壑，耒耜亦满，人家粮储，皆及数岁。太仓委积，陈腐不可校量。忽遇凶年，谷犹耗尽。当今三河膏壤，淮泗沃野，皆荆棘已老，则耕可知。太仓空虚，省鼠犹饿，至于百姓，朝暮不足，而诸道聚兵，百有余万，遭岁不稔，将何为谋今。"杜甫著名的《忆昔》诗前半阕更是对战乱前社会经济的富庶给予了生动精彩的描述："忆昔开元全盛日，小邑犹藏万家室。稻米流脂粟米白，公私仓廪俱丰实。九州道路无豺狼，远行不劳吉日出。"诗中描写出唐朝开元时期的繁荣富庶景象。过去我们提及开

元时期的社会富庶状况时，学者一般都会引用杜甫的这首《忆昔》作为重要佐证。应该说杜甫诗中并非虚言，这一状况在出土的唐人墓志中能够得到充分证实。作于开元二十一年（733年）的《高钦德墓志》中有一段记述，真实地道出了"当时人"眼中"盛世"的情形："大君御宇十有四载，天下晏如也。外户不扃，四郊无垒，以逸预也。"新近出土、收藏在西安大唐西市博物馆的《韦贞范墓志》对唐玄宗前期的国内大好形势也有类似描述："天平海晏，国富人安。均雨露于万方，布风猷于百郡。"一些墓志对比了"安史之乱"前后国家形势与个人命运的巨大变化，从"当时人"和"当事人"的角度记载了战乱对国家带来的巨大影响，战前的"海晏河清"与战争中的"丧乱流离"形成了巨大的命运和心理反差。如以平定川西"记辟之乱"闻名的名将高崇文之父高行晖的墓志说："天宝季年，四方大同，万邦富庶……无何，祸生于宠，虏犯王畿，銮辂次于巴庸，戎马饮于河洛。"《孙婴墓志》则通过其父亲的经历对"开元盛世"文化作了深情回忆："父造，天宝初，应文词清丽举，与郭纳同登甲科……当开元天宝间，策茂异，征贤良，一门必擅于高科，四海共推于济美。儒家继盛，当代无俦。"仅仅几十年间，志主父亲一代与自己面临的时代境况有天壤之别！这从私家亲身经历角度十分真实地再现了唐朝开元天宝年间科举文化的盛况及其士子竞争科场、蓬勃向上的文化心态。应该说这与杜甫《忆昔》诗所谓"忆昔开元全盛日……"高度吻合，也说明战前的繁荣乃不争的事实并且为人们所普遍认同。

盛极而衰，"渔阳鼙鼓动地来，惊破霓裳羽衣曲"，骤然降临的"安史之乱"破坏了一切，开元天宝繁华之梦很快灰飞烟灭，标注有乾元直至以后很长一阶段纪年的墓志，往往对"开天盛世"充满无比的眷恋和伤感，而对大动乱发生以后的国家与社会战乱衰落则哀叹不已。"安中之乱"虽然被平息，但从此唐王朝已经国无宁日。至贞元年间，已经是方镇雄峙，割据纷纷，"洎天宝末禄山始祸，群凶继逆，卅余年，鼓鼙不息"。唐人的表述是最直接的注脚。

这些唐人的记载因皆为当事人或者墓主同代人的亲身经历而显得更加真实可信，比起后来史书记载的可信度无疑更高。

二、安史集团中唐朝官员的众生相

史籍文献中记载"安史之乱"的起因一般都归结于唐玄宗授以边将的权力过大，疏于防范，国防上外重内虚，以至于养虎为患。另外就是安禄山与杨国忠矛盾激化，进而包藏祸心蓄意反叛。现在看来，这一观点虽然大体不错，但仍然有诸多可补充之处。从目前出土刊布的唐人墓志来看，安史叛乱不仅蓄谋已久，而且做了充分的组织工作和思想舆论准备。

《李永宣墓志》是一方反映"安史之乱"前夕安禄山培植部将以及幽州地区军政社会状况的重要碑石。志主李永宣（686—751年），陇西成纪人，出身武将世家，开元五年（717年）袭父爵为宁远将军，一生戎马倥偬，主要仕宦于河北，先后任范阳兵马副使、渔阳郡太守、上谷郡龙水府折冲都尉、青山州刺史等要职，天宝十年（751年）卒于范阳郡官舍。其中说当时"安公伐判怀柔远，公为都统，厥效未甄"，尚对安氏歌功颂德。因战功卓著，深受安禄山赏识，"奏授公对显然云麾将军，左威卫将军，兼青山刺史如故"。大历十三年（778年）崔祐甫所撰《崔夷甫墓志》也有类似的追述："于时安禄山为河北采访使，虽内包凶匿在，外奖廉平，精择能吏，唯日不足，遂奏公摄魏州魏县令。"从这两方墓志来看，长期经略河北的安禄山十分注意培植亲信，选拔有为俊彦充实队伍，李永宣与崔夷甫均曾受到安氏提携，重点培植。只是李永宣死于安史叛乱前，无从在叛乱中发挥作用。而崔夷甫则在叛乱爆发后，举族逃亡，不久病逝流亡途中："公提家族避地南迁，构疾于路，于天宝十五年三月病逝于汝阳溱水之上，春秋五十有三。"《崔夷甫墓志》作于大历十三年，此时"安史之乱"早已平定，安禄山叛逆罪孽也早已昭彰于天下，但该墓志并没有忌讳和回避志主曾经受到安禄山青睐表辟魏县令事。而《李永宣墓志》作于天宝十年，当时安禄山还是唐朝东北方面的封疆大吏，谁也没有料到这一巨大的"定时炸弹"四年后会掀起震荡神州的惊涛骇浪。此墓志还提及赵含章、薛楚玉、李适之、裴宽、张守珪等与安史集团有交集的名宦皆曾对志主李永宣的仕途升迁有提携之恩。其中薛楚玉系薛仁贵第五子，薛嵩之父，曾任平卢、范阳、幽州节度使。其子薛嵩，"安史之乱"中投降安史叛军，受封邺郡节度使。史朝义败亡后以相、卫、洺、邢四郡归唐，唐封昭义节度使。裴宽天宝初年曾任范阳节度使兼河北采访使，因秉公弹劾法办北平军使乌承恩贪受贿赂而被时人称为廉吏，后迁御史大夫、刑部尚书。后受杨国忠排斥贬淮阳太守，天宝十四年（755年）卒。

　　唐人墓志中提及的某些人物，有的"安史之乱"前尚为正面角色，无法预料其日后的命运，因此墓志中保留了一些负面人物的"当时形象"和时人评价，反而真实可信。《寇洋墓志》志主之女婿即后来因降附安史被唐肃宗处以极刑的达奚珣，因志主卒于天宝七年（748 年），"安史之乱"尚未发生，墓志中的达奚珣形象还很光鲜："公之子婿、吏部侍郎达奚公，天下词伯，王之旧臣，送终伊何，皆所营护。哀荣之典，朝野叹息"，甚至还多少有炫耀之感。达奚珣，唐玄宗朝名臣，曾官至吏部侍郎，"安史之乱"中兵败被俘降敌，后任安伪政权丞相。安史乱平，以附逆从伪罪被杀。《寇洋墓志》撰写于寇氏天宝七年（748 年）入葬之时，自然无法预料八年之后的"安史之乱"及达奚氏附逆被杀之事，因此《寇洋墓志》对达奚珣不无吹捧之辞，还说他竭尽孝道，而且还是"天下词伯"。虽不免有阿谀奉承之嫌，但也可知达奚珣其人另外一些鲜为人知的方面。如达奚珣在天宝文坛上的知名度非同一般，既然能被称作"天下词伯"，就应该说其诗赋辞章之学应非浪得虚名。由于达奚珣后来犯降敌附逆死罪被处以极刑，成为臭名昭著的人物，其诗文作品佚失。清人编纂的《全唐文》卷345 收有其《太常观乐器赋》《华山赋并序》等九篇文章，吴钢主编的《全唐文补遗》第一辑收录了新发现的达奚珣作于开元九年（721 年）的《东渭桥记》（残），文章风格从中可窥见一二。

作于宝应二年（763 年）的《程府君（某）墓志》尽管多有残泐，但无碍于释读大意。据此墓志，程某授任职易州武遂府时遭逢"安史之乱"爆发，"巨猾构寡，公陷在寇中，为元恶所迫，思全身（上缺）纾祸焉。洎思明怙乱，反辱上国。公再为胁从，累迁（上缺）定州刺史北平军使。僶俛从时，远害也。公为政（上缺）以温慈惠和训俗，是以兵不渎民，民无厌兵，民兵（上缺）国政有经焉。天既悔祸，凶渠蚑丧，公观时豹变，悟……之元勋，天子嘉口忠毅，畴其庸赏，银印铜符（上缺）新命元年十一月仗义归顺"。尽管墓志闪烁其词，多有隐讳，但仍然不难窥见志主程某在"安史之乱"期间曾经两度出任伪职，后在史思明即将败亡时见风使舵，归顺唐朝。揆考史籍文献，此墓志志主应该是唐德宗时横海军节度使程日华的父亲程元皓，《旧唐书》中关于其子程日华的传记有所提及："程日华，定州安喜人，本单名。华父元皓，事安禄山，为帐下将。从陷两京，颇称勇力，史思明时为定州刺史。"如此，则程元皓本系安禄山麾下悍将。既然随从安史叛军攻陷两京"颇称勇力"，则"胁从"事伪的说法自然是粉饰回护之辞。至于最后"归顺"唐朝，也只是安史乱军穷途末日时的"识时务"选择。由于墓志多处残泐，也无落款，估计很可能系其子、随父归顺唐朝的程日华请人撰写。令人困惑的是，该墓志撰于宝应初年，志主的归顺和死亡时间理应署唐朝年号，志文却在首行程某亡故时间处仅用"壬寅冬十二月"，归顺时间也只是署"新命元年十一月"，颇为蹊跷。对此，冻国栋先生推测原因有二："一则在志文中文饰程氏在安史乱间的历史，二则以甲子纪年或以'新命'代指唐朝等曲折的手段隐喻对长安政权的疏远。"冻先生所见无疑有其合理成分，但也只是一种合理推测，因墓志首尾均有多处残泐，不妨暂且存疑。这种"安史之乱"后所作"归顺"人员墓志中，故意模糊国号和时间的"笔法"并非个案，反映了这一特殊时期河北武将家族在"附逆"问题上的矛盾心态和掩饰隐讳。

近年有学者从新近披露的对安禄山谋主严庄之父严复墓志的释

读中认为，安禄山曾经利用天宝九年（750年）四星聚奎这一异常天象进行政治宣传、动员，这无疑是一个新的认识角度。严复墓志全称为《大燕赠魏州都督严府君墓志铭并序》，其中有"天宝中，公见四星聚尾，乃阴诫其子今御史大夫、冯翊郡王庄曰：此帝王易姓之符，汉祖入关之应。尾为燕分，其下必有王者。天事恒象，尔其志之，既而太上皇蓄初九潜龙之姿，启有二事殷之业。"这无疑反映了在"安史之乱"的策源地已经出现有人暗地利用天象鼓吹天下大乱、改朝换代的神秘预测。关于这方墓志，张忱石、仇鹿鸣等学者已经有释读与论述，仇鹿鸣还根据《册府元龟》等文献查证了墓志所说"四星聚尾"异常天体现象发生于天宝九年，并力言此乃安、史借天文现象进行反唐起事的政治宣传和舆论准备，对这方墓志所言及的天体事件无疑是一个重要补证。但从墓志志文来看，此事只是严复在极其保密情况下对其子严庄所说的一种猜测和预言，而大量史料证明安、史叛乱前伪装得十分成功，完全蒙蔽了唐朝中央和地方官员，不会如此在境内大张旗鼓地进行僭逆政治宣传。《唐书》《资治通鉴》《安禄山事迹》等历史文献也无一字将天宝九年"四星聚尾"天象与"安史之乱"相联系。而且，墓志铭属于随死者埋入地下的私密性文字，一般人无从见到，更遑论"蛊惑人心"了。因此，说安、史叛乱前曾经进行公开政治宣传，似乎尚待商榷和进一步论证。尽管如此，《严复墓志》仍然是研究"安史之乱"值得特别注意的重要石刻文献之一。

"安史之乱"爆发之初，长期缺乏战争准备的唐军节节败退，叛军一路西进攻城略地，进展迅猛，很快攻陷唐之两京洛阳、长安，玄宗皇帝仓惶西奔蜀地避难，唐朝官员或逃或降，其中胁迫附逆人数之多超过想象。《旧唐书·李峘传》载："二京全陷，万乘南巡，各顾其生。衣冠荡覆，或陛下亲戚、勋旧子孙，责之以死，恐乖仁恕。昔者明王用刑，歼厥渠魁，胁从罔治，况河北残寇，今尚未平，苟容漏网，适开自新之路。若尽行诛，是坚叛逆之心，谁人更肯归顺，困兽犹斗，况数万人乎？"数万人曾经降附伪朝，这在出土的唐人墓志中也可得到充分证明。新近发现并收藏于大唐西市博物馆的《魏系墓志》对大量唐朝官员投附伪朝有如是记载："天宝之难，先朝勋（勋）德之胤，半仕穹庐，而公迫于为（伪）庭，蒙死称疾。洎朝廷仅宁征讨，禁网疏阔，故干时陷利者，亦诡合多进。"同样的记载还见于《元环墓志》："属狂寇称乱。中原不安，銮辂省方，豺狼窃位。朝廷簪绂，多受胁从。""半仕穹庐"说明战乱中大量唐朝官员投降并成了伪朝新贵，这并非墓志夸张，史载当时知名者如王维、李华、郑虔等皆曾身陷智谋营，出任伪职。出土的近四十方署有僭伪年号的墓志，也说明在安史集团的威逼利诱下，像张巡、许远和颜真卿这样有坚定政治气节的官员只是凤毛麟角，相当多的唐朝官员曾投降附逆，难以坚持政治气节。

一般而论，撰写墓志者多为尊者讳，但或许与唐朝对附逆官员的宽恕政策相关，曾经身陷敌营者的墓志似并不完全忌讳"从逆"经历。大历、贞元、元和年间的墓志主人大多有附逆任伪职的记录，只是志文或一笔带过，或尽量为之辩白。如署中书舍人崔佑甫口述、乡贡进士寇京书额的《寇锡墓志》就说："天宝季年，虏马饮于瀍涧，公拔身无地，受羁伪职。"不过归正后，虽有一定惩处贬谪，但似乎对一般从伪官员来说影响不大。如寇锡先迁虔州法曹,后来先后授高安县代令,转大理司直、监察御史,直至工部郎中。安、史叛乱发生后即位的唐肃宗对投敌附逆的文臣武将十分痛恨,一再宣布要严惩不贷。史载:"初收东京,受伪官陈希烈已下数百人,崔器希旨深刻,奏皆处死;上诏山亦欲惩劝天下,欲从器意。"只是在三司使李岘等人的劝谏下才有所宽恕,不过依然处死了陈希烈、达奚珣等二十三人,"以六等定罪,重者刑于市,次赐自尽,次重仗一百,次三等流、贬"。按照这种分级定罪的原则,被惩处的附逆"贰臣"当不在少数。但实际情况是,政治权威大不如前的唐朝中央为了稳定政治秩序,与安史集团余部多有妥协退让,"归顺"人员大多仍然留用,有的还得到了升迁,这也是后来形成藩镇割据的重要原因。

三、唐人墓志惊现安史逆伪年号

据日本学者气贺泽保规主编的《新版唐代墓志所总合目录(增订版)》载,迄今发现的唐人墓志中,使用安史"大燕""顺天"逆伪年号的墓志已有三十八方,其中有的还堂而皇之地将安史伪朝改元事写入墓志,如《陈少牟墓志》赫然有"会燕朝革命,天宝十五载正月一日改为圣武元年"之语。一般而言,"安史之乱"中虽然胁迫附逆官员不少,但安史反唐叛乱毕竟是明目张胆的大逆不道,加之叛乱仅仅八年即告平息,按道理战后官员唯恐与之有牵连而讳莫如深,但为什么仍然有将近四十方唐人墓志中出现了安史僭伪年号呢?这一现象早在晚清就引起一些金石学者的关注,叶昌炽、柯昌泗对此都有解释。《宋文博墓志》云志主宋文博卒于大燕顺天（史思明年号）二年，同年七月与夫人合葬于卫县北十五里君子乡之平原。《张彦墓志》（补遗一，202）："始遭羯胡盗国，东周烟尘，吉士寄命草莽，巨狡猾游魂于天邑。君甘食蓬藋，守贞衡门……粤以元年建卯月九日，考终于都修善里之私第，春秋三十有七，时乱离斯瘼，权厝城隅。"这里仅署"元年建卯月九日"，未署何年号，有些意味深长。此墓志大概出土较早，周绍良先生藏有拓本，清代叶昌炽《石语》对此评论说："宋文博墓志，顺天二年，史思明僭号也，当唐上元二年。……安史僭位以后，既不奉唐正朔，载笔者自不敢不书伪号。"实际上，从我们现在掌握的情况看，唐人墓志使用安史僭伪年号的原因远比叶氏所说复杂，它反映了普通士庶在出现中央政权与地方叛乱政权并存局面时的种种选择和复杂的矛盾心态。《王泚墓志》志主王泚逝世于天宝十四年（755年）十二月四日京兆府长安县，恰好是"安史之乱"爆发的时候。墓志题额没有例行的代表志主所属国号和志主代表性头衔，仅仅为《太原王府君（泚）铭一首并序》，暂厝时间则署为"圣武二年八月二十六日"，地点为"国城之西，中坛之南，龙首之原"。为什么长达九个月方才"暂厝"？其中必有缘故。可能的原因是战乱甫发，家人逃亡无人料理后事，或者家族中有人出任伪职后方才料理丧事，故墓志"暂厝"时间署"圣武"僭伪年号。虽然"圣武二年八月"长安正处于叛军控制之下，但伪燕政权国都分明在洛阳，而此墓志仍称长安为"国城"，又多少折射了某种复杂的政治心态。

尊国号、奉正朔是中国古代民众承认并效忠一个政权的基本政治态度。唐代墓志有四个时期年号使用比较混乱。一是初唐武德年间，当时南北群雄尚未剪灭，墓志中除了武德年号为主流外，还间杂着王世充的大郑"开明"、窦建德"五凤"、高昌"重光"等年号。二是武则天时期，特别是天授元年以后，墓志中"大周""大唐"并见，甚至在同一墓志中题额与志文中年号就不统一。三是"安史之乱"期间，"圣武""顺天""载初""应天"在墓志铭中赫然出现，主要流行在叛军占领区。四是五代时期，各个割据政权均有自己的年号。这些都折射了分裂战乱时期在强权政治、军事的阴影中，士庶百姓的惶恐、矛盾心态。

安史伪朝自称叛逆为"革命"，见于史载，此乃安史集团的自我标榜，但《唐代墓志汇编》下集收录了十一方署有"圣武"年号的墓志，其中《陈牟少墓志》赫然有"会燕朝革命，天宝十五载正月一日改为圣武元年"的纪事，此墓志仍然前额署"唐故左威左中侯内闲廊长上骑都尉陈君墓志"，显然前后矛盾。这一特殊时期的墓志皆纷纷署"圣武"年号，奉伪燕正朔，这一现象颇值得玩味。其实，所收录的墓志志主大部分为处士、平民或者妇女，少有官吏士大夫，如编号为"圣武005"的《渤海李征君墓志》中的志主李玢终生未仕，是真正的"体制以外"的人，但其墓志却两次出现"大燕""圣武"字样，墓志作为非官方的"私家"碑传为什么如此快速地要采用伪燕年号呢？这说明当时的社会公众已经认为唐朝被安燕政权代替。实际上，唐代历史上有两个时期（一是武周时期，二是安史叛军占领时期）的墓志有这一特点。另外，在河北方镇控制区内的墓志则没有出现这一情况，仍然遵奉唐朝年号。在中国古代传统政治观念中，遵年号、奉正朔，是对一个新政权承认并效忠的基本认同。但这一情况也有例外，并非所有墓志皆死心塌地地效忠于伪燕，编号为"圣武009"的《长孙氏夫人阴堂文》就隐含忠唐倾向，追述祖、考名讳、官职时仍然使用"皇朝"："祖延昌，皇朝邛州长史；父灵麒，皇朝盛王文学"，只是最后在记述殡葬时间时使用了"圣武"。其中的"皇朝"显然是指唐朝，因为祖、父仁宦职官和州县皆为安史伪燕兴起以前之事。

四、大动乱中普通士庶的命运

战争的最大牺牲品总是无辜的民众。"安史之乱"使唐王朝的国力减弱，权威遭到沉重打击，盛唐气象随之烟消云散。这场大动乱殃及无数个士庶家庭，并且改变了无数人的命运。这些士庶民众遭受的苦难与牺牲，正史文献很少记载，在唐人墓志中却有不少反映。乾元、大历以后相当一段时间的唐人墓志中，"安史之乱"始终是一个挥之不去的梦魇。

战乱导致大量人口死亡，墓志提供了诸多家族、家庭个案。据《李承宗墓志》，志主出身陇西望族，官至乾陵使，但不幸遭遇"安史之乱"，很快惨遭叛军杀害："属王事靡盬，狂胡勃兴，割剥京畿，恣行酷毒。邦家杌捏，万姓彷徨。运策潜谟，翻城败捷。昊天不慭，剑戟挺灾。歼我良人，俄见非命，春秋三十有七。"墓志中的这段记述披露了安史叛军攻陷长安城时的残暴无道和普通士庶的恐慌无措，志主作为负责看护皇帝陵墓的官员也死于城陷之后。李承宗直到乾元元年（758年）四月才葬于长安县龙泉乡马祖原。"一生英雄，百夫之特。何期非命，遭此胡贼"，铭文中对安史叛军表达了沉痛的谴责。乡贡进士寇京为其叔父所作的《寇锡墓志》也有这样的记录："时更乱离，旧业荒毁，以为孤兄子庇身糊口之所，唯是为恨。"道出了一个普通士人遭遇大动乱的无奈与辛酸。其实，即使是唐王朝宗室成员也难逃厄运，乡贡进士李昈是唐朝先祖李虎的七代孙，安史叛乱时其父为许州长史，"时禄山将强兵围许州，食竭兵尽，逾月城陷，冒敌而殁"。后来曾任德宗朝宰相的崔祐甫，在"安史之乱"爆发时为寿安县尉，"属禄山构祸，东周陷没。公提挈百口，间道南迁。讫于贼平，终能保全，置于安地"。墓志中的这些当时人的描述，为我们展现了"安史之乱"中一幅幅悲惨的战乱流亡图卷。

　　"安史之乱"也导致不少普通士子科举前程幻灭。唐代青年学子的政治前程主要寄托于科举入仕，然而骤然降临的大动乱使得这一途径完全被截断。渤残墓志《大唐故兵部常□上柱国王王府君□□□》述及出身官宦之家的志主青年时代遭遇"安史之乱"，无从获取科场功名，遂隐居山林，苟全性命："顷天宝末，贼臣构祸，幽蓟称兵，倾覆周秦，诛夷豪杰。公避地云林，晦迹泉石，志工黄老，心期赤诚。"战乱平息后"下山归业"，然而"术成扣齿，身耻折腰，遂高道不仕"，直至大历元年病终，一个青年士子的生命就这样宣告结束。赵郡中山县人张彦出身"钟鼎蝉联"之家，精通经史，"研精儒林，究先王之微言，入夫子之奥室"，正准备在科场上一展才华，但"始遭羯胡盗国，东周烟尘。吉士寄命草莽，巨猾游魂于天邑。君甘食蓬藋，守贞衡门，道迺将废欤？命也"，郁郁而终，年方三十七。《郑恕己墓志》开篇即说："安史乱常，士庶流离，失其本末。或遁世山谷，或浪迹他邦。乃事农桑，使为井邑，亦未隳元本哉。"据墓志载，郑恕己家族曾祖父在战乱中失业后，逃亡定州，至郑恕己一代，近百年间家门中皆为农耕植，再无人科场入仕，"公早经离乱，遁世潜名，每思瞻（赡）家，或亲播植"。郑恕己家族为荥阳望族，但安史乱后百年间无人再走科举之路，退为农民。另有清河郡士人张晖，出身文儒世家，其家庭"袭于儒家，宗于坟典"，本来在正常社会秩序下完全可以经史传家，然而生不逢时，"安史之乱"不仅完全打破了家学传统，而且改变了张氏的人生方向："公昔中原有孽，叛者禄山，侵暴仅甸。公自晋阳携幼家避妖氛，来于河南府温县县西古乐村。创别业，事林泉，独歌道直，修身养闲。"贞元十九年（803年）卒于其乡下别业。张氏大半生避居乡村，看似恬淡悠闲，实则无所事事，更遑论功业。同样的例子还有《李举墓志》，志主魏郡元城人李举出身官宦世家，祖、父"并登清宦，久著芳名"，但传至李举时，"顷因中华草扰，避地江淮，混迹汨名，高道不仕"，大历十三年（778年）终于扬州。所谓隐居别业、高道不仕，实际上都不过是士人失去政治前程后无从选择的自我安慰之辞，掩饰的是唐代士人难遂功名的无奈和悲凉！由此也不难看出安史战乱对世家大族的影响之深远。

战争的灾难与不幸对女性的影响往往是首当其冲的，但在传统史学中，女性在战争中的遭遇及命运常常被遗忘。唐人墓志中的女性墓志数量甚多，"安史之乱"中一些女性的墓志无疑为我们深度考察唐代大动乱与女性的生存状态、命运归宿提供了难得的一手资料。

《大唐故秘书郎席府君夫人弘农县君杨氏墓志铭》，是署名"席氏外甥"的崔倬为其舅妈撰写的墓志。作者叙述在"安史之乱"中舅妈杨氏两度遭受兵乱，住宅被官军侵占，舅妈动之以情居然义退乱兵，索回宅第。丈夫、儿子相继死后，又毅然布奠灵帐，为夫、子举行丧礼，并且千方百计将父子遗骸迁至灵龙门。一个在大动乱中深明大义、敢作敢为的贵族妇女形象跃然纸上。墓志回忆其舅安史乱起时为河南府功曹：

　　　　属大盗起幽，济河溃洛，及贼卒奔殖，尽室如秦。秦之第宅为武臣所夺，夫人辇以诣门曰："席氏不幸，殁寇几毙，彼苍悔祸，得见生还。累路称嗟，速赞行迈，谁谓税驾，不知所入。提挈男女，冻露逆旅，义士岂有幸灾而重伤乎？妾夫有罪，国有常辟。若免于罪，何辱命也。"于是言感武臣，即日迁徙。……舅氏俄授秘书郎，兼摄虢州朱阳县令。未几，河洛再陷，关辅大恐。交兵建燧，群盗蜂起，舅氏以忧愤即世，四子歼逝，夫人独主大祸，永昼号哭……时当天下汹汹，人不敢护骨肉，茹菜偷生，投莽藏形，而能设位（巾惠）幕，布奠灵帐。以哀忘食，以感□□，古今所稀有也。而由采榗沐椁，艺麻为缕。夙夜修备，哀仪无阙。

　　《崔公夫人李氏（金）墓志》中的志主李氏（金）出身陇西名门，嫁博陵崔氏为妻，"久之盗起北方，凭陵中土，先公时为麟游县令，夫人乃提挈孤弱，南奔依于二叔，自周达蔡，逾淮沂江，寓于洪州。

时玄宗幸蜀，行公弃官以从，恩加朝散大夫、著作佐郎，夫人授陇西县君。至德元载，先公至自蜀，中外相依，一百八口，夫人上承下抚，言行无怨"。墓志作者崔契臣系志主李氏的侄子，他在墓志中沉痛地回忆说："侄契臣三岁偏孤，及奔走在路，再遭荼毒，夫人悉心慈抚，获全余生，以至今日，四十余年。"两方墓志中的志主都是在"安史之乱"中经历国破家亡、颠沛流离、受尽苦难的女性，战争不仅完全摧毁了她们幸福的婚姻和家庭，也使她们的后半生艰辛非常。杨氏在兵荒马乱中毅然为夫、子举丧迁榇，李氏（金）则在战乱中与丈夫远隔异地，她千里迢迢提挈孤弱，带领家族一百余人避难江右，且"上承下抚，言行无怨"，实属不易，可谓可歌可泣，令人感佩。但无论如何，她们还算是幸运的，毕竟经过了"安史之乱"的浩劫之后又生活了数十年，但并非所有妇女都这样幸运。崔蕴二十二岁嫁窦叔华，"顷属时难流离，迁徙江介"，在江南连丁二忧，"加之以疠气薄而为疾疹，医药不之能救"，宝应二年（763 年）终于洪州妙脱寺。"其时中原寇猘未平，权厝于丰城县。大历四年，国难方弭"，始迁父母祖茔。崔蕴的命运悲剧应该是"安史之乱"中千百万普通士庶妇女命运的缩影。"安史之乱"对女性的残害甚至波及出家的尼姑，洛阳千唐志斋藏石《唐代墓志汇编》下册收录的《大燕圣武观故女道士马凌虚墓志铭》，透露了年轻美貌的女冠马凌虚被迫害致死的悲剧。尽管墓志作者李史鱼在志文中为主要责任者独孤问俗竭力掩饰，但毕竟掩盖不了其强占奸污女冠、致使马凌虚妙龄而死的罪恶事实。墓志载马凌虚美貌超人，"鲜肤秀质，环意蕙心，挥弦而鹤舞，有七盘长袖之能，吹竹而龙吟，有三日遗音之妙"，但归独孤问俗"未盈一旬，不疾而殁"，个中隐讳让人疑窦丛生，很可能系马氏坚贞不从独孤问俗的淫威自杀身亡。独孤问俗、李史鱼都是安禄山的重要幕僚，其中独孤问俗为安伪刑部侍郎。《旧唐书》卷二百《安禄山传》载："禄山阴有逆谋，于范阳北筑雄武城。外示御寇，内贮兵器，积榖为保守之计，战马万五千匹，牛羊称是。兼三道节度，进奏无不允。引张通儒、李庭坚、平洌、李史鱼、独孤问俗在幕下。"有学者认为独孤问俗强娶女冠为表面从逆"自污"的表现，实乃推测之辞，并无依据，忽视了士人在战乱放纵环境中人性"恶"的一面恣意释放的可能。

五、大动乱之后的唐人反思

"安史之乱"是唐朝乃至整个中国古代史上一次影响深远的大内乱。对唐朝来说，它不仅使开元、天宝的繁荣昌盛很快灰飞烟灭，也直接导致大唐王朝由盛而衰发生急剧转折，这早已成为中外学人之共识。那么，作为那些亲身经历了这场大动乱的当事人和同代人如何认识、反思这场全民族巨大灾难呢？墓志在这方面的资料虽然支离破碎，但因时间上紧贴那个动乱时代，而且保存了许多亲历者和见证者的经历与沉痛反思，因而显得弥足珍贵，也为我们今天研究这一重大事件提供了一批新的史料。

唐自高祖李渊立国至玄宗天宝末一百三十多年间，除初唐与高丽发生战争及天宝年间征讨南诏发生战争外，其他时间社会稳定，经济繁荣，出现了所谓"海晏河清、物阜民丰"的盛世景象。但唐朝内地长期和平稳定的社会环境中，也逐渐出现吏治腐败、军备弛废的种种迹象。"安史之乱"后唐人痛定思痛，也开始对这场大动乱进行反思，这在墓志中也有一定程度的反映。安禄山反叛后，时人多认为朝廷过于倚重胡人番将，以至于祸起幽燕。新发现的《刘感义墓志》即言"开元圣皇好委番将，禄山背节，作乱幽燕。由此銮舆南巡，储宫北幸"，暗含贬责唐玄宗用边将失察，导致安史乱发，皇帝仓惶奔蜀之意。《崔夷甫墓志》则在追忆天宝年间社会政治弊端时说："天宝中，承平岁多，禹县丰侈，吏有徇利者，单车述职，稛载而归。有徇于名者，立威肆亟，视人如草，靡百姓而谓之暴，挂法令而不谓之荒。"沧州东光县虽然僻在海甸，但盛产鱼盐，货殖兴盛，崔夷甫以左千牛录事参军出任沧州东光县令，很快发现这里"富人通于浊吏，仆役贫困，浸以为常"。崔夷甫系开元名臣崔沔之侄，墓志撰者又是肃、代之际重臣崔甫祐，故该墓志所言的真实性毋庸置疑。墓志借用《国语·齐语》齐桓公施财宝于诸侯的典故，通过沧州地方官吏的贪婪图利、侵害百姓的行为揭示了地方吏治的腐败。

墓志属于纪念性家族传记文本，主要以记述志主生前郡望、家世、婚宦、仕历以及功德为主，而且要随志主入葬埋入地下，所以古代的墓志一般不会作出对国家政治优劣臧否的评价。但由于"安史之乱"对唐代国家政治与家庭个人创痛甚剧，改变了无数家庭与个人的命运和归宿，并且形成日后唐朝数代人铭心刻骨的痛苦回忆，所以在"安史之乱"以后相当长时间的唐人墓志中，都有对这场大动乱的回忆与控诉。要而言之，唐人墓志所涉"安史之乱"的史料价值大致可以归纳以下几个方面：一是从私家角度真实回忆了"安史之乱"前后唐王朝政治社会的巨大变迁，特别是开元、天宝年间社会经济的繁华富庶与战乱以后王朝的衰落与残破；二是墓志提供了反叛前河北地区安史集团包括培植亲信、组织宣传方面的一些个案资料，而这些资料对于进一步研究"安史之乱"的爆发和其组织结构、准备过程大有裨益；三是墓志提供了诸多普通士庶亲身经历"安史之乱"的遭际、命运和认识过程的墓志文本，而这些资料大多不见于正史文献记载，因而显得弥足珍贵，对于我们进一步了解中国古代战乱对家族和社会变迁的影响有特别的价值。

行吟于绝壁栈云之上

——汇编元明时期的蜀道诗随感

在蜀道交通史上，元明时期是一个很少被人关注的低谷时期，而这一时期的蜀道诗更是鲜有学者问津。国家重大社科项目"蜀道文献整理与研究"子课题"诗赋卷"负责人因故中途退出，我只好亲自担纲，几个月来一直沉潜在历代蜀道诗歌研究之中。结束唐宋蜀道诗的编纂以后开始研读元明蜀道诗，不觉竟进入一个又一个深邃的"栈云峡雨"漫漫古道，进入一段原来很陌生的美学与思想空间隧道。

公元 1279 年宋元最后一战——崖山之战后，自"靖康之难"以来长达一个半世纪的全国性战争动荡时期基本结束，中国重新归于统一。元朝时期国家版图空前辽阔，元朝中央也重视交通建设，至元十七年（1280 年），忽必烈下诏全国通辟驿道，"陆则以马、以牛，或以驴，或以车，而水则以舟"。故元朝的全国交通四通八达，"元有天下，薄海内外，人迹所及，皆置驿传，使驿往来，如行国中""梯航毕达，海宇会同，元之天下视前代所以为极盛也"。在元朝统一的大背景下，长期处于战乱、荒塞断绝的秦蜀古道交通也逐渐得到恢复与发展。明代，中央与西南的政治、经济联系进一步加强，作为连接西北丝绸之路与西南丝绸之路的蜀道，元、明中央皆十分重视对其交通的维护，连云栈道与陈仓嘉陵道、金牛剑阁道、陇蜀古道诸线交通都进入一个新的阶段。与此相对应，作为蜀道交通伴生物的蜀道诗也呈现出时代特色，大量诗人墨客行旅蜀道，沿途吟哦，留下大量诗篇。元明时期的蜀道诗虽然从文学艺术成就而言，要略逊于唐宋繁荣时期的蜀道诗，但从交通史、社会史及历史地理学角度考察，却有重要的史料价值与认知意义。鉴于元明时期的蜀道诗因知名度低，长期没有得到学界重视，其蕴含的文化学术价值一直未能得到挖掘，故这里试加探讨，以求教于方家。

中国古代文学史上，文学的正宗与主流是什么？是诗。"诗言志，文以载道"被历代文人津津乐道，诗也一直代表着文学的正宗。虽然从中国文学史的发展阶段性特征看，元明时期文学引人注目的新现象是元曲与小说的兴盛，但实际上对绝大多数文人士大夫来说，诗歌仍然是纪实、抒情、言志的主要载体。《蜀道难》本来是从汉晋以来逐渐发展起来的一种文人乐府诗题，到唐宋流行并发展到鼎盛阶段，几乎唐代所有著名诗人都曾有过蜀道之旅或题咏过蜀道。唐宋以后虽然缺少李白《蜀道难》这样的经典名篇，但蜀道题材的诗歌一直绵延不断。宋末元初的著名诗人文天祥、方回、谢翱、汪元量都有蜀道诗，多借蜀道艰难险阻写人世沧桑与亡国之痛，如文天祥"秋风凄已寒，蜀道阻且长。虎狼伏原野，欲济川无梁"、方岳"黑水梁州百二关，青天蜀道古云难。貔貅夜柝身何在，麋鹿秋风骨未寒"、谢翱"白发梦乡国，君归路不迷。洑槎秋见草，荒栈夜闻鸡"。特别是宋末元初著名宫廷诗人汪元量两度川陕之行，写下不少行经秦岭大巴山、伤怀故国的诗篇。如其《兴元府》诗写曾经繁华显赫的汉中经过金蒙战争的摧残已经一片残破："山川寂寞非常态，市井萧条似破村"；而川北重要交通门户利州（广元）在南宋末年则是"岩谷搜罗追猎户，江湖刻剥及渔船"（《利州》）。汪元量这些蜀道诗具有一定的史诗性质，真实地反映了曾经繁华的陕南、川北经过旷日持久的宋金、宋蒙战争社会经济衰退、民族矛盾上升的状况。

　　金元之时，战争的破坏与国都的东迁，使得长安、成都两大都市相继衰落，蜀道交通一度寂寥。虽然亲履蜀道的诗人稀少，但也有不少蜀道诗传世。这一时期的诗人元好问、虞集、胡助、王恽、王沂、蒲道源、许有壬、傅若金等人的诗或多或少对蜀道这一题材有所涉及。元朝诗人亲履蜀道留下纪实诗者不多，大多为送别友人同侪入蜀或题咏蜀道诗画，其中不乏来自舆志图书与想象的蜀道诗作，如赵孟頫《送杜伯玉四川行省都事》写成都"橘刺藤梢隐蔾竹，椒浆桂酒荐芳荪"，同恕的送行诗《送龚子翱入蜀》写蜀道行旅情景是"匹马萧萧云栈雪，短歌混混渭城觞。浣花遗筑应须到，为摘江蒌酌酒浆"。这些虽然为想象之作，但也比较符合生活实际。王恽《寄赠介甫宪倅闻除兴元总尹》、张昱《五王行春图》等，也不乏借送行饯别对蜀道进行想象臆测。另外，宋元时期"蜀道难"一词已经泛化，不再专指秦蜀古道交通艰难，而具有交通艰难和人生坎坷的普遍含义，且使用于全国各地。诗人只要遇到翻山越岭、艰苦难行的状况，往往借用"蜀道难"这一表义词汇，因此许多冠名"蜀道难"

的诗歌，实际上所描写的地域并非实指传统的蜀道地带。这一类诗歌只要略微阅读研判就不难辨认。

元朝蜀道诗中不乏清新脱俗的诗句，但真正具有实际社会生活内容的还是那些纪实诗。虞集系南宋名臣虞允文的五世孙，在元朝政治上曾经位历官集贤殿修撰、翰林待制。元文宗时，官至奎章阁侍书学士、通奉大夫。至正八年（1348 年）去世。虞集也是元代前期重要诗人，与揭傒斯、范梈、杨载齐名，并称"元诗四大家"，著有《道园学古录》《道园遗稿》等。虞集祖籍四川仁寿，常怀西蜀故园之思，其《仁寿寺僧报更生佛祠前生瑞竹有怀故园》诗反复出现"闻道故园生瑞竹"这一话题，借物抒情，一再抒发故土之恋。虞集的《代祀西岳盦袁伯长王继学马伯庸三学士二首》是元朝送别诗的代表之一："栈道年年葺旧摧，已将平易履崔嵬。经行关辅图中见，梦恋乡山马上来。"这首送别诗在祝福友人入蜀平安的同时，情不自禁地想象自己行经关中平原，即将踏上赴蜀的征途，喜悦之情不胜言表。虞集晚年获准回归故里，作有《自仁寿回成都》诗，流露了诗人很复杂的恋乡思故土的情感："还乡思速去乡迟，王事相縻敢后期。里父留看题壁字，山僧打送舍田碑。胡桃筇竹南方要，卢橘枇杷上国知。此日君亲俱在望，徘徊三顾欲何之。"

大约从元朝开始，"连云栈道"这一地理语汇渐渐流行于公私文牍与诗歌之中。连云栈道实际上是唐宋褒斜道改道后逐渐形成的道路，主要是指褒斜道北端不再从秦汉时期的眉县斜谷入栈，而改为自宝鸡益门镇入栈向西南行。由于元明时期的秦岭栈道大多已经不再架设于河谷近水之地，而是为避免山洪冲毁而高升山腰，同时逐渐改木制栈道为土石碥道，蜿蜒于秦岭高山峻岭之间，有高与险兼而有之的特点，故称连云栈道。清代历史地理学者顾祖禹说："连云栈，即入蜀之道路，古曰褒斜道。起自汉中府凤县以北，南达褒城县，皆曰连云栈。"

明代川陕蜀道的交通除了明朝中叶剿抚川楚流民与明末农民战争那段时间外，长时段处于交通通畅状态，往来蜀道的诗人不少，其中不乏名家之作。如方孝孺、薛瑄、程本立、童轩、何景明、李梦阳、杨廷宣、孙一元、周是修、解缙、王绂、杨士奇、李贤、邱浚、何乔新、李东阳、程敏政、王世贞等人别集中都曾收录蜀道诗，其中曾经亲历蜀道并留下较多篇章的有方孝孺、薛瑄、程本立、童轩、何景明、王绂等人。明代的蜀道诗虽然无论是艺术成就还是知名度都要远逊于唐宋，但不乏具有写实内容以及社会生活与历史地理价值的作品，涉及蜀道诸线的气候、森林、山川、野生动物、栈道、馆驿、津渡、乡邑、聚落、社会风俗等。

明初名士、浙江宁海人方孝孺曾任教于汉中府学，靖难之役后因坚决不从明成祖朱棣之诏而被惨杀。方孝孺生前曾多次往返蜀道，其蜀道诗数量虽然不多，但其纪实性值得重视。其《蜀道易》一诗一反传统《蜀道难》的主题与格调，他在诗序里再三说明主旨在于歌颂明初政治的海晏河清，表达自己至汉中致力教育的愉悦心情："今天子以大圣御极殿下，以睿哲之资为蜀神民主临国，以来施惠政，崇文教，大赉臣僚及于兵吏，内外同声称颂喜悦，天下言仁义忠孝者推焉。西方万里之外，水浮陆走，无有寇盗。商贾骈集，如赴乡间。蜀道之易，于斯为至矣。"这只是借蜀道行旅抒发一个明初士大夫的政治情怀，真正的蜀道交通仍然艰险难行，同一作者的《发褒城过七盘岭宿独架桥阁上》诗就有如是描写："险哉七盘山，羊肠凌巇崿。三年八往返，颠顿鬓早白。……危桥带褒水，俯瞰波流恶。凿石劳众工，缘崖构飞阁。下扶千柱壮，上倚浮云弱。怒雷地底鸣，悬瀑崖际落。山中邮传少，过客资栖泊。"从诗中看，明朝初期的褒斜道仍然惊险万端，崎岖难行，行旅艰辛，馆驿且稀少，与唐宋时期的褒斜道相比并无多少改观。

程本立是明初著名学者、诗人，系宋代理学家儒程颐之后。洪武二十二年（1389 年），因周王弃藩国至凤阳事件牵连，程本立坐贬云南马龙他郎甸长官司吏目。入滇途中作有多首蜀道诗。其《入益门》诗云："蜀关秦岭路初分，迤嶂层厓日易曛。飞栈下临千尺涧，行人上出半山云"，写出了秦岭山中迤嶂层岭、险栈危涧的真实交通情景。《过沔县》则记录了诗人西行途经三国故地沔县时的历史思维联想："山川良是昔人非，马上兴怀驻夕晖。汉贼未平诸葛死，韩仇已报子房归。君臣会合时难得，忠义分明事或违。千古悠悠何限意，诗成不觉雨沾衣。"汉中是著名的楚汉、三国胜地，沔县是三国蜀汉丞相诸葛亮晚年驻军汉中、开府北伐的三国故地，也是诸葛亮出师未捷的长眠之地。诗人入川经过此地，联想楚汉、三国历史，遥想张良、诸葛亮在汉中的辉煌业绩，不禁感慨万千。程本立《过沔县》诗就是放在整个明代咏史诗中，也是上乘之作。程氏还写有《铜梁县》《合川》诗，着重于巴渝地区田园风光的描写，诗人笔下的铜梁是"上山下山石作街，街南街北人家好。人家好农不好商，生男嫁女不出乡"；合川则是"合州楼前江水合，合州楼外青山匝。倚楼西望雨冥冥，顺水船来飞两楫"。诗作突出铜梁面山、合川临水的景观特征，是明代前期川东南地区社会风俗与农业地理难得的实录性史料。

明朝前期最重要的蜀道诗人当首推薛瑄。薛瑄（1389—1464年），著名思想家、诗人，也曾数次在朝廷担任要职，官至通议大夫、礼部左侍郎兼翰林院学士。景泰元年（1450年），薛瑄曾奉命入川协助四川巡抚金都御史李匡平息川西苗彝暴动；次年北返，往返皆有蜀道诗传世。其赴川自关中宝鸡入秦岭，循连云栈道西南行，再经褒斜道至汉中，沿金牛、剑阁道入川。沿途咏哦，多有纪实之作，有《草凉楼驿》《西蜀歌》《褒斜道中》《宿青桥驿听江声》《朝天驿》《汉中寓目》《五丁峡》等诗。薛瑄的蜀道诗纪实性突出，画面感强烈，情景交融，具有多方面的综合价值。如《褒斜道中》诗："褒斜一何长，深谷自迤逦。云木青无边，群峰各峻峙。鸟道缘崖巅，危栈架江涘。……累日山峡中，陟降亦劳只。古来蜀道难，此道难莫儗。"褒斜道是蜀道中历史悠久也最为惊险的古道之一，在元时曾因战乱长期塞绝。薛瑄此诗表明，明初褒斜道又恢复了国驿主道的地位，但交通的艰险程度与汉唐时相比并无大的改观。《宿青桥驿听江声》则写诗人夜宿褒斜道馆驿，江风滩声，耿耿难眠，抒发了征人蜀道羁旅的孤寂凄凉，颇有艺术感染力。《西蜀歌》是一道仿照李白《蜀道难》风格写作的蜀道长诗，力图从宏观角度描写秦蜀古道及其两端非凡的历史、奇异的山川："西蜀之山盘亘大地几万里，层峦迭嶂危峰峭壁何峻嶒。西岭峨峨太古雪，巫山苍苍晓云白。北有剑阁中天削出石门高，南有峨眉凌空夤缘鸟道窄。"读来险峻迭出，思接千里，颇有李白《蜀道难》瑰奇峥嵘之感。

明代中期履历蜀栈的诗人数量不少，但蜀道诗数量与质量都要逊于前期，罕见知名者，且大多只有寥寥数首题咏蜀道历史题材的书画诗作。留下蜀道诗的诗人较重要者有杨慎、王燧、李贤、陈献章、邱浚、何乔新等，缺少明代前期如薛瑄、何景明、童轩笔下的系列蜀道诗。但也有一些可取之处，王燧《题烟江迭嶂图》卷首之"剑关平削千山开，势掩巴蜀何雄哉"就很有气势。明代中期的著名诗人何景明系"前七子"之一，与李梦阳同为文坛盟主。其诗取法汉唐，注重现实内容。何景明曾任陕西提学副使，也曾由陕入川，留下多首旅栈诗作。其蜀道诗以纪实写景、咏叹沿线古迹名胜为主，《益门》《柴关》《秦岭谒韩祠》《五丈原谒武侯庙》《登楼风县作》《青石崖栈》《汉中歌二首》《拜将坛》等均涉及连云栈道南北关隘名胜、道路景观。何景明的蜀道诗不以写险栈危峡为主，重点旨趣在于参谒凭吊蜀连云栈道沿途历史人物遗迹，抒发士大夫伤时感世之情。与何景明大致同一时期的杨士奇、杨慎、李贤、刘天民（希尹）等人的蜀道诗不多，他们只是偶尔为之，但毕竟都是名家，诗作自然非同凡响。"蜀山峨峨连剑阁，百丈飞崖俯奔壑""阁道盘云栈，邮亭枕水涯""旅怀今日豁，停辔问褒斜""我欲镵安流，手中无莫邪。长歌行路难，日莫犹天涯"，皆为精彩名句。李贤曾经亲历过蜀道，其蜀道诗以七言诗为主，有题为《宝鸡县怀古》《蜀道》《过汉中》《保宁往剑州》等诗作。"峭壁嵯峨万仞高，乌江声急浪花飘"（《蜀道》）、"寒烟犹锁观星阁，芳草空铺拜将台"，可见其诗以描写栈道之险与怀古咏史为主。明人所作蜀道赋不多，刘天民（希尹）的《云栈赋》是其中的佼佼者。

明朝后期，盖因社会动乱加剧，行旅蜀道者稀少，见于史载者仅有赵贞吉、皇甫汸、王世贞、谢榛、于慎行、凌义渠、吴国伦等人有蜀道诗。其中，内江人、嘉靖朝官至礼部尚书兼文渊阁大学士、掌都察院事与太子太保的赵贞吉辞官归蜀时曾在褒斜道中的留侯庙讲学，留下著名的《好山歌》，唱和者颇众，后来过境连云栈的王士性、王士祯等均有唱和，其表露出的晚明士大夫归遁世隐思想值得关注。

　　自唐代李白《蜀道难》诗问世以后，"蜀道难"逐渐成为四川交通地理形势的第一热词。但"蜀道难"并非绝对写实的地理词汇，不同政治文化语境下有不同的表达诉求，表现出一定的主观性。南宋楼钥有诗曰："蜀道难，难于上青天，蜀道易，易于履平地。蜀山天险固自若，视难为易在人尔。"为什么对于同样的蜀道，诗人笔下会有"难于上青天"和"易于履平地"两种截然不同的咏叹？说明在蜀道诗及其体验中往往掺杂了人的主观感觉和讽喻对象，而且因为抒情的寄托不同，得出的结论也就不同。唐玄宗天宝年间李白作《蜀道难》，写尽蜀道惊心动魄的险峻难行；而唐德宗时韦皋节制西川时，徐畅进献《蜀道易》诗，又有"美矣哉，蜀道之易，易于履平地"之语，实际上皆有讽喻，故《新唐书·韦皋传》云："天宝时李白为《蜀道难》篇，以斥严武，畅更为蜀道易，以美皋焉。"可见早在唐代就有了"蜀道难"和"蜀道易"的不同表达。

　　元灭宋后，九州混一，诗人笔下的蜀道似乎失去了惊心动魄之感。元朝版图辽阔，对交通驿道加强维护与治安管理，因而蜀道行旅已经不像唐宋人感觉的那样艰难惊险。在元诗中，很少看到喟叹蜀道难的诗句。蜀道的畅通无阻，沿线的社会治安良好，使"蜀道难"成为一个泛泛的行路代名词。吴镇的栈道诗为我们描绘的是一幅宁静闲适的山地行旅图景："蜀道何年辟，猿猱若畏攀。云依古木静，梵呗禅关闲。野店市未散，斜傍河梁间。行人自南北，飞鸟互往还。鸡鸣遍村落，舟行溜潺潺。青松纷满目，夕阳并在山。"对元代诗人来说，蜀道行旅不仅畅通无阻，惬意舒心，而且过去常常引起羁旅悲愁的岭树猿啼也成了富于诗意的愉悦感受："蜀山秦树有德色，猿声鸟道无羁愁。"出任过山南廉访司事，后改陕西行台都事的诗人宋褧就有如是说法。即使天下闻名的险关剑门关，似乎也没有了昔日笔下的万端惊险："悬车度重隘，束马下迭嶂。翻疑蜀道坦，剑阁固殊状。"而虞集的"栈道年年葺旧摧，已将平易履崔嵬"诗句，正是这种交通状况的反映。蜀道诗这一审美感觉的变化，确实反映了大元一统、蜀道通畅的交通形势。但说蜀道易者，往往是出于歌颂执政、粉饰太平，实际上元朝栈道之险危并不亚于唐宋，同一个诗人虞集就又有"归蜀越关陇，栈阁危登天"这样的描写。为什么会出现这一矛盾现象？实乃前者写虚，歌颂时政，后者写实，是指栈道行旅的真实情景。

实际上明代的栈道依然艰险难行，但蜀道诗中还是出现过"蜀道难"与"蜀道易"两种截然不同的意象表达。方孝孺（1357—1402年），字希直，号逊志，浙江宁海人，明初著名学者、教育家，洪武末为汉中府学教授，主事汉中教育，多次往返连云栈道，对蜀道的艰险难行有切身体验。方孝孺《发褒城过七盘岭宿独架桥阁上》诗有这样描写："危桥带褒水，俯瞰波流恶。凿石劳众工，缘崖构飞阁。

下扶千柱壮，上倚浮云弱。怒雷地底鸣，悬瀑崖际落。"而偏偏是同一诗人，又作过一首有名的《蜀道易》诗："美矣哉，西蜀之道何今易而昔难！陆有重岩峻岭万仞镵天之剑阁，水有砯雷掣电悬流怒吼之江关。自昔相戒不敢至，胡为乎今人操舟秣马夕往而朝还。大圣建皇极，王道坦坦如弦直。"这是《蜀道易》诗的前几句，颇值得玩味。为什么蜀道险峻如昔，何来"今易而昔难"？作者说得很直白，是"大圣建皇极，王道坦坦如弦直"。明祚初建，洪武皇帝御极，作为新朝臣子的方孝孺欢欣鼓舞，虽然蜀道依旧，但在诗人心目中昔日的曲折艰辛已经不在话下，行旅栈道如履平地。诗人意犹未尽，又特地在《诗序》中对这一心情作了进一步的发挥：

> 昔唐李白作《蜀道难》以讥刺蜀帅之酷虐。厥后韦皋治蜀，陆畅反其名作《蜀道易》以美之。今其词不传，皋虽惠于蜀民，颇以专横，为朝廷所患。畅之词工否未可知，推其意盖不过媚皋云尔，非实事也。伏惟今天子以大圣御极殿下，以睿哲之资为蜀神民主临国，以来施惠政，崇文教，大赉臣僚及于兵吏，内外同声称颂喜悦，天下言仁义忠孝者推焉。西方万里之外，水浮陆走，无有寇盗。商贾骈集，如赴乡间。蜀道之易，于斯为至矣。

这段《诗序》首先指出了唐代李白《蜀道难》与陆畅《蜀道易》不同的写作目的与动机，然后竭力颂扬朱元璋所建大明王朝"施惠政，崇文教"，国家海晏河清，民生安定，经济繁荣，以至于诗人感到蜀道也不再艰险难行，而变得通畅无阻，"蜀道之易，于斯为至矣"。

由此可见，元明时期的蜀道诗，为传统的《蜀道难》这一诗题赋予了新时代的内容和多元诠释。可见，蜀道的难易与国家的政治形势与诗人的文化语境、心境息息相关，带有主观色彩。从"蜀道难"到"蜀道易"，实际上也反映了元明知识分子"颂圣"文化心态的变化。

渭水河边的童谣

1964年秋天，大概是我所能够追溯的最早也最远的童年记忆。

记得那是一个灰蒙蒙的中午，妈妈带着年幼的我第一次到外婆家。先是在汉中乘坐一辆破旧的公共汽车，到了城固再换乘一辆更破旧的"客车"，出城固县城北关，沿着乡村公路行驶好半天，在一个叫"斗山"的站口下车。去外婆家还有十多里地，下车走一小段公路，就有一条没有桥的河。河水虽然不大，但水是深绿色的，河中乱石长满青苔，河水打着旋涡流过，下面还隐约看见一些暗绿的水草在摇摆，如无数条绿色小蛇在水下翻滚。要过河，就需要小心谨慎地踩着危险的"冽石"（墩石）。过河后，还要走一个多小时灰尘扑扑的乡村土路，中间要经过几个村落、乡镇和学校。在跟着母亲匆匆而行时，我偶然看见北面远处隐约有一座突兀而起的黄褐色山峰（后来知道它叫庆山）。穿过一个喧闹而脏乱的集市和镇子，再走过一条两边都是店铺的青石板街道，直到看见一个斑驳陈旧的石砌门楼，那就是外婆家。

外婆家在秦岭南麓渭水以北、庆山以南的一个人口稠密的古镇，古镇有一个别样的地名叫原公。原公有两个村落，分别叫东原公和西原公，外婆家即在西原公街上。当时我完全不知"原公"是什么意思，后来学了历史，方知这个古镇有着非同寻常的来历，是为纪念明代在陕南安抚川楚流民难民有方，得到皇帝嘉奖过的都御史、荆襄巡抚原杰而命名（后来原杰演变成陕南许多地方的神祇）的，因此原公镇在明代应该是由一个移民聚落发展而来。有一年夏天在汉中应邀出席一个新书发布座谈会，偶逢城固籍文化学者王祥玉前辈，他也是原公人。听他说，原公镇只是明代改名，古镇最早应该叫李村，正是东汉官至太尉、著名政治家李固的家乡。这让我感到诧异和惊喜，如果真能考证确认原公是李固的故居所在，那么原公的辉煌历史可要向前追溯一千多年呢！不过这是后话，这是好多年后才知道的，孩提时代的我对这些全然不知。

徒步去外婆家途中，要经过一大片田野，本地人叫它"田坝"，主要是水田。"田坝"方圆足有几十公里，平坦开阔，田畴如棋盘布列，金色的稻浪层层追逐着卷向远方。这里经过多少代先民的耕耘，早成肥田沃土。放眼望去，烟树远村，青山如黛，不时有麻雀、斑鸠飞过田间，掠过阵阵秋寒。逶迤蜿蜒的秦岭余脉静静地在远处沉默雄居，给古镇增添了一个巨大的背景剪影。尽管那时没有什么"美丽乡村"的概念，但原公在我童年记忆中留下的印象却是难以磨灭的。毕竟，这个难忘的古镇成了我多年后无论走到哪里都魂牵梦萦的"乡愁"。

妈妈在外婆家只待了一个晚上，第二天一早就走了。记得她走时给外爷说要去西乡农村搞"社教"，单位指派，必须去，而且任务很急；又叮咛我要听话，别乱跑，要帮外婆家多干活。等到外爷带我追出大门，妈妈已经消失在街道远处的拐角。

突然来到一个完全陌生的地方，一下觉得是那样孤独和惶恐。那时中国的乡村刚刚从一场空前的大饥荒中艰难走出来，依然很萧条、很贫困。吃的饭几乎顿顿都是萝卜稀饭，最多加点"麦拉"或"拌汤"，只有夏天麦子刚刚收割完或逢过年杀猪时才可能吃上白面馍馍或一点猪下水煮的炖肉，那时觉得世界上最幸福的时刻就是大快朵颐的时候。但出乎意料的是，外爷家却并非想象中那种乡村草屋扉门，而是一座三进三出的深宅大院，甚至有点《红楼梦》贾府的感觉。2009年我与母亲回原公看望病重的大外婆，听舅舅说前几年翻修房屋时曾从地基挖出两个银锭，并拿出让我看，果然上面刻有"嘉庆五年"字样，可能是当年修建院落奠基时所埋。如此推测，外婆家祖院已经有两百余年历史了。

老宅一前一后有三个青色方砖铺成的院子，大概就是陕南式三合院吧。院子十分平展，全用正方形青砖铺成，面积足以放下好几张乒乓球桌，显示着尚氏家族昔日的显赫。院落中有些建筑还雕梁画栋，至今我仍清楚地记得北面堂屋神龛两侧镌刻有一副"忠厚传家久，诗书礼义长"对联，堂屋门匾上镌刻着硕大的"骠骑将军""忠厚传家"字样。院子侧面有一个植着蜡梅花树的过道，每当寒冬腊月，香气袭人，沁人肺腑。只是黄昏或夜幕降临时分，我一人路过这里时，总会莫名地感到害怕，常常心跳加速，会一阵小跑着穿过。

外婆家并没有因为我的到来而高兴，可能还因为多了一个人的口粮而发愁。外爷当时已经年近花甲，满脸疲惫憔悴。外爷说家门祖上在清朝做过武官，到他这一代实际上已经家道中落。外爷以前做商人，从城固赶着骆驼贩运姜黄去青海、宁夏，再换取食盐回来贩卖，赚钱养活三兄弟几十口聚集而居的大家族，虽非很有钱，却也小富。在我小时候心目中，外爷为人处事谨小慎微，逢人每每笑脸相迎，见到村上男的总是急忙递上自卷旱烟，并擦火柴点燃，这几乎成了他的标配动作。小脚的外婆很勤劳，整天在家缝补洗浆，忙忙碌碌，腰背已微驼，几乎很少见她笑过。只有正在农业中学住校读书的舅舅，回家见到我时倒显得有些兴奋，经常笑着摸摸我的头。

1968 年，城固的小学恢复招生。听到消息，外爷急忙领着我去原公寺小学（当时改名叫"永红小学"）报了名。报名那天，我随外爷去了学校。学校在镇东的水田边，几排土坯平房组成的七八个教室，但纵横有序，最引人注目的是每一排教室前的院子里都有几株高大的梧桐树，树冠翁郁，掩映着教室，让人觉得很温馨。金黄色的大叶子不时飘落，如童年缤纷的梦。

遥远的村小岁月

　　小学时代尽管是在动乱、忧患中度过的，但第一次拿起书本在教室里与男女同学朗朗读书的日子却让人长久留恋、怀念。四十多年了，几多情景依然清晰地印刻在记忆中。有时回首儿时岁月，我会情不自禁在心里轻轻呼唤：亲爱的老师与同学，你们安好吗？

　　第一次去上小学是1968年初秋的一天下午。天阴沉着脸，下着毛毛雨。那天不知为什么，是上初中的、总是笑吟吟的秀芬小姨陪我去上学的。从外爷家出来，走过天公庙、卫生院、集贸市场和田十字街道，要经过一条很长的土筑高坎（当地人叫高路坎）才能到达学校。路十分湿滑，瘦弱的我接连摔了几跤。小姨看我实在行走艰难，就背起我到了学校。我怯生生地走进有几排梧桐树的校园，走进毛坯墙教室，看着黑压压一教室同学，我不知所措地紧紧拉着秀芬姨的衣襟。桌上贴着每个学生的姓名，我很快发现我的座位在第一排靠右。小姨把我带到座位上，带着我领了一年级新课本，带我削好铅笔后才走。

　　上学的感觉是多么微妙而美好！上课铃声响了，教室里顿时安静下来，满满一教室小伙伴个个睁大眼睛，坐得规规矩矩，盼望班主任到来。我的同桌是一个瘦小却清秀的女孩子，桌上的纸条上有毛笔书写的名字：王小英。不知为什么，她一直嘟着嘴，眼睛红红的。我问她，她说不想上学，想妈妈，想回家。

等了好一会儿，一个穿着灰色中山装的中年男老师匆匆走了进来，中等个子，有点凶巴巴的样子。他姓左，是我们这个一年级1班班主任。第一天上课讲了些什么，现在已完全无印象。新发的课本散发着一种奇特的油墨香，我贪婪地嗅了又嗅。在外爷家，我只有五六岁，还没有上学。外爷农忙闲暇在裁成小方块的牛皮纸上写了许多简单汉字，并且经常教我读法与字意，所以入学前我已经掌握了不少汉字。课本一发下来，我竟看得津津有味，这让老师与同学都感到十分诧异。

小学前几年，似乎并没有真正上过几节课，印象最深的不是去湑水河抬沙子、捡石头，就是排演文艺节目。当时有一个小小宣传队，我们排演过京剧《红灯记》《沙家浜》《智取威虎山》片断，导演是一位年轻能歌善舞的女语文老师。她居然说我有表演天赋，我因此扮演过多个角色，既演过北山游击队长和郭排长，也演过小炉匠栾平和王巡长。我们这个小小的宣传队，一度闻名遐迩，附近几个公社、大队凡有重大庆祝活动，总要请我们去演出助兴，而且总能赢得舞台下黑压压人群的热烈掌声。

大约在三年级时，学校突然让我们这个年级搬到村中间一个叫孟家井的地方，实际上那是一个古庙。临时学校的校长叫王水云，是一位美丽而年轻的女老师，刚生过孩子，脸上总是泛起羞涩的红晕，有时可以看见她爱人抱着婴儿来找她。学校晚上无人住校，放学后用一把大铁锁锁住，经常有调皮的男生用铁丝或泥土将锁眼封住，致使次日早晨迟迟无法开门，上学的学生黑压压一大片在门口等待，几次见到美丽的女校长急得想哭。孟家井学校门口有一口年代很久的井，村上吃水全在这里用桶沉下去"打水"，因此校门口路上经常湿滑湿滑的，常有同学摔得满身泥土。校园很小，没有任何体育设施，狭窄的院子里只有修校舍时留下的几个土堆和几株苍老开裂的柏树。下课时，天生好动的我们就蜂拥而上，你把我推上去，我再把你拽下来，戏称"占江山"，乐此不疲，权当是我们的体育课。半年后，我们又回到了原来的永红（西原公）小学。

冬天日短夜长，早上上学时天还未亮，那时的冬天似乎比现在寒冷，学生们早上去学校时每人都带一个暖手的"火笼"（一种竹编的喇叭形竹笼），否则手就会冻烂。"火笼"的小瓦盆里放一些点燃的"芙糟"（即木柴燃烧后剩下的残木炭）。黎明时每个学生人手一个"火笼"，一路小跑，远远看上去，就像一条在黑夜中游走的长长火龙阵。到上课时，有的"火笼"熄火了，有同学就爬在桌子下面去吹火，结果弄得教室烟灰乱飞。每当此时，脾气很凶的左老师就会进教室来板着面孔没收几个"火笼"并嗖地将其扔出窗外。听见"火笼"在外面地上翻滚、破碎，我们不仅没有觉得可惜，反而觉得很开心，男生拍打桌子称快，女生则常常捂着嘴巴吃吃地笑。

另有一件事至今难忘。学校没有音乐老师，因此就没有老师教唱新歌。当时的歌曲都是从电影中学来的，最流行的就是《地道战》《地雷战》《南征北战》等主题曲或插曲。不知谁介绍说我会唱这些歌,三年级3班主任、已快退休的老奶奶绛老师亲自来我们1班请我过去教唱歌,说就教《地道战》。结果一去3班就闹了个大笑话。我刚跨进3班教室,就在门槛上绊了一下,一个扑爬摔倒在地,教室里顿时一阵哄堂大笑,可以想象当时我有多狼狈!我感觉没法教了,尴尬地爬起来想跑回本班教室。绛老师帮我拍去身上的泥土,一面制止了学生的笑声,一面慈祥地鼓励我开始教唱。那天早上整整一节课,我居然教会了《地道战》。下课时绛老师让我领唱,大家齐唱:"地道战嗨地道战,埋伏的神兵千百万……"全班居然把《地道战》唱得十分整齐、嘹亮,连外班不少同学也跑过来在窗外听。

和老师、同学渐渐熟悉了,也就有了人生美好的体验。慈祥的老奶奶般的绛老师说我太瘦,偶尔会带一两个鸡蛋来,在无人时让我吃,说我正在长身体,要有点营养,这让我感到一种浓浓的温暖。严厉却认真负责的左老师,让我第一次感到了"师道"的尊严。那几个十分要好的哥们——豪侠仗义的李永力(在我和伙伴们打架败北之际多次护卫我)、敦厚善良的王小文、机灵调皮的王小琪(曾经在被同学恶作剧推进新渠里淹呛得即将"弥留"之时,是他跳下水救了我),都让我感到友谊的宝贵。还有几个美丽活泼、每次见之在心中都会微微荡起涟漪的女同学,都让人留恋……

这年夏天,母亲回到外婆家,突然说要我转学,下学期去勉县上学。事情来得很突然,我一下感到好惶惑、好伤感。但我知道父母的决定是无法抗拒的,看来是必须要走了。临走前,我特地跑到学校去与老师、同学告别。但是,假期里校园里静悄悄的,梧桐树依然飘着叶子,可爱的小伙伴们一个也没有见到,也就无法一一告别。在万分伤心的时候，在我们曾经排演过节目的土台旁，我看见了大半辈子以校为家的绛老师。我向她深深地鞠了一个躬，瞬间，我哭了。她的眼圈也红了，她拉着我的手，摸着我的头，很久很久。她一再叮咛我，今后要好好学习，以后放假回外婆家时别忘记回学校看看……

转眼间四十多年过去了，我再也没有走进过当年的小学校园。2012年夏天，我们一家从重庆回汉中度假。表弟邀请我去城固游玩。在城固西关宴请我们时，他竟奇迹般地请来了当年我们班上的美女班长尚艳丽（席间表弟才说尚艳丽的弟弟康宁正是他的发小），尚艳丽又约来了何玉玲等几个女同学。几十年未见，大家彼此格外激动。饭桌上话旧说今，不胜感慨。虽然过去岁月已经流逝了四十多年，但她们的面容依稀还有儿时的轮廓，只是身份变了。尚艳丽已从药材公司退休，儿子娶了媳妇，也有了孩子，她自然已经升级做了奶奶。而且，她还是城固旗袍协会会长，经常在县大型文艺表演中亮丽登场。何玉玲已经是县里一个大保险公司的经理。何瑛据说生意也做得很大，成了大老板。三位女同学皆雍容华贵，谈笑风生。

我们说起左老师、绛老师和刘建枝等，都甚为怀念。班主任左老师应该早已退休，绛老师不知如何了。遗憾的是，当年的小学早已撤销了，他们的消息也无从打听……

田坝中的小学

　　从城固转学到勉县祖母身边继续读小学，是在 1971 年夏末的一天。

　　记得那天母亲带我乘班车到达勉县车站时已经夕阳西下。祖母家在汉江南边定军山下一个叫湾坎的村子里，距离诸葛亮的陵墓不远。当时汉江还没有公路大桥，只有一条由窄窄旧木板铺成的歪歪斜斜的便桥，走在上面摇摇晃晃，嘎嘎吱吱地响。望着桥下哗哗流水倒映着晚霞天光，着实有些晕眩，生怕一不小心掉下去。过了河到祖母家还有两三公里远，中间要经过一个叫"中台"的滩涂地带。滩涂上生长着一望无际、密不透风的芦苇，当地老乡叫"芭茅草"，在夕阳下茫茫苍苍，似乎不见边际。进入芦苇丛后一片幽暗，中间只有一条仅仅一人宽的小道可走。时已黄昏，四周空寂无人，幽暗的芦苇深处偶尔传来几声不知名水鸟的怪叫声，让人不禁生出几分恐惧。母亲拉着我紧走快赶，终于在天黑前平安地走出了芦苇荡，赶到了祖母家。

　　祖母家老屋在村子最西头。院子里除了两间破旧的瓦房，其余全是草房，分别住着大伯和二伯，二伯家墙壁上还分明留有火烧烟熏过的痕迹。祖母生育了三个儿子，父亲是老三（幺）。按照陕南乡村风俗，赡养祖母就由我父亲承担。祖母独居，住在院子靠北一间光线很幽暗的老房子里，一进房屋，就有一种强烈的不适感。堂屋里没有窗户，光线很暗，一侧放置一口沉重的老旧黑漆棺材，油漆斑驳陈旧，看起来已经有些年月。棺材首端放着一沾满灰尘的煤油灯。下面一个篾条框糊上泥巴，做成独灶，作为祖母做饭的灶台。睡房更是幽暗不堪，只有一个陈旧的小窗户，窗棂上的报纸破了许多洞，在晚风中呼呼作响。

　　祖母当时已经八十岁了，长期操劳，加之煤油照明，耳聋，眼睛也看不清。她穿着粗长布衫，眯着饱经风霜的眼睛，颤巍巍地将我与母亲迎进房屋里，赶紧打鸡蛋煮醪糟让我们吃饭。祖院西边紧靠刚刚建成的阳安铁路，火车经过时能明显感到地面微微震动，车轮与铁轨的摩擦声和凄厉的汽笛声在夜里格外震耳。这一夜，我很长时间无法入眠，直到快天亮时才迷迷糊糊睡着。

　　次日早晨，母亲领我去湾坎小学办理入学手续。学校在村子北边一公里远的水田旁边，铁路路基之下。四周都是绿油油的秧田，一条土路与村子蜿蜒相通。微风吹过，能够嗅到一种夏日水田里常有的淡淡农药味。学校属生产大队所办，只有一排土墙草房，总共只有三间教室和一个教师小办公室，办公室房檐下悬挂着一小节铁轨，我猜可能是上下课打铃用的。不大的土院子角落里摆放着一个残缺不全的水泥乒乓球台，算是体育设施。校长是一个叫周桂兰的年轻女民办教师，大概二十多岁，听说才结婚不久，面容姣好，脸色红润，显得很有亲和力。只是腹部已经高凸，看来快要生孩子了。周校长热情地接待了母亲和我，并说把我安插在她亲自担任班主任的四年级班上。

母亲安排好我的转学后，当天中午就向祖母告辞回汉中了。河堤上，我与一直在乡村陪伴祖母生活的姐姐目送母亲渐行渐远的背影，心里明白，少年时代又一段完全陌生的生活就要开始了。

开学了。

上课后才发现，湾坎小学由于教室紧缺，四年级与三年级在同一个教室，光线很差。当四年级上课时，三年级的同学则转过身去写作业，反之亦然。第一节课刚好是周校长的算术课，她先向同学们介绍我是新转来的同学，要求大家多帮助我而不能欺侮我，引起大家一阵好奇。下课后，小伙伴们纷纷围上来叽叽喳喳问个不停。有一个大个子男生一上来就与我扳手腕，我自然很快被扳倒；紧接着一个姓袁的高年级的胖女生居然要与我比试"斗鸡"，我还没有准备好，她就端着一只腿猛冲过来，一下就把我撞倒在地，引得大家一阵哄笑。这里的女生这么厉害，是我没有想到的，这个乡村学校的第一天就给我留下了哭笑不得的印象。

课程似乎只有算术与语文，都由周校长亲自上。我的学习明显偏科，语文出类拔萃。记得入学不久，周校长布置用一节课时间写一篇题目为《给珍宝岛解放军叔叔的一封信》作文，现在只记得开始几句："亲爱的解放军叔叔，你们战斗在冰天雪地的祖国边疆珍宝岛，英勇顽强打败了侵略者，我们忘不了孙玉国叔叔端着冲锋枪冲向敌人坦克的英雄形象，我们多么希望插上翅膀飞向珍宝岛，为你们装填子弹……"这是我们第一次写作文。别的同学左顾右盼不知如何下笔时，我一气呵成，还被老师作为范文向大家作了诵读，这让我激动了好一阵。但我数学思维很差，老师讲解分数时，我刚开始怎么也不理解四分之一怎么就小于二分之一，脑子就是转不过弯子，以致算术题屡屡做错，美丽的周校长几次对我皱了眉头。我只是喜欢读语文课文，依稀记得课文有《高玉宝》《送肥路上》《欧阳海之歌》《少年刘文学》《戴碧蓉的故事》《草原英雄小姐妹》等，大部分是宣扬少年儿童如何英勇斗争、敢于献身等。我们当时都对此心驰神往，甚至遗憾遇不到这样的"献身"机会。

我在湾坎小学度过了四年级与五年级。到五年级时，班上只有不到 10 个同学，我与他们都比较要好，还记得几个同学的名字，他们是郭建辉、杨海成、周燕玲、周纪春、张保庆、袁燕春、周庆录、张红英等。郭建辉文质彬彬，较为文弱，其父是公社文教专干，他有一定的优越感，不太与其他同学说话，但与我还合得来，经常邀请我去他家玩。郭建辉家在村前田坝边缘，房子是崭新的白墙黛房大瓦房，一条流水潺潺的小水渠从门前流过，灌溉着村前村后数百亩稻田。郭建辉的奶奶满头银发，热情健朗，酷似《沙家浜》中的沙奶奶，我们也就叫她沙奶奶。"沙奶奶"居然接受了这一称号，她本身的姓氏反而无人知晓。"沙奶奶"很喜欢我来她家与她孙子一起写作业，有时会拿一个蒸红薯给我吃。周燕玲热情又略带娇气，学习成绩名列前茅，后来考上西安铁路学校，早早工作，早早结婚，早早退休，据说现在去一个非洲国家带孙子了。杨海成豪爽大气，只是开起玩笑来有些没深没浅，后来考取中师，成为一名乡村中学教师。

在勉县乡村小学虽然没有学到多少书本知识，但享受了童年岁月中最开心、最无忧无虑的日子。没有课外作业、没有家长督促，自然也没有现在五花八门的"兴趣班""奥数班"和课外作业之类。夏天放了学，我与小伙伴们常常去汉江游泳捉鱼，也喜欢戴着柳树叶编的帽子钻进芭茅草丛中去"打游击"，但更多的时候是为祖母打柴。当时乡村薪柴缺乏，队上分的一点稻草、麦草很快烧完了，做饭烧水用的薪柴就得每家自己想办法。祖母年老无力去打柴草，所以我在勉县时的一个重要任务就是每天要去树林或河边打柴、捡柴。当时汉江每次洪水过后，在河滩上总能留下一些上游冲下来的"浪柴"（树枝与小木块），回去晒干就是很好的薪柴。但洪水并非经常发生，更多获取薪柴的办法还是要去树林中上树去折残枝枯棍。我体弱力小，不会上树，但有一个特长，就是会讲故事，身边经常会有一群同村的孩子央求我讲故事给他们听，这些孩子个个都是爬树高手。于是我与他们讲好条件，我每天讲一个故事，他们爬树帮我打柴。讲的故事无非就是我在城固时看的电影《地道战》《地雷战》《南征北战》《宁死不屈》等，后来电影、小说故事也讲完了，就临时杜撰一些抗日故事，如"弹弓队""抗日小英雄历险记""引诱鬼子进村""伏击国民党匪军"之类，小伙伴们照样听得如痴如醉。每讲完一个故事，伙伴们就争先恐后爬上树去打柴，很快就会打好一两捆树枝，并且捆绑很结实，帮我扛回祖母家院子。

到了冬天，我和堂兄明娃还有同班同学周纪春、郭建辉、周燕玲、张红英、杨海成等经常挎着竹篮、带着铁丝钩，迎着凛冽的寒风，沿着铁路去好几公里远的勉西火车站拾煤渣。所谓"拾煤渣"

就是火车进站后停在固定地方加水添煤检修时，机车会从肚子里将废煤渣排吐出来，其中有一些煤炭并没有完全燃烧干净。这时，我们就钻进火车肚子底下用铁丝钩将尚未完全燃尽的煤炭挖出来，装在竹篮里拿回家取暖或做饭。京剧样板戏《红灯记》有一句李玉和唱词，说养女小铁梅勤劳能干，从小"提篮小卖拾煤渣，担水劈柴也靠她"，大概就包括此事。"拾煤渣"有时确实是很危险的，勉西火车站就曾经发生过小孩"拾煤渣"时被启动的火车轧死的悲剧。一次我正在火车肚子底下从吐出的一大堆炽热的煤渣中扒炭，忽然感觉到火车已经在缓缓移动，多亏左手挎着的大"笼笼"（竹筐）被移动的车轮挡住顺推了一下我的腿，加上外面的女同学周艳玲尖声大叫"快出来"，我慌忙从火车肚子底下钻了出来。刚钻出来，巨大的车轮就擦着我的脚驶过。那次真是吓出了一身冷汗，以至于几十年以后的今天想来还感到后怕。如果那天不是那个大竹篮，如果爬出来稍慢一点，后果真是不堪设想！

为了让祖母能烤火取暖，十二三岁的我还学会了自制燃煤炉子。从火车站捡回一个废旧铁皮桶，里边糊上泥巴，嵌进几个钢筋棍棍，再用钳子加螺丝刀在铁皮桶上剪开一个风门，将拾回的煤渣放在里边燃烧烘干，一个煤炉子就做成了。为了不使炉子里的泥土烧裂，我用一个铁路工人大爷告诉我的窍门，在泥巴里边揉进去一些院子里女人梳头掉下来的长头发并将其糊在炉壁上，此法果然有效。头发燃烧后大概有凝固作用，炉子一直用到我四年后离开勉县时还没有坏，祖母有时还用它煮粥炖汤。值得自豪的是，这一年春节，恢复工作的父亲回老家看望祖母，看见我做的炉子很高兴，还特地为此表扬了我，说我在农村受到的教育很有成效，并要一道回来的哥哥、妹妹向我"学习"。

在勉县读小学时还有一段"负罪读书"的经历。祖母的房子虽然很陈旧，但光线很暗、布满灰尘的阁楼上有我意想不到的发现。五年级时的一个星期天，似乎冥冥中有一种神秘的召唤，我以"引体向上"的动作爬上烟熏灰满的小阁楼，居然发现有一大堆用旧报纸包起来的书，有古典文学名著《三国演义》《红楼梦》《西游记》，有《野火春风斗古城》《林海雪原》《青春之歌》，有北京大学中文系五五级学生编著的《中国文学史》，甚至还有俄苏欧文学名著，如普希金的《欧根·奥涅金》、奥斯特洛夫斯基的《钢铁是怎样炼成的》、莱蒙托夫的《莱蒙托夫诗选》、车尔尼雪夫斯基的《怎么办？》和有神秘插图的但丁的《神曲》。这真是一个喜出望外的发现，犹如一个逃荒者进入了一个琳琅满目的藏金洞。这应该是父亲运回乡下老家的藏书。我不敢把书拿下楼来，就常常在星期天悄悄地独自爬上楼，半躺着如饥似渴地读啊读。半年时间居然将这些名著大部分读完。这些名著，不仅让我大开眼界，而且让我感到文学是如此神奇和美好，甚至影响到我以后考取大学以及对文史的追求……

时间过得真快，转眼间五年级已经读完，我贫瘠而快乐的小学时代就要结束了。没有毕业证书，也没有毕业典礼和聚会。记得一天下午，铁路那边右所中学一位眼睛有点深陷的校长模样的男人来到周校长办公室，不一会让我进去简单地问了一下情况，拿着几个档案袋就走了。周校长笑着告诉我，我被右所中学录取了，同时被录取的还有堂兄明娃和周燕玲、杨海成三人，下学期去右所大队那边读初中。刚刚熟悉的湾坎小学，刚刚结成好友的伙伴们，难道又要分别了吗？我懵懵地站在校长办公桌前，久久不愿离去。当时更没有想到，接下来我在铁路那边古老文庙里的右所中学，又经历了让人更加眷恋的初一岁月……

1974，难忘的村中一年

一、我的初中印象

草草过完年，终于送走了 1973 年天寒地冻的隆冬，同时也告别了那悲欣交集的小学时代。

1974 年春，终于上初一了，依然是在勉县农村。但在记忆中，这一年却是久久难以忘怀的一年。最具心灵震撼力的老师、最诚挚的少年友谊，以及那些后来看似荒唐在当时却自然而然发生的一切，都是那样令人难以忘怀，以致多年以后还常常回味、思索……

这一年初春乍暖还寒。在一个杨柳抽芽的清晨，我与堂兄马学东沿着芦苇飘雪的河堤，穿过一个幽暗的铁路涵洞，来到勉县右所中学报名。右所中学仍然是一个大队（村）办的学校，只有初中两个年级。学校距离祖母家不远，与湾坎大队实际上只有一两里路，但一条铁路的路基很高，遮住了两村之间的视野。右所大队的西边也一大片水田，水田那边是一个叫左所大队的村庄，再往西就是阳安线上的编组大站勉西火车站。好多年以后我才意识到，明代实行卫所制度，距勉县不远的宁强当时设有宁羌卫，右所、左所这两个奇怪的地名莫非都是明朝遗留下来的？

学校实际上建在被搬空神像的孔庙中，东、西两排厢房分别是初一、初二年级的教室。前面正殿则是教师办公室兼卧室。院子里已经没有什么古庙景观，只有两株苍老高大的森森古柏寂寞矗立，昭示着某种古老的存在。我们来自湾坎、右所、左所几个村小的孩子，还有附近三线工矿子校来的学生，组成了初一年级一个班，差不多有三十个人。我们的课程主要有"语文""数学""地理""政治"，还有一门当时新兴的"农基"，同学们虽然大多来自农村，但对这门课程不反感。教这门课程的老师因没有什么理论知识与教学经验，讲得云里雾里，还动辄瞪眼睛训斥学生，大家都十分反感。没过多久，这门课程就没有几个人上了，"农基"课也就不了了之。

突然来到中学，大家都显得很兴奋，彼此打量、问好，很快便消除了陌生感。只是发现来自工矿的同学穿戴相对"洋气"得多。记得初二年级刚刚转来一个来自地质勘探陕四队一名叫骆辉的女孩子，穿着一条前有纽扣的帆布西裤，大家竟然觉得十分惊讶与好奇，围着她像观西洋镜似的咯咯地笑。骆辉害羞地一溜烟跑回家，以后再也没有见她穿过西裤。

二、另类的张老师

记忆中的老师有语文老师张常青、地理老师朱建邦、几何老师熊庆伟和代数老师谭智聪，政治课则由校长周健华老师代上。

班主任兼语文老师叫张常青，是一个四十岁左右的中年男子，大背头，剑眉大眼，中等个子，开朗而幽默，喜欢披一件草绿色军大衣，显得很有风度和魅力。初中第一节课即为张老师的语文课，他讲毛泽东著名的《长征》诗。张老师先是微闭双目酝酿情绪，然后缓缓深情地将《长征》朗诵一遍："红军不怕远征难，万水千山只等闲。五岭逶迤腾细浪，乌蒙磅礴走泥丸……"他的男中音普通话雄浑深沉，且极富磁性，在此之前我还从来没有听到过如此标准的普通话。加上他有意无意模仿的伟人手势，教室里静谧极了，只有张老师浑厚而铿锵的朗诵声在教室中回荡，我们全班完全被他奇妙的朗诵艺术所震撼、所折服。

上完初一，家里决定让我转学去汉中上学。1975年元月的一天，我即将离开勉县去汉中。可能也是巧合，临走时，我去向张老师辞别，正逢他举办家庭宴会，他也留我参加。这天，右所大队的几位老领导及学校的熊庆伟、朱建邦、周建华、谭慧聪等几位老师都在座。吃饭时我才听说，张老师因很受当时勉县县委吕书记的重视，即将出任右所大队党支部书记，不再当老师。临走时，他赠送我一本好像是文学创作理论方面的书，上面题有他赠送我的一首诗，有几句还依稀记得："长征千里有故园，大树参天根深盘。峥嵘岁月战风浪，高举红旗过雄关。"

过完年我即转学到了汉中，后来同学来信说张老师出任右所大队党支部书记后的一两年里，大队"抓革命、促生产"搞得红红火火，常常受到县委领导表彰，县委书记还在右所大队召开现场会，集中全县各个公社、大队负责人学习右所大队的"先进经验"。但时过境迁，张老师后来还是回到教师队伍中来了，曾经先后担任勉县八中校长和在县教研室工作。1992年秋，我去勉县返汉途中，特地去位于纪寨乡村的勉县八中看望他。十七八年了，张老师明显苍老了许多，头上也谢顶不少，但说话声音仍然洪亮。他告诉我，由于在六七十年代耽误了上大学，他在八十年代狠抓学历提升，每周骑自行车去汉中电大上课，后来终于拿到大学中文本科文凭。遗憾的是，那天时间已不早，仅仅只在他房间坐了不一会儿即匆匆辞别。他送我走出校门，在秋天萧瑟原野的衬托下，当年雄姿英发的张老师显得苍老而忧郁。他挥了挥手让我走，我走了好远，回头望去，看见他仍然站在那里……又过了十来年，我再向勉县同学打听张老师情况时才听说，张老师从勉县八中调回县教研室工作不久的一个星期天，突发心脏病去世。我知道这一噩耗时，心情沉重了好几天，望着嘉陵江北的无数云山，默默哀悼。

三、难忘的同学情谊

初中阶段，我只在勉县农村读了初一，随后转学到了汉中。但1974年的右所村办初中学习生活留给我的却是少年时代最快乐、最让人眷恋的记忆。虽然在勉县读初一的时间十分短暂，但我与许多质朴、诚实的农村同学结下了难忘的友谊，至今我仍然常常念及。我在右所中学的朋友中有老成敦厚的张国录，有心地善良却沉默寡言的张新娃，有美丽白皙的庄玉红，有聪明伶俐的周燕玲，有机灵智慧的袁润林、熊国庆，有漂亮却老爱嗔怒的吴慧芳，有少年老成的蒲水生，还有性格截然相反的章湖苹、章济生两姐弟。

少年时代的友谊是单纯的，也是真挚的。尽管这一年大多数往事已如过眼云烟，遗忘在岁月尘埃深处，但有几件事是令我永远难以忘怀的。

记得 1974 年暮春，张老师组织我们去洋县东韩村参观地主庄园"阶级斗争展览"。天不亮，我就与堂兄明娃摸黑赶到了勉西火车站。不一会，班上同学也陆续到站台集合。去洋县时，我们乘坐的是绿皮火车客车。由于是第一次坐火车，第一次集体出远门，大家格外兴奋。班主任张老师亲自领唱打拍子，我们集体高唱《草原上红卫兵见到毛主席》《毕业歌》等歌曲。望着窗外飞掠而过的大片浓绿麦田，心情说不出有多舒畅、激动！但好景不长，车到城固，张老师招呼我们赶紧下车，因为火车不经过东韩村，要绕很远的地方才能到洋县站。我们只好下车，沿着尘土飞扬的公路徒步行走。时至中午，天气已经很炎热。走在公路上，肚子饿了，口干舌燥，不知不觉我掉到了队伍后面。突然，平时很矜持的庄玉红主动夺过我的背包，帮我背了好远一程。那时我口笨，不会说"感谢"之类的话，心里却是热乎乎的。到了东韩村，发现各地来参观的人络绎不绝。我们好不容易排队进去，却发现院子里和房间里只是摆放了一些红红绿绿的古代兵器和几道皇帝诏书，一个女讲解员用洋县普通话滔滔不绝地讲着什么。我们看并无什么特别的东西，也就没了多大兴趣。我们几个男生溜了出来，在街道上凑钱买了几个馒头和两瓶汽水狼吞虎咽吃喝。此时，我们大队人马也参观完毕，走出了地主庄园。

返回时仍然是长途步行回城固。记忆中，走到城固钟楼时已经暮色苍茫，在影影绰绰的钟楼下面，我忽然闪过一个强烈念头，想脱离队伍跑到原公外婆家看看。离开童年时生活过七年的原公已经三年多了，经常思念外爷、舅舅他们，现在已经到了城固县城，距离原公只不过十几公里，走路大概也就两个小时。但天色已晚，张老师又严令不准擅自离队，加之次日要上课，只好怏怏放弃了开小差的念头。

到城固火车站已经是晚上，不知为什么带队的张老师没有让我们继续乘坐客车，却让我们像"盲流"一样爬上装煤的货车车厢上，"偷渡"回勉县。好在那时年轻，也毫无怨言，反而觉得很刺激，有点成了"铁道游击队"的自豪感。那天夜里。我们坐在装满煤炭的车皮上，在风驰电掣中望着夜空满天星斗，大家又说又唱，一曲"抬头望见北斗星，心中想念毛泽东……"唱了又唱，直到半夜时分才到勉西站。等到我与堂兄疲惫不堪地回到祖母家时，远近村落的鸡叫声已经此起彼伏了。

在那个特殊的年代里，中学"学工""学农"等要占不少时间。右所中学靠近阳安铁路路基下河坝树林有两亩多农田，是我们的校办农场。冬天种麦，夏天插秧，夏秋抢收，都由学生承担。这一年春末夏初的一天，我们来到农田学插秧，挽起裤腿跳入还有些冰冷的田里，一下就陷入很深的泥巴中，女生那边不时传来一声尖叫。田埂上有农民伯伯不断扔过来小捆秧苗，我们就模仿他们撮着秧苗插入水田。插了一会，回过头看，秧苗插得歪歪斜斜的，有的还漂浮在水面上。突然，我感觉小腿上一阵疼痛，抬腿发现一个肥肥的大蚂蟥已经钻进腿肚子一多半，只有尾巴在外面摇曳。我不由得惊呼起来。一位指导我们学农的农民连忙喊"千万不能硬扯"，跑过来连连拍打了几下我的腿，大蚂蟥才很不情愿地溜了出来。那一天，腿上流了不少血，好在庄玉红、袁润林等同学从家里拿来了纱布和云南白药，总算才止住血。

在祖母家，一年难得吃上一顿肉。一是家里当时确实十分贫穷，根本无钱购买；二是祖母一辈子吃斋信佛，总是食素，每天基本上都是稀饭、红薯或土豆加酸菜。有时实在太饥馋了，就把二伯家扔在墙角的骨头拿过来偷偷地在炉子上煮点汤喝，多少算是尝了点肉味。当时无论老师还是同学，都说我是班上最瘦弱的。记忆中最美味的"吃货"是周燕玲从家里偷偷拿来的用荷叶包着的腊肉和袁润林从家里偷出的"老鸡蛋"。他们暗地里给我，尽管我狼吞虎咽，但他们还总是催我快点吃完，生怕老师与别的同学看见。多少年了，每每忆起，仍然有一种想大快朵颐的饥饿感，眼睛也随之湿润起来。只是这样的情景再也不可能出现了。现在，经常外出参会、讲座，面对满桌美味佳肴，常常望而生畏，反而成了"素食主义者"。

岁月荏苒，一晃四十多年过去了。听说我们当年的右所中学早已撤销和拆迁，我们曾经就读过的校园早已荡然无存。当年同学的情况偶有耳闻，堂兄马学东一直在农村，后来学了木匠，收入不菲。前年与庄玉红取得联系，她说已经从一乡村学校退休，儿子已娶媳妇，自己在等待做奶奶了。袁润林据说已经成为右所村远近有名的娃娃鱼养殖户。张国录、张全安也成了本地著名的能工巧匠。吴慧芳、章济生、吴秀苹在微信上不时露面，询问他们做什么工作，却一直没有回复。不幸的是，张国录、张新娃（宝清）同学已经因病永远离开了我们。

近年与庄玉红联系，我们一直有个愿望，希望什么时候能组织右所中学1974级同学聚会。花开有重日，人无再少年。离别四十多年了，少年时代的同学再度相逢，会是怎样的情景呢？但有一点可以肯定，别时青涩少年，重逢两鬓霜染。岁月会带走多少浮华烟云，却永远带不走那个年龄段的纯真与友情……

附记：2019年9月20日，这个愿望终于实现。恰逢赴陕西勉县参加三国学术会议和汉中《汉中通史》编写会议。会前就与庄玉红联系，相约借此机会与老同学聚会。会议结束的当天中午，由庄玉红作东，在勉县县城汉府大酒店，终于与当年初中同班同学庄玉红、章济生、杨海成、吴慧芳、吴秀苹、王全安、张全安七位同学及当年教我们数学的熊庆伟老师重逢欢聚。大家激动拥抱，握手言欢，尽情倾诉长达45年的离别之情。惜章湖苹、袁润林未能到达，而张伟青、熊国庆二同学已经先后与世长辞，闻之悲伤。临别时大家相约，今后如有机会应该常聚常联系。

外 爷

岁月荏苒，屈指一算，外爷辞世已经四十五年了。

与外爷相处的日子差不多都是在孩提时候。残留在记忆中的印象虽然只是一些断断续续的碎片，但并非完全模糊，有的甚至十分清晰。

1964年春，幼年的我离开生活四年的勉县县城奶妈家，辗转来到秦岭脚下湑水河北一个叫西原公的镇上。记得那是一个天色灰蒙蒙的中午，母亲带着我乘坐一辆公共汽车一路颠簸，在一个叫斗山的山下站口下车，涉水过了只有冽石（墩石）的湑水河，又走了好远一段乡村土路，穿过几条曲里拐弯的街道，黄昏时分来到外爷家。我并没有马上见到传说中的外爷，只是正在做饭的外婆抹着眼泪迎接我们进门。

直至晚上才见到从地里劳作回来的外爷。外爷中等身材，戴着一顶陈旧的蓝色毡帽，留有一撮花白的羊胡须，满脸疲惫。或许太劳累，对于我的到来，他并没有特别高兴，似乎苦笑着打量了我一下，就捧起外婆端上的一大碗"拌汤"（麦面面糊，加上浆水酸菜搅和而成）呼呼地喝完，跟母亲说了两句话后，就去里屋睡觉了。

次日清晨，母亲叮嘱我几句，就匆匆离开了外爷家。外爷拉着我，坚持把母亲送到十里外的斗山乘车点，直到目送那辆破旧斑驳的公交车消失在通往县城公路远方的尘埃中才往回走。我体弱，半路上走不动了，他就背着我回去。以后每年春节母亲回家探亲返回时，外爷都是如此，总要相送一段路，母亲苦劝他早点回去也无济于事。这一次母亲是要去西乡，后来才知道，当时全国都在进行"社会主义教育运动"，母亲当时被单位派往西乡农村，容不得在外爷家多停留，就直接从城固去了西乡。从此我就被留在了这里，一待就是漫长的七年。

外爷家虽然在乡村，但住宅却非同寻常，并非想象中的篱笆茅舍，而是一座颇有气势的三进三出深宅大院，院子里有规整的方砖铺地，四周栏杆也全是由雕刻了花纹的青色长石条垒砌而成。院子中南北两个角落分别有砖砌的"花台"，鲜红的石榴花与粉红的夹竹桃正寂寞地盛开。院子四周有砖砌高墙围拱，房子青砖黛瓦、飞檐挑梁。走廊上有巨大的木柱子支撑，虽然油漆早已掉尽，显得斑驳老旧，但一切都昭示着这一家族非凡的来历。几年后我才从外爷一次偶然的闲聊中得知，尚家祖上在清朝当过官，院落就是祖上传下来的，可能有两百多年光景了。外爷的这一说法后来得到了验证。前几年我陪同母亲回城固原公镇探望年近百岁的大外婆，舅舅拿出一个锈迹斑驳的银锭让我看，说是在院子里修小楼挖地基时发现的。我仔细端详，上面清楚地有"嘉庆五年"阴刻隶书字样，应该是当年修建宅院奠基时所埋，应与《三省边防备览》与《续修汉南郡志》

作者严如熤属同一时代。小时候我清楚地记得，最北面大外爷家正堂屋门匾上镌有硕大的阳刻"骠骑将军""忠厚传家"字样，联想到嘉庆年间的陕南城固、西乡、洋县一带正是白莲教甚嚣尘上之时，外爷家祖上应该有一位清朝的武官，很可能是因为镇压白莲教有功，甚至可能蒙皇恩赐封，发迹起家，有了财富，修建了这个院落。但多年以后我查阅了地方志，并没有找到相关记载。母亲说，小时候听外爷说过，尚家是明代成化年间从陕西关中高陵迁徙而来的，明清有数人考中进士，成为原公一带的名门望族，但到外爷这一代时已经家道中落。外爷他们这一代是三弟兄，老大也就是我的大外爷长期在宁羌（强）火柴厂做账房先生，前妻死后就地娶了一个大脚婆姨就是我大外婆，我还记得小时候姨姨们都管她叫"新妈"。大外爷一直活到20世纪80年代，我在西安读大学时曾经给他去信问候，他用工整的毛笔小楷回信曾让班上的同学艳羡不已。毕业后的一次暑假回城固探望，他还拉着我的手谈论国内外大事。1987年夏天，他无疾而终，我也曾经陪同山东回来奔丧的大舅一同回去吊唁。二外爷在抗日战争中被抓壮丁到了河南，后来在淮海战役中被解放军俘虏，被遣返回乡。60年代初尚健在，沉默寡言，嗜酒。我小时候的记忆里，二外爷常常是一副凶巴巴的样子，经常对二外婆拍桌子瞪眼睛大动肝火，不过对我倒很慈祥，曾送给我过一本很旧的"三国"连环画小人书，上有刘备与曹操喝酒的故事（应该是"煮酒论英雄"情景）。可惜，60年代末他就不在了，在三兄弟中去世最早。外爷姓尚，名建功，还有字，曰"云台"，应该是曾祖父一辈曾寄希望他能建功立业，获取功名。家里三弟兄中他最为辛苦，以前是商人，家里做姜黄生意，经常用骆驼贩运姜黄到青海西宁、甘肃兰州一带，然而再运回食盐、布匹回老家，赚取差价，负责全家几十口人的衣食。中华人民共和国成立前尚家三弟兄一直聚族而居，没有分家，在一个大锅里吃饭，外爷的长途经商成为全家族的主要生活来源。我到原公时就发现一个奇怪现象，即外爷家厅房青色地砖都是坑坑洼洼的，布满小坑，外婆告诉说那是雇工在厅房砸姜黄砸出来的。

长途贩运姜黄并非易事，除了价格动荡不定外，还不时遭遇土匪抢劫。听外爷说，当时从汉中至甘肃、青海的漫长路上，如果商队不幸遇到土匪，不仅血本无归，而且有丢掉性命之虞。因为经商和在外当兵，外爷三弟兄家里的土地很少。土改时，只是给外爷定了个"小商"成分，大院仍然归尚家所有，因而才有我童年所见的有点像红楼梦中的"贾府"式庭院。

外爷粗通文学，喜欢读小说，而且能够拉一手动听的二胡。20世纪60年代末，外爷家院落后边的大队部成立了一个"毛泽东思想文艺宣传队"，大外爷的女儿也就是我的秀丽姨姨，年轻漂亮且能歌善舞，是宣传队表演文艺节目的积极分子。当时大队专门为宣传队在大队部场院里修建了一个颇有规模的砖土舞台（记得修舞台时，我们这些小孩子在队部坝子立起好几溜红砖，玩过类似多米诺骨牌的"排排倒"游戏）。一天晚上，舞台上灯火辉煌，吹拉弹唱，锣鼓管弦，唱歌舞蹈，好不热闹，场地里黑压压地全是赶来看节目的群众。外爷也兴冲冲地带着我前去观看。演了半场，突然宣传队队长在舞台前报幕处高喊外爷的名字，肩膀上背着我、正挤在人群中看节目的外爷显得很恐慌，以为要批判他，感觉他身子不断地颤抖。实际上虚惊一场，原来是一个熟人让他上台演奏。他放下我，被人拉上台子，接过一把二胡，居然凭感觉拉奏起了轻快激昂、行云流水般的《大海航行靠舵手》，好像接着还拉过一段《不忘阶级苦》二胡独奏，赢得了台下群众的热烈掌声。显然，宣传队早已知悉外爷会拉二胡。其实我也听他拉过秦腔，但没有想到他还会演奏当时的流行歌曲。这天晚上，外爷回到家里后显得很兴奋，倒背着手，在厅房里来回踱步，嘴里仍然哼着《大海航行靠舵手》曲调，很久还无法睡觉，真有点返老还童的样子。与平时的愁眉苦脸相比，此刻的外爷简直判若两人！这大概也是我记忆中外爷少有的一次高兴。

外爷写得一手颇有书法功底的毛笔字。每年除夕，他都会为左右邻居写对联，也会在自家门框上贴上鲜红的过年对联，当然内容都是那个年代流行的毛主席诗词。一年除夕下午，外爷研好墨，让我压住纸角，右手拿起毛笔眯着眼睛屏气运神，然后龙飞凤舞，一挥而就，"春风杨柳万千条，六亿神州尽舜尧"十四个飘逸秀美的碗口行书跃然纸上。他难得地咧嘴笑了笑，似乎有点自我欣赏的感觉，然后让舅舅贴在厅房门两侧。对联鲜红似火，顿时增添了过年的喜悦气氛。好多年以后，我陪同母亲回原公，发现外爷遗留的这副对联已经被转移悬挂在堂屋中神龛上方外爷消瘦的老照片两侧。虽然经过多年的烟熏尘封，对联红纸早已发黄，变得斑驳破旧，墨迹也褪色不少，但"春风杨柳万千条，六亿神州尽舜尧"字样依旧可辨，这或许是外爷遗留在老屋的唯一手迹。这样摆放，应该也是舅舅对外爷祭奠与怀念的最好方式。

外爷家房屋东侧有一小茅草猪圈，里面喂养着一头不算大的"毛猪"。我来外爷家不久，即开始了人生最早的"劳动锻炼"，那时我五六岁，还没有上小学。每天早饭后，要么挎着竹筐与几个农村伙伴去田野或山上挖猪草，要么与表弟茂林一道跟随外爷去秋收后的水稻田里挖"谷茬"（水稻收割后残存在水田里的根部）担回家晾干后垫猪圈，作为肥料。挖"谷茬"其实是很累的农活，赤着脚，在深秋尚残留余水的田间挖一会就会腰酸背痛。此时，外爷就会让我们坐在田埂上，从衣服衬兜里掏出一个旧香脂盒子，里边有切成几瓣的水果糖，分发给我们兄弟俩，他也笑眯眯地放一块到嘴里，然后靠在树边歇息一会，有时竟会不知不觉睡去，发出轻微的鼾声。而我与表弟品尝着那些带着淡淡香脂味道的水果糖，全然没有感觉到有异味，嘴里反而有说不出的香甜，这或许是童年的我在那个贫瘠的乡村唯一"甜"的回忆吧！后来我知道，当时糖属于限购物资，一般商店无售。母亲知道外爷喜爱甜食，所以每次回娘家总是想方设法给他买点水果糖或点心。外爷平时舍不得吃，将水果糖或点心切成多个小方块，在遇到高兴事或奖赏舅舅、我与茂林表弟时，才会拿出来食用一点。多少年过去了，每当想起童年，那份带有香脂味道的甜香就会从记忆深处涌上心头、涌上味蕾……

在外爷家最值得回忆的则是听他给我们读书讲故事了。有一年冬天，忙碌一天后，吃完晚饭，夜幕降临，村子里已经一片寂静。外爷如果心情好，就会微笑着戴上老花镜，小心翼翼地从柜子里拿出一本皱巴巴的书来，坐在一张老八仙桌前，招呼我和表弟茂林坐在他两旁，一边往长柄烟锅里装入自种的旱烟碎末，长长地吸上两口；一边凑近昏暗的煤油灯下，眯着眼睛用悠绵的城固话朗读，然后讲解书中的故事。记得一次他读一部叫《儿女风尘记》的长篇小说，在略微有些呛人的袅袅烟雾中，我们一边听，一边摸着外爷发热的长铜烟锅取暖。故事讲完了，烟管也渐渐由烫变温变凉，我与表弟听得入迷，久久不愿离开，仿佛依旧沉浸在书中小马一家流浪的故事里。小说虽然讲的是中华人民共和国成立之前的故事，但把幼年的我们带入了一个小说构成的特殊境界。

我一直到1968年才报名上小学，当时已经八岁。此前在村子里叫"十间房"的地方上过几天所谓的"幼儿园"，但没有几天，又关门不让去了，只在那里学会了一首歌，就是《学习雷锋好榜样》。说到上学，首先还要感谢外爷。他听说镇上唯一的原公寺小学（一度改名永红小学）开始招收一年级学生后，就匆匆在第一时间领着我去报了名。到开学第一天，他特地委托秀芬小姨带我去学校办理入学手续。当时几乎没有什么学前儿童读物，连类似于后来"看图识字"之类的书都没有。但上小学之前，外爷为了让我识字，在农闲时裁了许多牛皮纸小方块，上面用毛笔写上"天、地、大、小、猪、马、牛、羊"等字样让我识字。等到上了小学，老师第一周检测学生的文化基础，我竟然是全班识字最多的一个，以至于一年级时，语文老师有时有事偷懒，干脆让我上讲台代替老师教同学们认字。外爷干农活很劳累，但对我还是很关心。一次有个高年级男生踢足球，撞击了我胸口，我感到有些闷痛。外爷听说后立即背着我去学校找了校长反映此事，又带我去镇上卫生院做了检查，诊断没什么问题才放心回去。当时我伏在外爷背上，情不自禁地流出了眼泪。

十一岁那年，可能是外爷家已经负担不起多一人的口粮，母亲又把我接走，转送到勉县乡下祖母家。那天清晨，外爷送我和妈妈走，走过镇上熙熙攘攘的街道，走过稻浪滚滚的田坝，趟过依然没有桥的湑水河，一直送到七年前我们来时斗山下的站台。等了一会，班车就从许家庙方向来了，外爷的神态有些黯然，但也只是淡淡地挥了挥手，叮咛我好好念书，就让我们赶紧上车。汽车行驶了，走了很远，我透过汽车后窗回过头望去，消瘦的外爷仍然在向我们挥手，直至汽车转弯再也看不见……

最后一次见到外爷，是几年以后的一个正月舅舅结婚的时候。那次也是我们唯一一次全家最齐全地回外爷家，包括哥哥、妹妹和从来没有来过城固的姐姐，大家特地在汉中会合，一起赶到城固参加婚礼。那时外爷已经病得很重，但仍然硬支撑着从病榻上起来在院子里招呼来参加婚宴的亲戚乡亲并一一敬酒，并欠身答谢。过年后不久，大概是三月的时候，我在勉县听姐姐给我说，母亲来信了，说外爷已经去世。舅舅结婚那天，是外爷最后一次下床，正月没过完就走了。外爷走时并无遗憾，走得十分安详。

离开外爷家四十多年了，童年岁月如绚丽而斑驳的星云渐行渐远，但每当回忆孩提岁月，就会想起外爷那疲惫面慈祥的面容。在我心目中，他是一个普通的老人，却又是一个不平凡的人。或许，他就是数千年历尽沧桑的中国农民的缩影……

（2019 年 1 月初稿，2019 年 6 月二稿）

转学汉中

1975 年 2 月上初二时，我由勉县转学到汉中第一中学，迎来了完全陌生的环境与生活，这彻底改变了我生活的轨道。

父母没有房子，从我出生开始，父母就一直租住在别人家，可谓寄人篱下，因此只好把哥哥和我分别寄养城固、勉县乡村。当我们长到十几岁后回到汉中时，社会形势渐渐稳定下来，这一年母亲好不容易从房管局要到南门外原城墙边马路旁两室一厅的房子。离散多年，我们一家总算可以团聚了。虽然几十家人全住在那个大院子，有点老电影《七十二家房客》里演的那个味道，但邻居关系还是和谐单纯的。

转学似乎并没有费多大周折。记得是过完年不久一个春寒料峭的早晨，母亲带着我走进"中学巷"巷口一个铁栅栏大门，这就是汉中久负盛名的中学。经询问传达室老师傅，我们穿过学校西侧一个古树参天、清幽安静的院落，走过一个居然还保留有古香古色荷池亭榭的长廊，找到了一中领导办公室。因母亲单位农科所系一中"学农"合作单位，所以凭一张农科所的介绍信，我很顺利地在校领导办公室报上了名。那时的校领导不叫校长，而称"校革委会主任"。一中的革委会主任是一个红黑脸膛的中年汉子，腿脚有些瘸，据说是在抗美援朝时警卫员擦枪走火被误伤所致。他仔细审阅了介绍信，虽然面无表情，却明确地说农科所的孩子要接收，最后爽快地签字同意，并让旁边年纪更大一些的李姓教导主任带我们去办理入班手续。

然而，不知这位教导主任出于何意，竟然将我分到后来才知初二年级最乱的初二3班。一走进教室，心就凉了半截。当时刚好下课，一大群飞扬跋扈的男生围在讲台前，带着某种挑剔甚至挑战的不友好眼光打量着我这个从农村转来的"新同学"。班主任姓张，一个看起来有些怯懦疲惫的中年男人，似乎毫无威信，几个男生猴子般扒在他肩膀上，一个男生居然恶作剧地把他的帽子扔到空中当作飞盘玩耍，引得一阵哈哈大笑，班主任居然只是尴尬地笑了笑。上课后，一位头发已经雪白的数学老师认真地在演算公式，但没有几个学生听课，不时有学生将课本扔向空中，哗哗作响；或者用弹弓夹上小石子射击教室窗户玻璃。老教师忍不住批评几句，却根本不管用。一堂乱哄哄的课下来，我感觉透心凉。原先在勉县虽然上的是农村中学，毕竟学生还守规矩，老师也受人尊重，班主任更有不可侵犯的权威。而堂堂的名校汉中一中，课堂如此混乱，学校居然不闻不问，这不能不让人大失所望，我甚至当时就有了坚决退学重新回勉县上学的念头。

印象中，从初二至高一，学校基本上没有让我们认真上过几天课，大部分时间不是"学工"就是"学农"，或者在学校"挖地道"，"劳动"成为我们的"主修课"。学校在距离很远的秦岭脚下的武乡公社毛堰大队办了一个农场，每个年级每个班轮流住在毛堰，在那里"劳动锻炼"。所干的无非就是送肥、挖土，夏秋抢收麦子、水稻，实际上并没有什么农民大伯大婶教导我们学习农活技术，常常累得腰酸腿痛。

三十七年后的前年春天，我回汉中参加学术研讨会，期间专门邀约几位当年中学同学重回"毛堰农场"故地，未料校办农场已经完全不是印象中的当年情景。原野中当年规模很大的农场院落仅仅只留下半面斑驳风化不堪的残墙，而且似乎要不了多久就将不复存在。残墙周围几乎一片荒芜，只有衰草茫茫一片。伫立农场遗址，凉风阵阵掠过，一时大脑中一片空白，竟有一种难以言状态的悲哀！怎样也无法在想象中复原当年我们几院场房、绿油油的田野、丰收在望的农田，以及风华少年在这里曾经辛勤劳动、苦中嬉闹的场景。难道，这就是留下我们风华正茂时代的青春驿站吗？近四十年过去了，"毛堰"已经成为我们这一代青春祭祀的代名词。

即使不下农场，去汉江河拉沙子与挖地道也是我们的家常饭。各个年级在校园用铁镐挖掘很深的地道，也叫防空洞。久而久之，地道壕沟已经挖得很深了，经常有同学不小心溜下去摔伤，这样反而可以请假"逃避劳动"。挖地道的具体场面还记忆犹新：男女同学排成队，轮流下地道作业，而且挖土、吊土、堆土、运土一条龙，虽然可以嘻嘻哈哈，但成年累月单调重复的劳作生活难免让人厌倦，校园四处布满了大坑与土堆，教师们上课得绕道而行。这样的事情在今天的中学是不可想象的，即使学生不说什么，家长们肯定会群起抗议。

1976年1月的一天清晨，我和哥哥正在起床的时候，忽然窗外的寒风中传来阵阵低回悲伤的哀乐，细听广播方知是周恩来总理病逝。我们一中的学生为周总理举行了庄严肃穆的追悼大会。不大的高中年级院子里，摆满了花圈与手织小白花，会场正前方墙下端放着周总理英俊而略带微笑的画像。记得高三年级的老大哥黎中伟代表全校师生致悼词。军分区军人家庭出身的黎中伟，身材魁伟，一脸正气，穿戴军衣军帽。他缓缓举起左手，用略带悲怆的男中音朗读充满悲壮的散文诗悼词。在场数百男女学生一片呜咽，追悼会最后在庄严的《国际歌》乐曲中结束。

1977年夏，我们还被安排到汉江机床厂"学工"一个月。汉江机床厂（又简称"一厂"）是一中的学工定点单位，我们高二4班男生全体住在工厂的一间大房子里，打地铺，地铺垫子由稻草绳结而成，上面铺上床单就是床铺。每天与工厂工人一道去车间，在工人师傅指导下上车床加工零件。记得给我安排的师傅是一位穿着蓝色工装的年轻女工，她沉静寡言，教了几遍操作技术要领之后就让我自己干，她在旁边默默地看着。技术难度不是很大，一个月下来，我们也掌握了加工简单零部件套筒、螺丝、工具刀之类的技术。

在机床厂的学工并没有给我留下什么深刻的印象，倒是学工期间每天晚饭后我们在工厂附近的褒惠渠游泳与褒河大桥的散步给我留下了长久记忆。特别是面对神秘的褒谷口，我第一次萌发了探讨历史的念头，这一情景我在散文《历史长河褒谷口》中有较详细的叙述。

学工的日子很快就结束了。记得临走时我的那位女师傅说，国家可能快要年度统计恢复考大学了，她想学点数学，苦于没有书。我听之惘然，似懂非懂。但进入秋天，就不断有国家恢复高考制度的传闻，似信非信中却一直没有可靠的消息。冬天，形势终于出现大变，先是学校开始礼送进校多年的"工宣队"归厂。"工宣队"与校革委会办公室相邻而居，队长姓皮，是一个凶巴巴的北方瘦高男人。皮队长平时喜欢在校园里倒背双手转悠，师生往往敬而远之。那天"工宣队"临走时，我看见皮队长提着两个大箱子，多少有些灰溜溜的样子。不可思议的是，我们的语文老教师谢元隆老师见皮队长要走，赶紧趋前握手，让人愕然。这个皮队长在学校以往的多次批判会上可没有少呵斥过谢老师，可能此时握手与其说是惜别，不如说是"送瘟神"，当然也不排除善良而旷达的谢老师以德报怨的高贵情怀。到了深秋，教育形势愈来愈好。枯木逢春，老教师们脸上整天呈现欣喜的笑容。

终于恢复高考了。

怎样也没有想到，我竟然被学校选拔出来，以高一学生的身份参加第一届高考。当时我年仅十七岁，加之初中、高一三年的文化课程几乎全部荒废，其实根本不具备参加高考的资格与实力。但年级组长兼语文谢老师却竭力推荐让我去试试看。那时，我主要是语文特别是作文还不错，但数理化知识基本属于空白，英语更是字母都认不全。但既然学校让我上考场，我也就懵懵懂懂地走上了高考考场。一个多月以后，成绩出来，据谢元隆老师说，我语文成绩全市前三名，作文居然得了满分；但数学太差，只是个位数。后来录取分数线出来，虽然差几分遗憾落选，但给我后来的高考带来了信心……

最后的高中时代

——纪念参加高考四十周年

高考，对于今天的青年而言是一个再熟悉不过的高中毕业后进入大学的考试制度。然而对于我们这一代来说，高考却是曾经多么遥不可及却又忽然降临在面前的命运！

1977年夏，学校安排刚刚升入高一的我们去汉江机床厂下车间学习车工与磨工，每个学生都有师傅负责指导。很多人认为学工、学农或者上山下乡理所当然，当时并没有预见到后来会发生什么变化。一天，鲁富华同学不知从哪儿知道的消息，忽然神秘兮兮地与我耳语，说他听到一个小道消息，国家可能要恢复考大学了。乍一听无异于天方夜谭，觉得十分遥远。然而，不久事实就证明鲁富华所说竟然并非虚言。进入秋天，各方面形势和气氛都在渐渐发生变化，老师们个个显得兴奋起来，平时胡打乱闹的调皮学生渐渐偃旗息鼓，而那些学习成绩优秀的学生则不断受到学校重视与老师表扬，成为同学们羡慕的对象。

1977年夏，我们被安排到汉江机床厂"学工"一个月。七月底的一天，我们高一（4）班在班主任偶瑞老师的带领下，徒步近 20 公里来到位于秦岭南麓的这家大工厂。男生全体住在工厂的一间大房子里，睡地上的通铺，地铺垫子由稻草绳结而成，上面铺上床单就是床铺。大家都是十七八岁的男生，正值对异性萌发想象的时候，晚上睡觉前难免会说一些粗俗的"想象故事"，或者议论学校某个年轻女老师或班上某个漂亮女生的轶闻趣事。

经过分组，我被分配至三车间，每天与工人一道去车间，在工人师傅的指导下在车床上加工零件。我的师傅是一位穿着蓝色工装的年轻女工，姓青，沉静寡言，经常面带忧郁，不知为什么常常唉声叹气，教了几遍操作技术要领之后就让我自己干，她则在旁边默默地看着。

在机床厂学工并没有给我留下什么深刻的印象，倒是学工期间每天晚饭后是我们最开心的时刻。工厂南边不远处就是从褒河引来的褒惠渠，渠深且宽，碧清可饮的渠水在炎热的夏天对我们来说是一大诱惑。一到黄昏，我们成群结队来到渠边，纷纷跳入清凉凉的渠水游泳嬉水，好不快活。我在勉县农村读小学时就学会了"洗澡"（游泳），并且喜欢跳水，因此在同学中我游泳是比较积极的。在同学中，杨毅、邓建民、李红岗、王卫民、蔡长青等都是游泳好手，敢于从近 10 米高的褒惠渠涵洞上端俯冲跳入水中，经常引得一阵喝彩。但游泳也遇到过危险。有一次为了表现勇敢，我连试水都没有试过，脱掉衣服就一个猛子跳入刚刚雨后涨水的褒惠渠，差一点撞到水底的一块大石头上，现在想起来都有些后怕。那些日子，我们常常与张东风、周晓岗、邓建民等到褒河大桥上散步，特别是神秘的褒谷口，一次次引发我对历史的遐想，这一情景后来我在散文《历史长河褒谷口》中有较详细的叙述。

记得当年十一月的一天，教务处突然通知我们几个高一同学去学校会议室开会。到了会场发现其他同年级班的学习"尖子生"钱跃民、王宇、孟庆玉等同学也在座。校革委会主任（校长）仍然是那副见惯了的红油脸，但一改平时的严肃，显得很兴奋。他以浓重的关中口音一本正经地说，国家已经决定恢复高考制度，我校在汉中是代表性学校，一定要考出好成绩，高一学习好的部分同学也可参加，失败了也不要紧，高二还有机会，所以大家要有信心，努力准备，争取考好。

高考时代终于又重新来了！对我们来说，不是恢复，而是全新的机会与挑战！

学校准备让部分具备一定优势的高一年级学生提前参加考试。高一年级主任谢元隆老师通知我说，高一选拔学生名单中有我，让我抓紧准备，参加12月的高等学校入学考试。听了谢老师的通知，我既兴奋又紧张，实际上当时对什么是高考完全是懵懵懂懂的。此时距离高考只有短短两个月时间，我只能仓促应战。

到了10月底，学校仓促组建了一个高考复习班，由高二与高一学生组成。于是，前几个月前还在工厂练习开机床、"车"套筒的我们，捡起荒废多日的数学、化学、物理、历史、地理等课本开始夜以继日地"囫囵吞枣"。要在短短两个月之内完成初中、高中四年的课程谈何容易，但我们也只能尽力而为。还没有掌握多少考试科目知识，人生第一次高考就来到了。

1977 年 12 月 22 日的早晨，我随着众多青年学子涌向汉中三中考场。第一天上午先考数学，拿到试卷我一下懵了，面对密密麻麻的几何、三角、函数试题，我几乎全部不会，后来勉强做了几道题，也是连蒙带猜，很难有把握。我突然觉得这高考对我而言几乎就是一座不可逾越的高山。好在下午的语文和次日的历史、地理答题还算顺利，至少有不少知识平时都比较熟悉。语文似乎只是改写一篇长文，我还恣意发挥了一番，与第二年的作文题目《陈伊玲的故事》相比还是相对容易一些。一个多月后高考结果出来，但高一学生的成绩只是参考，没有公布，只有少数老师知道。慈祥的谢老师笑眯眯地告诉我，数学分数只是个位数，但语文成绩全市排第三，特别是作文得了满分。听了这话，我说不出是高兴还是惭愧，总之，觉得自己离考取大学尚有很远的距离。当时汉中以高一身份参加高考被录取者寥寥无几，据说只有汉中三中高一的韩玲等极少数学生被录取了。韩玲考取了陕西师范大学中文系，后来成为我在汉中师范学院的同事。

1978 年 9 月，我们这一届文理分班，我自然选择了文科班。学校委派语文王牌老师高英武担任我们文科班班主任。毋庸讳言，文科班主要由两种人组成，要么是出于对文史的特别爱好，致力于文科学习者；要么就是报考理科全无希望者，这两种情况我兼有。我们这个班还有一批来自毛堰大队的农村同学，他们的基础就更差，只是想勉强混完高中拿个文凭而已。

承蒙高老师信赖，文科班一开学，高老师就直接任命我为团支部书记，同时任命直爽豪放的女同学王翠苹为团支部组织委员，赋予我们管理班级的"大权"。实际上就"管理"而言，记忆中好像只干了两件事。一次是为班上要求入团的同学讲过一次"团课"。那天本来是王翠苹邀请校团委一位副书记来讲，可是那位副书记家中临时有事来不了，而听课的同学已经在教室里坐满了，为了应急，我就毛遂自荐，毅然决定由我来讲。在王翠苹迟疑的目光中，我几乎没有时间准备就登上了讲台。那是暮春的一个晚自习时间，我也不知哪儿来的勇气与精神，在讲台上居然从巴黎公社一直讲到五四运动、抗日战争，主题是热血青年是任何一次革命运动的启蒙者和先锋，讲得慷慨激昂，口若悬河。讲毕，同学们热烈鼓掌，自己也觉得很陶醉。演讲中，我注意到高英武老师曾经出现在教室外，在窗边静静地听了一会，然后微笑着点了点头离去。

另一次是对班上入团的女同学刘小伟进行组织考察，去她父亲单位"搞外调"。那天早晨十分寒冷，我与组织委员王翠苹书包里装着校团委的介绍信，骑着自行车穿过汉中城几条大街，去一个深巷子里，在一个大概是航运管理处的单位找到刘小伟的父亲。办公室的炉子周围坐了许多人，里面有浓浓的煤烟与烟草味。听说要开证明，一个黑胖的中年男人站起来拿着我们的介绍信仔细端详片刻，笑着对另外一个面容慈祥一点的中年男人说：你女儿要入团，人家一中学生来搞你的外调来了，你看怎么写？那个慈祥一点的中年男人显然就是刘小伟的父亲，他连忙站起身来说要回避，朝我们笑了笑，出去进了另外一个办公室。黑胖男人很快就在一盖着红章子的办公用笺上写了几行龙飞凤舞的钢笔字，内容大概是"兹证明，我单位刘××同志历史清白，思想政治觉悟高，工作出色，表现良好"

云云，然后笑眯眯地交给我们。

"外调"出乎意料地顺利，前后不到 10 分钟。推着车子走出巷子，我与王翠苹相对一笑，似乎都觉得不可思议，我们居然像大人一样也会做"政治工作"了。

然而这一年，尽管大家都十分刻苦用功，但我们班仍然没有一人达到考取大学的水平，最后全军覆没。在 1978 年 6 月举行的第二次高考中，我以两分之差，落选本地的师范学院。

1979 年 3 月，本来高中毕业后要离开中学去上山下乡，但当时应届高中毕业生家庭有一定的自由选择权。我们在学校领导与老师的关怀下，又重新回到一中"回炉复课"。这一次我与周晓岗、吕辉生三人插入了汉中一中高 79 届文科班，被新班同学称为"三剑客"。

文科补习班第一学期的班主任是瘦弱而普通话十分标准的蒋老师。在补习班的日子里，印象最深的是班长兼团支部书记魏圣英，她生得英姿飒爽，经常穿着一件那个年代流行的草绿色上衣，胸部微微凸起，显得别有一番魅力，举手投足颇有点《龙江颂》中江水英的味道。她不苟言笑，一本正经，男生在底下先是暗暗叫她"卫水英"，后来刘心武的短篇小说名作《班主任》发表后，我们又发现她颇像小说中的女班长"谢惠敏"。我虽然暗中喜欢这位女班长，但仅仅只是喜欢而已，因为严峻的高考形势使得我必须全力以赴地复习，容不得半点分心。实际上，在一年当中，我们之间没有说过什么话，也从来没有过什么特别表示。

当时我住校，除了中午在教室外的水泥乒乓球台上打一会乒乓球外，大多时间伏在桌上看书与做题。我的数学颇差，我就在这一年专攻数学，大量做习题，甚至晚上在餐桌上做题时经常向同样备考的妹妹求教。而魏圣英她们同样刻苦勤奋，语文十分优秀，但忽略了数学的复习，最后也因为数学考试成绩差，总分没有达到录取分数线，遗憾地未能考取大学。记得与我同桌的是一个身材较胖、脸色红彤彤的名叫"孙芳"的女生，她红润而圆胖的脸极像冬天冻红的柿子，鲜艳欲滴，加上她的名字与北洋军阀时期一个历史人物只差一个字，我们几个男生就戏称她为"孙传芳"。"孙传芳"也不生气，嗔怒一下又嘻嘻哈哈，并不在乎。40年过去了，我满以为这个笑话已经无人知晓，未料今年四月我回汉中与78届部分同学聚会，饭桌上我问起孙芳是否有人知道，有一同学居然说知道，说他老婆与孙芳是闺蜜。说起当年我们给孙芳起的这一外号时，大家都哈哈一笑，说这绝对是一个绝版的轶事。

　　进入1979年，高考渐渐临近了。但不知为什么，我们并非天天紧张，有时反而玩得很出格。寒冬腊月，我们"三剑客"会游荡到汉江河堤下芦花飘雪的茫茫芦苇荡里。根据吕辉生的建议，我们仿照《唐诗三百首》写些"七绝""七律"之类，记忆中有"万里长天列战云""冬云如铅兼萌密"等勉强凑成的残句。春天，我们三人经常结伴而行，去郊外田野溜达，谈天说地，议论时政，赋诗作词，大有"指点江山、激扬文字"的豪迈感。高考那年暮春时节，我们常常去西郊汉中飞机场边的油菜花地去背诵政治、地理。飞机场外是一望无际金灿灿的油菜花海。阳光下，春风中，阵阵油菜花香飘来，让人陶醉，香得有些令人窒息。我们的"复习"效率好像一下子提高许多。有一天，吕辉生不知从哪儿弄来了一把汽枪，我们居然兴致勃勃地去汉江上水渡一带河堤打鸟。我从来没有打过鸟，但这一次戴着眼镜的我居然打下了一只画眉。我们惊喜地把它从地上捡起来放在自行车前的篮子里准备带回去，没有想到半路上它还是死了。看着它歪着脖子突然不动时，我蓦然有一种残害生灵的负罪感。

夏日来临，我们经常结伴去汉江游泳，其中有一次十分危险，现在想来仍然后怕。那是一个初夏的黄昏，我们三人相约去游泳。走在半路上，天空乌云滚滚，狂风大作，闪电频频在天空闪耀。刚刚走到江边，黄豆大的雨点猛烈地打在我们的脸上与身上。平时清澈平静的汉江蓦然变得陌生起来，密集的雨点落在江面，溅起密集的浪花和水泡，江水很快变得浑浊起来。许多在汉江钓鱼和游泳的人纷纷撤离，而我们却在一种莫名的兴奋中脱去衣服接连跳进汉江，兴奋地向对岸游去。但见眼前全是激流密雨，无数道闪电仿佛从江中窜出飙向空中。雨愈下愈大，但"暴风雨更增添战斗豪情"，我们一边游，还一边大声朗诵"大江东去，浪淘尽千古风流人物……"彼此之间还不时地举了 V 形手势，比赛谁先到对岸。密集的大雨中，我们奋力前游，吕、周二位同学渐渐游到前面去了，我却怎么也看不见对岸，平时并不太宽的汉江此刻觉得岸边是那么遥远。渐渐地，我体力不支，掉在了后面，头脑也有些发晕，甚至出现了一些光怪陆离的幻觉，感觉自己可能要不行了……就在即将筋疲力尽、感觉可能要被淹死之时，忽然脚尖似乎接触到了沙滩，于是奋力向前游了几下，终于在最后时刻瘫到了河滩上……

次日去学校，我们三人都遭到了严厉批评。后来，听物理老师说，雷电暴雨天气在天然河流中游泳是很危险的，因为江河本身也是导体，此时游泳很容易遭到雷击。我们听之都有些后怕。确实，那天无论是力竭溺水还是遭到雷击，都必死无疑，我们的"革命豪情"其实是天真的冒险。

1979年7月8日，我们又一次走进了高考考场。

两个月后的一天中午，我如愿收到了陕西师范大学的录取通知书。

在赴西安的列车上

那一年我19岁，刚刚考上大学。

九月的一个傍晚，我怀揣大学录取通知书，赶到挤满人群的汉中老火车站，在送行的亲人及同学连推带扛的帮助下，奋力从窗口爬上了阳安线上一列陈旧的绿皮火车，再艰难地从车门将父亲用过的旧棕箱挪进去，开始人生第一次独立的远行之旅。

刚刚把笨重的棕箱塞入行李架，还来不及喘口气，火车已经缓缓行驶了。我赶紧扑向窗口，发现送行的人已经渐渐向后退去，很快就消失在茫茫夜幕之中。就这样，竟然来不及挥手告别亲人与同学，我就离开了故乡。

列车速度愈来愈快，在夜幕中奔向了古城西安，也奔向了让我充满无限想象的大学。第一次远离家乡，难免有些伤感与留恋。望着窗外黑黝黝的汉中原野，禁不住心中有些难过。别了，我亲爱的故乡亲人！别了，我朝夕相处的同学们！挥手从兹去，窗外夜茫茫。然而，伤感是暂时的，我对未来的大学生活充满了期待与憧憬。只是在拥挤的车厢里，无人知道我此时的心情。

车过阳平关，夜行列车的车厢里渐渐安静下来，我与也在汉中站上车的被陕西师范大学地理系录取的女同学唐旭居然都奇迹般地找到了座位。在座位上聊了一会，我们便昏昏欲睡。不知过了多久，被火车穿过隧道时巨大的轰鸣声吵醒，发现邻座变成了一位不知什么时候上车的男子。男子穿着一件洗得有些发白的蓝色工作服，三十多岁的样子，在昏暗的车灯下阅读一本厚厚的旧书。我无意中一瞥，书背显示的竟是俄罗斯作家车尔尼雪夫斯基的长篇小说《怎么办》。这本书刚好我初中时在勉县乡下祖母家阁楼上"偷读过"，因此对作者与小说内容并不陌生。

男子发现我醒来，友善地笑了笑，见我知道车尔尼雪夫斯基和《怎么办》，便兴奋地放下书与我聊起天来。攀谈中，男子知道我要去读大学历史系，更是兴致勃勃地跟我谈论起历史来。他自我介绍说是西安人，"上山下乡"插队后被招工，比我要大一轮，却没有说具体工作和单位。

他的历史知识真是丰富，从秦汉隋唐到五代十国，从司马迁到司马光，从范文澜到郭沫若，从陈胜吴广到黄巢李自成……居然娓娓道来，如数家珍。他甚至笑着"考"过我一个问题，即《史记》记载的历史下限是什么。这无疑是一个十分学术化的专业问题，作为"准历史系大学生"的我自然回答不上来。男子个子不高，但有坚毅的嘴角与饱经风霜的面庞，颇有点后来电影中的布衣独行侠的感觉，我当时真是佩服极了，听得入迷，忘记已经是深夜。此时，车厢里的人鼾声此起彼伏，唐旭也已沉沉入睡，只有我们二人还在海阔天空地聊着，当然更多时候是在听他说。

不知过了多久，随着火车一声凄厉的汽笛，男子说他到站了，开始起身收拾行李。这是一个叫"秦岭"的车站。"秦岭"站是宝成铁路翻越秦岭海拔最高的四等小站，在此上下车的旅客寥寥无几，尤其是在秋天的深夜，车站更显得宁静寂寥。男子临走时微笑着握着我的手，说了句发人深省的话："小兄弟，记住，历史是求证历史真相的学问，也可能是痛苦的学问，你将来会体会到。"我依依不舍地送他到车门口。在凄清如许的月光下，看到他在月台上渐渐远去，最后消失在秦岭小站远处的夜幕之中……

　　多少年过去了，上大学路上的这一幕一直令我难以忘怀，我常常在乘坐火车时忆起。朴素的衣着，紧抿的嘴角，坚毅的目光，渊博的知识，完全是一位民间高人！尤其是他这位不知名的男子的临别赠言，至今想来常常会为其惊人的预见性而吃惊。后来我读张抗抗的小说《淡淡的晨雾》，发现他很有点像小说中的启蒙者荆原。如果他在大学，绝对是一流的学者。遗憾的是，当时我的年龄小，没有留下联系方式，从此再也不知男子的下落。如今整整四十年过去了，他如果还在世，应该年逾古稀了。不知他今在何方，祝愿他晚年安好。

初至西安

1979 年 9 月某日。在摇晃的列车上昏昏欲睡一个晚上，迷迷糊糊中被一阵尖锐的汽笛吵醒，已经是次日清晨。穿越了秦岭无数山脉与隧道，列车终于在晨曦中行驶在平坦寥廓的关中平原之上。窗外黄褐色的土地、一簇簇青黄茂密的玉米丛林、星罗棋布的古代帝王陵墓、低矮的半边盖乡村房屋……都从车窗外一一掠过。啊，终点西安已经不远，就要生平第一次来到省城了，我的心不由得开始兴奋起来，以至于产生了一种莫名的颤栗。宝鸡、蔡家坡、眉县、乾县、兴平、户县……这些陌生的站牌仿佛一阵风似的闪过。车一过咸阳，列车广播中就传来女播音员甜美动听的播音："旅客同志们，终点西安就快要到了。西安是我国著名的历史古都，曾经有周、秦、汉、唐等十三个王朝在此建都……1936 年 12 月震惊中外的'西安事变'也在这里发生，揭开了抗日民族统一战线的序幕……"这让我这个即将读历史专业的准大学生格外激动。

扛着硕大的旧棕箱下了火车，随着人流走出车站。九月初的西安，天上下着微微细雨，迎着习习凉风，心情突然复杂起来，说不出是惆怅还是兴奋。很快发现迎面不远处广场一角紫红色的"陕西师范大学接待站"绒布横幅，旁边是热情洋溢的高年级同学正忙碌着迎接新生，横幅旁停着两辆印有"陕西师大"油漆字样的乳白色大轿车。因新生太多，需要排队等候上车。我与一些同样前往西安报到的同学坐在广场上的行李上，好奇地打量这陌生的大城市。

此时，旁边一个脸蛋黑红显得很健壮的大龄女生转过身来热情向我打招呼，大大方方地自我介绍说，她叫王红，此前为插队陕北知青，考入陕西师范大学中文系，爱好古典文学，准备主攻唐宋文学。王红说她的年龄比我大，应该是大姐。她又说文史不分家，希望今后互相学习。再次见到王红已经是二十多年以后了，大概是2004年秋天，我在四川大学读博士研究生。一天在校园网球场外偶然与一推着自行车的中年女士相逢，她依然还是黑红的脸庞、友善的笑容。我冒昧地问她是不是叫王红，她说正是。毕竟已经人到中年，她由最初的惊讶很快归于老练，说从陕西师范大学高海夫先生门下博士毕业后先留校几年，后随丈夫来到成都，调入四川大学文学院工作。现在工作很顺心，还被评为名师。因那天学院博士生要开会，我与她简单地叙了几句就道别了，当然这是后话。最近听说她在临近退休时拿了教学方面的最高奖，真诚地为这位同学大姐感到高兴。

正在与王红漫无边际地聊着，忽然有同学招呼我们可以上车了，并有两个男生学长帮助我们拿行李。于是与王红匆匆挥别，急忙挤上了一辆大轿车。大轿车上挤满了我们这一级报到的新生，大家都很友好地点头示意，并纷纷友好让座。我谢绝大家的让座，站在拥挤的车厢尾部，望着繁华的都市中大街两旁的店铺纷纷后退。直至下午两点多，终于来到了位于西南郊一个叫"吴家坟"村的陕西师范大学。

走进我的大学

到了，终于到了！迎接新生的大轿车终于驶进了校门，终于来到了梦寐以求的陕西师范大学！朴素庄严的校门，典雅庄重的图书馆，让人一看就肃然起敬！走进校园，整齐肃立的雪松，错落有致的教学楼，匆匆行走在林荫道上的老师和同学，穿行于蒙蒙烟雨中的自行车，在小树木亭子里认真读书的学姐学长……一切的一切都是那样的陌生，又是那样的美好！

校园广播里除了播放"新生报到须知"外，几天来一直播放的是一首曲调优美的《西沙，我可爱的家乡》。虽然歌曲主题歌颂的是遥远南海祖国宝岛西沙群岛的美丽风光与神圣主权，与上大学并无什么关联，但这首熟悉的乐曲融入了初入大学的心情，甚至这熟悉的旋律一直保持至今天的记忆中。

找到历史系报到处，上交报到书、户口、粮油关系迁移证，注册、填表、填卡、领取饭票，并在上一年入校的同乡石晓军（现日本姬路独协大学外国语学部教授）的带领下找到了位于北区数学系四楼的宿舍（我们历史系大一时与数学系同楼居住）……不觉间已经是暮霭降临之时，到了晚饭时间。急忙找到报到时发给的"饭票"，匆匆向学校三食堂赶去。当时仍然实行供给制，实际上只是油印的一大张薄薄的红"纸券"，上面印有日期与早、中、晚餐字样。如果不慎丢掉了，就只好饥饿肚子。第一顿晚饭印象颇深，一碗玉米糊外加两个又黑又硬的馒头，菜则是一小碟酱菜。后来整整一月，我们的饭菜大都如此，我们只吃到了四两米饭。虽然来自"西北小江南"的我一开始觉得难以下咽，但因早已饥肠辘辘，也就顾不上那么多，呼呼很快吃完。想再看是否还有饭菜时，食堂已经关门了。

我们虽然是79级，为恢复高考后的第三届考生，实际上仅仅只比77级老大哥们晚了一年半入校。后来得知，我们这一届录取率仅仅只有百分之四，就是说千军万马奔涌至滔滔大河边，真正能够走上"独木桥"并且幸运地来到彼岸的只是极少数幸运儿。大家踌躇满志地准备开启人生新历程，心情的骄傲与激动是可想而知的。

1978年至1979年，大学里充满了严冬过后的春意盎然，白发苍苍的老教授们苦尽甜来，纷纷开始重拾讲义，走上讲台；整整被耽误十年的一代青年，惜时如金地泡在图书馆如饥似渴地读书。处处可见背着书包匆匆行走的大学生，也有边走边辩论的学长。校园里最突出的风景是老三届老大哥、老大姐，他们饱经沧桑，有"上山下乡"的苦难经历，在神态举止上他们显然要比我们这些未去乡村"插队"的学生成熟与老道得多。

我们这届同学年差异很大，我这个年龄只能算是小字辈。年龄最大的老班长李庚银1949年出生，在长安县太乙宫人民公社当过多年民办教师，到我写这篇回忆录时，他大概已经到了古稀之年。年龄最小的是来自宁夏银川的应届生刘小红，1963 年出生，入校时才16 岁。询问其他同学，年龄也大多在我之上。

第一天就闹了一个笑话。报到结束当晚，我们各自爬上自己的床铺准备安卧。突然一个头发斑白的"老头"溜了进来，居然很熟练地爬上了最靠门口的架子床上铺。我们都以为他是送孩子的家长，一问才知居然是同舍同学，这就是后来以幽默风趣见长的李虎老大哥。我们这一级年龄大的入校时已经 30 多岁，小的则只有十几岁。我们宿舍六人，杨古玺住我下铺，来自宝鸡蔡家坡，正直、性急，但喜欢抬杠，经常在宿舍为一个不着边际的问题争论得面红耳赤。我作为复读生，来自陕南，当年 19 岁，年龄不算大，但也并非最小。"老头"李虎当过兵，矮胖，来自兴平工厂，乐观幽默。巴岱来自宁夏，个子特高，1.9 米左右，只能睡特制的加长床，一入校就被选入校篮球队当前锋。于生都来自新疆建设兵团，生得虎背熊腰，表面看起来玩世不恭，实则嫉恶如仇，满怀正义感，且写得一手漂亮的钢笔字，但他经常睡觉过头，不去上课。有一次我与他在宿舍下象棋竟然下了一通宵，以一包香烟为"赌注"，直到天明，你输我赢，一包香烟来回转手，早已几乎"解体"，但两人兴致仍然未减。来自兰州的梁明义喜欢文艺，唱歌功夫不俗，且擅长手风琴等乐器，中分发型，戴黑边眼镜，梳着背头，气宇不凡，常常有女生来"请教"。梁明义入校前就有一位漂亮的女朋友，是兰州毛纺厂的编织女工，隔三差五都有情书飞来，梁曾经让我们看过他女友穿着红毛衣的照片，明眸皓齿，苗条健康，确实漂亮。让当时同宿舍的我们羡慕不及。

三天报到结束后，随即就开始了"入学教育周"。给我们训话的老师姓侯，是一位微微有些发福的四十岁左右的中年男人。他戴一副黑框眼镜，操一口慢条斯理、一板一眼的关中腔，我们原以为他是一位教授，后来才知是"工农兵学员"留校，职称只是讲师。但我们宿舍一直根据第一印象戏称他为"侯副教授"。"侯副教授"训话时总是板着面孔，显得很严厉，实际上还是很温和甚至有些幽默感的。当时尚未实行军训制度，因而经过一周的入学教育，我们便进入了上课学习阶段，也见到了想象中的大学教授们。

寻梦文学

进入大学后，无论是学习还是生活都比过去自由多了。当然，那时大家都珍惜这来之不易的机会，一点也不敢荒废时间。因为高考期间在数学方面下了很多功夫，高考中也算是尝到了些甜头。正是数学远远高于高中复习班的同学，我才有幸考入了省城高校，入校后有一阶段竟然对数学十分留恋，借阅过一些数学著作。但原先的想法过于幼稚，实际上高等数学中的微积分、线性代数、矩阵、复变函数我仍然完全看不懂，也就很快放弃了。而最有吸引力的，无疑是大学中十分丰富的文史藏书。

入学教育结束后，我很快投入了废寝忘食、如饥似渴的"博览群书"之中。除了上课，几乎每天都泡在图书馆。陕西师范大学的图书馆是一座中西合璧式的高大建筑，庄严肃穆，藏书量为西北之最。我们刚入校时，学校介绍说藏书就达到30多万册，古籍室还珍藏有宋元善本。一走进这座图书馆，我就会产生一种对书与知识的敬畏感与崇拜感。每天晚上最重要的事就是争先恐后地跑到图书馆阅览室"占领"座位，去迟了就没有座位了。不久我们"发明"了一个办法，就是晚上闭馆临走之前，可以在阅览室桌子上放上一个笔记本甚至一张纸，以示有人认领，就可以保证第二天去时有位子坐。但后来这一方法也失灵了。一次我隔了一个星期天再去阅览室，发现原来的位子已经被一小巧的女生坐了。我的笔记本被放置一边，找她理论，她莞尔一笑，说："同学，这是公共资源啊，你不来，也不能闲着。先来后到吧！"我听之窘然，只好道歉离去。

初入大学，虽然被录取在历史系，但当时我的兴趣全在文学上面，一度我天真地把自己的"事业"定位在历史题材文学创作上，也曾经怯生生地跑到西安建国路《延河》编辑部，请教过白描、王晓新，也可能遇到过路遥。大概是 1981 年深秋，我借了一辆自行车再次去建国路《延河》编辑部，询问一篇描写大学生生活小说的投稿下落。一间宽大的平房里，各位编辑都在埋头认真地阅读稿件，我怯生生问了门口一位胖胖的青年编辑是否看过我写的小说。胖编辑头也不抬，一边抽烟，一边漫不经心地查阅《来稿登记簿》，好半天才说退稿了。说完又埋头堆积如山的稿件中去了。十多年以后，路遥英年早逝，全国媒体都在刊登他的照片，我才忽然意识到那个胖编辑很可能就是后来蜚声全国、写出了《人生》《平凡的世界》的路遥。

后来我又到位于西木头胡同的《长安》编辑部。遇到一个看起来慵散的老人，他居然是老诗人沙陵。沙陵祖籍陕西汉中城固，是早在 20 世纪 40 年代就在西安文坛崭露头角的诗人，50 多岁的样子，已经显得有些暮气沉沉。他对于来访者也是一副爱理不理的样子。那时，他正在主编西安文联的《长安》文学月刊（后来改成《长安文学》）。

20 世纪 80 年代初，在学生中最流行的就是写诗，每个学校都有一批雄心勃勃的青年"诗人"。他们以为写诗容易，往往一气呵成就可以成为"作品"，一夜之间可以扬名天下，以至于当时出现了"诗歌作者比读者还多"的现象。《长安》当时开辟了"大学生诗苑"栏目，吸引了全国不少诗歌爱好者投稿。我们班田玉川率先在上面发表了一首诗歌，大家都羡慕不已，几个诗社的女孩还经常跑来找他"请教经验"，这让田玉川颇为自得，高兴了好一段时间。我去《长安》编辑部并非投稿，只是怀着"朝圣"的崇敬心情想去这家著名的青年刊物一睹"真容"。那天沙陵听说我是汉中籍学生，略微有了一些兴趣，跟我叨唠起了家乡城固的名胜古迹与轶闻，反而不问我为什么而来。最后离开时，他倒是很慷慨，一下送给我好几本当时出版的诗集，好像都是陕西诗人的，其中有马林帆、李天芳、渭水、绿原等人的诗集。但不幸的是，还来不及拜读，这些诗集就在当天晚上丢失在回学校的三路公交车上了。为此，我次日一大早就跑到校门口的三路公交车上去找，但司机只是茫然地摇头，我为此遗憾了很长时间。

当时刊登大学生诗歌的刊物除了西安的《长安》，就是甘肃的《飞天》，我也给《飞天》投稿不少，但要么退稿，要么泥牛入海，折腾了大半年，发现自己写的诗确实很幼稚，也落伍，根本上不符合"时代潮流"，也无诗人那种奇特的想象与别具一格的语言风格。真正发表第一首诗是在大学毕业后三年的1986年，具体时间已经模糊了，那首《牛郎与织女》诗发表在《西安晚报》上：

亿万年漫长而痛苦的期待
滴落成一河痛苦的恋歌

你永远在她深深的凝眸中

他永远在你久久的梦幻里

……

放弃写诗以后，我把精力主要放在历史小说上面。尝试着写过《马嵬遗恨》《喋血玄武门》，但后来都自我否定了。不过当时有一长篇小说《未央宫》，曾经在《长安》连载，语言与历史氛围都写得相当不错。

当时很崇拜著名老作家姚雪垠先生。姚先生以创作长篇历史小说《李自成》而享誉海内外，求购者颇众，一时洛阳纸贵。我在上大学之前就曾经从同学家里借来读过《李自成》第一卷，深为作家笔下波澜壮阔的明末农民战争历史画卷所折服，特别对书中描写卢象升血战辽河与李自成潼关南原之战的雄浑场面印象深刻，因此也想步姚先生之后尘，刻苦钻研历史资料，创作一部长篇历史小说来。为此，我在图书馆大量阅读中外历史小说，如波兰作家显克微支的《十字军骑士》《你向何处去》，意大利作家拉法埃洛·乔万尼奥的《斯巴达克斯》，俄国作家托尔斯泰的《战争与和平》，美国作家赫尔曼·沃克的《战争风云》以及中国的古典历史小说《三国演义》等。

那时，徐兴业的长篇历史小说《金瓯缺》刚刚出版，我先在一个刊物上看了郭绍虞先生的推荐文章，文章对小说评价很高；然后专程跑到西安最大的钟楼书店，立即买来阅读，很快入迷，看得如痴如醉。《金瓯缺》的创作时间长达半个世纪，以宋、金、辽、南宋王朝兴亡更替为宏远的历史背景，再现的是宋金海上之盟协议共击辽国，到金国撕毁盟约挥兵南下灭亡北宋这一段波澜壮阔、悲壮雄浑的历史。小说匠心独具，选取以往不太为人关注的历史小人物马扩个人及家庭在战争肆虐年代的大起大落、悲欢离合作为故事线索，塑造了马扩、刘锜等人物。特别是小说中宏大的战争叙事与精妙幽默的议论让人佩服之极，也更加激励了我写历史小说的"雄心壮志"。

曾经野心勃勃地想创作一部以唐末黄巢农民起义为题材的长篇历史小说，以此再现辉煌的大唐文明走向陨落的过程以及乱世中的善恶人性。因此，在这年夏天放暑假，我去图书馆借了一网兜唐代历史资料如新旧《唐书》《资治通鉴》等，也一再研读胡如雷先生的著作《唐末农民战争》。哪知创作尚未开始，我就从一本杂志上得知老作家蒋和森先生创作的同样以唐末农民大起义为题材的长篇小说已经完成，已经在一些文学杂志上连载。获知这一消息，我一下子就泄了气。蒋和森是老作家兼著名红学家，其在 20 世纪 50 年代出版的《红楼梦论稿》有很大影响，后来一度专注于历史小说创作，很快出版了"黄巢三部曲"之一的《风萧萧》，而且在《长安》上连载，其文史功底之深厚岂是我这个小青年所能比拟的？既然反映黄巢农民起义的小说已经由泰斗级人物抢得头功，就没有必要再去徒劳努力了，因此长长叹息之后我放弃了写黄巢起义小说的计划。在很长一段时间内，我的情绪相当低落。

写黄巢起义小说流产后不久，我们的中国通史课程刚好进展到宋元时期，主讲者为刚刚调入陕西师范大学不久的老一代宋史专家杨德泉先生。杨老师讲宋史讲得非常好，不少同学对宋史产生了研究兴趣，我也是其中一个。但不知为什么，我对南宋战争中的历史人物产生了莫名的研究冲动，先是读《建炎以来系年要录》，对南宋初期的宋金战争的采石之战十分着迷。后来读了文天祥《指南录后叙》与郑所南《心史》、无名氏《昭忠录》《平宋录》等书后，又深为南宋末年这段历史所深深吸引与感动，特别是文天祥九死一生的惊人遭遇令我震惊。我的文学创作欲望又死灰复燃，居然用一个学期写成了反映文天祥、陆秀夫、张世杰英雄事迹的大型电影剧本《残阳如血》。

电影剧本《残阳如血》写成后，先让中文系一位高年级学姐赵和平看。她看后大为欣赏，因为复旦大学中文系有一位二年级女生创作的话剧《秦王李世民》轰动一时，剧本还发表在上海《收获》杂志上面。赵和平将剧本推荐给中文系著名文学评论家畅广元教授。不久，畅广元教授又推荐给西安电影制片厂文学编辑室主任赵云旗，但过了很长时间没有下文。

直到半年后，我冒昧去西安电影制片厂办公室拜访赵先生。赵先生从一个档案袋中找出我的剧本稿子，很遗憾地说，你这个题材剧本下了功夫，文学性与可视性都好，但不宜拍摄。你年轻，如果对电影创作有兴趣，可以搞其他题材的。

从赵云旗先生办公室出来，虽然有巨大的失落感，但能够得到鼓励，仍然觉得还是有所收获。后来，经班上老大姐牛晓介绍，我又把剧本寄给峨眉电影制片厂的导演寇家弻先生。寇家弻先生擅长拍摄历史题材，当时他导演的电影《风流千古》刚刚公映，由王馥荔、李法曾主演，选材于南宋陆游与唐琬的爱情悲剧，社会反应很好。大概几个月后，我收到寇家弻导演的来信。寇导演回信较长，十分坦率诚恳，大概有三四页，充满了一个老导演对青年作者的关怀。他的回信除了与赵云旗先生的意见大致相同外，还特别指出剧本的缺点，即过于追求历史真实而忽略了历史文学剧本应有的细节，缺少催人泪下的艺术感染力，结论仍然是不宜拍摄。那段时间，我也曾将剧本寄给上海《萌芽》主编柯华先生，并附了一封长信请教。《萌芽》创刊于20世纪50年代，以培养文学青年作者为己任，许多当代作家都曾得到过这个刊物的扶持。当时《萌芽》还办有增刊，叫《电视电视文学》，既发表小说，也刊载电影与电视文学剧本。如果《残阳如血》能够在增刊《电视电视文学》上发表，也是我梦寐以求的事。不久，柯华主编回信了。我激动地拆开信封，柯华主编的回信是以秀美的小楷写的，有两页。柯主编的回信大意是：目前拥挤在文学这个独木桥上的青年太多，真正能够到达成功的彼岸者只是极少数。从剧本看，你的历史学基础不错，文字表述也流畅，试图再现一段悲壮的历史、歌颂民族英雄都无可厚非，但剧本缺少对这一重大历史题材新角度的开掘，也缺乏催人泪下的细节描写，因而是不成功的，为了剧本放弃本专业，甚至牺牲爱情，都没有必要，请慎重思考。

　　这两封信出自不同职业的两位老人，实际上他们对剧本的意见也是大同小异的，可见剧本从文学角度讲确实是失败的。我冷静下来考虑，不得不对自己的文学创作禀赋产生怀疑。接到这封信后，我对剧本不寄什么希望，反而觉得很欣慰，同时也明白了自己并无写小说、写剧本的天赋与特长，应该是悬崖勒马、回归专业的时候了。此时，大学时代已经过去两年多了。在即将升入大三的时候，我最终彻底放弃了走文学创作的路子了。

参加"西安事变"

　　上大二的时候，我去西北大学访友，一次偶然的机会，作为学生群众参加了西安电影制片厂《西安事变》的拍摄。虽然作为群众演员仅仅只参加了电影中临潼游行的一个镜头，连个"路人甲"都算不上，但拍摄电影的情景却令我久久难忘，算是真正穿越、体验了一次"历史的现场情景"。

　　大约是 1981 年冬，当时的著名电影导演陈荫执导的大型革命历史故事片《西安事变》在西安开始拍摄。本来参加拍摄的群众演员主要选的是西北大学的学生，外貌标准是"气质像大学生模样"。那天我刚好去西北大学找一同学玩，就很幸运地被裹挟着参加了"学生群体"。拍摄的具体情节是再现 1936 年 12 月"西安事变"前夕，西安各校的爱国学生从主城步行去临潼向蒋委员长请愿的示威游行。虽然只是演电影，却分明有一种挽救民族危亡的神圣感。严寒的冬天，同样是在 12 月，关中平原凛冽的寒风阵阵掠过，临潼的田野里，庄稼地一片萧瑟，我们却热血沸腾。几百个青年男女学生穿着 20 世纪 30 年代大学生流行的青布长衫，冒着刺骨的寒风，高举着"停止内战，一致抗日"的横幅标语，边走边喊口号，仿佛真正回到了当年震惊中外的"西安事变"现场。有一个镜头记得很清晰，当公路上游行队伍快到临潼华清池的时候，一辆黑色雪佛莱小汽车从后边疾速赶来，超过我们并停在队伍前头，阻止我们前进。扮演张学良的演员、一身东北军戎装的金安歌跳上车前盖焦急地向我们说："同学们，为了避免不必要的牺牲，请大家千万不要再向前走了，我以人格担保，保证会向蒋委员长转达大家的爱国心愿，很快就会有结果的！"但我们不听，继续勇敢前进。此时，扮演国民党宪兵队队长的蒋孝先带领一队宪兵，挥舞着枪支前来蛮横地阻挠，说什么"抗日是政府的事，学生要好好读书"等。这时，我们队伍中一位戴围巾的高个子男同学挺身而出，当面怒斥"蒋孝先"，将宪兵队队长说得哑口无言，我们感觉到好不痛快，纷纷鼓掌……虽然这次拍摄电影只是一个下午，我却激动、自豪了很长时间。电影《西安事变》公映后，我曾连续看过两次，却怎么也找不到"我"的镜头，大概并没有拍摄进来或者剪辑时剪掉了。尽管如此，这一事件仍成为我大学时代一个难忘的插曲。

这次参加《西安事变》的拍摄，我真正体验到了电影对"再现历史现场感"的奇妙作用。历史具有不可逆转性与不可重复性，也不存在什么"时空隧道"的逆时穿越，但电影可以在一定程度上再现一段历史场景，包括某个特定时代、特定场合的自然景色、社会景观、人物服饰、故事情节、人物形象，特别是历史氛围。

秦岭边的古刹一夜

多少年以后，回忆那段大学实习的日子，回忆古刹一夜，依然如梦如幻。那情景仿佛就在昨天，又仿佛变得十分遥远。

1982年秋冬，我们大学本科时代最后一个冬天是在终南山下的长安县一个叫韦曲的古镇上度过的。我们是师范大学毕业班，系上安排我们开始在中学进行教学实习。经过三年多的专业学习，终于要实习了，而实习就意味着快要毕业、走上工作岗位，大家都很兴奋。我们班被分成三个实习小组，实习的地点分别在灞桥中学、师大附中和韦曲一中，我们这一组十几个人被分配至西安南边的长安县韦曲一中实习。韦曲一中坐落在长安县北一个黄土山坡上，一排排教室因山而建，错落有致地建在几层梯田似的坡地上，有点像我们参观过的延安大学的窑洞教室。教室门前的老梧桐树很有年代感。去教室得沿台阶拾级而上，我们觉得很新鲜。韦曲在现代是一个默默无闻的地方，但在唐代却声名显赫，是名门望族、天潢贵胄聚居的地方，显赫一时的韦、杜两大家族就出自这里。韦曲出过许多宰相与皇后，因而唐时有"城南韦杜，去天尺五"之说。

实习主要是听一中的老教师讲课，我们在下面做点笔记。带队的是系上讲授魏晋南北朝史的老教师黄树臻先生，他平时抽烟抽得很厉害，也不太管我们。我们的主要任务是听课，最后两周才轮流让每人给中学生讲两节课，因此我们反而比平时在大学时有更多的自由时间。快要当老师了，我们禁不住跃跃欲试。一天晚上，我与张岩擅自去一个高中班给学生讲历史故事，学生们兴致很高，纷纷围住我们要求签名。不料该班班主任黑着脸走了进来，说我俩影响了正常教学秩序，吓得我们赶紧退出教室。

　　一个星期天午饭后，天寒地冻，朔风凛冽，住校教师与学生们都回家了，学校里一片空寂。因为既冷又无聊，我与一个组的同学黄革新、张岩、王锋几人决定出去散步驱寒。原野里衰草萋萋，河岸边的树落光了叶子，在寒冬的北风里一片萧瑟，远处偶尔传来几声乌鸦的叫声，让人不由得想起元朝马致远笔下"枯藤老树昏鸦"的凄凉意境。但我们并没有退缩，反而有一种傲风雪、战严寒的豪情，踩着白乎乎的积霜，沿着干涸的浐河古河道漫无边际地前行，没有什么目的，只是想看看最远能够走到哪里。

　　关中平原真大，走了两个多小时，前面仍然是萧瑟荒凉的原野，也看不见几个人影。终于，黄、张、王三人不想走了，要返回学校。不知出于什么想法，我谢绝了他们一道回实习学校的建议，让他们先回，独自一人继续向前走。不知走了多久，终于走完平川地带，来到秦岭山下一个峪口，天却渐渐昏暗了下来。此时我又困又饿，觉得更加寒冷，也看不见村庄和人家，暮色中一种无名的恐惧渐渐涌了上来。正在发愁的时候，我听见了远处隐隐传来几声钟声。极目望去，远处山下似乎有一座寺庙。我来了精神，认为寺庙僧侣普渡众生，吃斋行善，应该可以去投靠一宿，于是奋力向寺庙方向赶去。

夜幕降临的时候终于到了寺庙门前，但见庙门紧闭，朱墙黛瓦的寺院内有阵阵木鱼声与喃喃念经声。我不管那么多，用拳头猛烈地敲击起来。不知敲击了好多下，一个穿着黄色僧袍的中年和尚开了庙门，有些愠怒地问我找谁，我说迷了路，请求在寺庙里住一晚，并讨点吃的，或者拜见一下方丈。和尚毫无表情，领着我去见方丈。方丈眉发皆皓，但气色红润，大概有七十多岁。他问明我的身份后也没有多说，只双手合十，说了声"阿弥陀佛"，就把我领到斋饭间，让一小和尚盛来一碗玉米蒸饭和一盘青菜豆腐，让我赶快去吃，并叮嘱饭后去他的禅房聊天。

夜很安静，只有秦岭峪口的风呼啸而过，燃着炭火的禅房很温暖。方丈给我泡了一茶缸黑麻麻的无名山茶，说这种茶很养生。他并没多问我学习历史专业的情况，而是问我对历史上的佛教有无兴趣。看我兴趣不大，他也没说什么，开始讲述起他的身世。他不紧不慢地讲自己的身世，我刚开始以为没有什么可听的，只是出于礼貌地姑妄听之，但渐渐地我开始肃然起敬起来。原来这位方丈俗姓何，年轻时曾经有过非凡的经历。"八一三"事变爆发，上海战火燃起，在上海大学社会学系读书的他回到老家蓝田。为抗日救国，一腔热血的他参加了杨虎城的西北军。在杨虎城的部队里，因为有文化，他很快得到提拔，当过杨将军的副官，也随着赵寿山将军在陕南驻扎汉中，与大巴山南的川北红四方面军打过交道；后来又追随孙蔚如所部参加过著名的中条山之战；抗战胜利后不久，解放战争开始。方丈厌倦了无休止的战争，遂削发为僧，在兴教寺当了和尚。中华人民共和国成立后，当地政府遣散寺庙和尚，他还俗回籍，在白鹿原当了农民。20世纪70年代末，国家重新恢复宗教政策，他因有一定文化，加之当过和尚，就来到这一重建的寺庙做住持。

真没有想到，这位慈眉善目的老方丈竟然有如此丰富的战争岁月经历，我对他愈发敬重起来。我环顾禅房，看见他的桌上床头有许多佛教经典，如《妙法莲花经》《般若波罗蜜多心经》等，其中竟然还有一部中华人民共和国成立前出版的汤用彤著《汉魏两晋南北朝佛教史》，封面已经很陈旧，许多书页也有卷折，可见主人经常翻阅。他说佛教博大精深，才能够在中国流传千余年。可是，我当时对佛学知识几乎是个白丁，方丈听了摇了摇头，就不再与我说佛学，而是说起了中华人民共和国成立前关中长安县农村的社会轶闻，其所讲的与后来陈忠实在长篇小说《白鹿原》中所描写的有些相似，或许二者都源自共同的历史传闻。

大概到了凌晨，远处已经传来公鸡的啼鸣，我开始犯困打哈欠。方丈领着我去僧人们睡觉的一个大通铺，让我在最里边的一个空位睡下。或许是太困了，我很快就沉沉睡去。

次日清晨，我被一阵窸窸窣窣的声音惊醒，原来是僧人们正在紧张起床，因为念经的时刻到了。我连忙爬起来，去找方丈告别。方丈不知道去哪里了，我没有找到。刚好，我遇见了昨天领我进来的僧人，我向他双手合十作了个揖，说了声"阿弥陀佛"，就匆匆离开了寺庙。我来到一乡间机耕道边，几经等待，搭了一个刚好去韦曲的拖拉机，于午饭前回到实习中学。我受到了带队黄老师的严厉批评，说再不回来就报案了。但他只是批评我夜不归宿，并未深究我去了哪里。

　　岁月荏苒，三十多年过去了，有时想起那个古刹一夜，犹在梦中。如果那位当过杨虎城副官的方丈还活着的话，应该是高寿过百了。

初为人师：我的三年"青椒"岁月

不知不觉，我渐渐变得喜欢怀旧起来。年过天命，就到了一个渐渐让人平静淡然，也让人隐隐感到有些悲凉的时候。孔子说"五十而知天命"，也就是说到了这个年龄应该承认命运、顺其自然。人到一定年龄，往往对数十年前的事记忆犹新，而对近日的事情却老想不起来，这或许就是进入年老阶段的表现吧。

2017 年 9 月 24 日晚上，在陕西师范大学参加学术会议结束后，当年班上的学生黄艳热情邀约十几位在西安工作的同学会面聚餐，在汉中宾馆举行师生聚会。他们都是我从陕西师范大学毕业后任教的第一届学生。30 多年后，大家久别重逢，握手拥抱，举杯谈笑，忆昔话今，好不欢欣。我们的话题自然少不了对 30 多年前的回忆。

1983 年 9 月 3 日，一个秋高气爽的早晨。刚刚从陕西师范大学毕业的我走进了汉中第一中学（汉中中学），以一个青年教师特有的激情走上了讲坛，也开始了我漫长的"教书育人"工作生涯。这年夏天，汉中一中一下有八个大学毕业生加入了教师队伍，分别是来自西北大学的郑重，陕西师范大学余晓东、周康、杜俊安、王文礼和我，西安外语学院的陶定平、刘凤利等，我们统一被安排在学校操场最后边一个幢新建小楼房住宿。其中，我被学校安排任教高一年级5个班的"世界历史"。四年前我从这所中学毕业，现在又分配回来教书，心里说不出是兴奋还是惶然。但一切容不了多想，开学上课的日子很快就来到了。

记得第一节课是给高一3班上"世界历史"。踏着急促的上课铃声，我忐忑不安地走进那古色古香的四合院，走进了青砖为墙的教室。刚刚还喧闹热烈的教室瞬间安静下来。刚刚由初中升入高中的少男少女们，个个青春洋溢，坐得端端正正，以好奇而期待的目光打量我这位新来的教师。

"同学们好！"

"老师好！"

师生互道礼貌语后，上课就开始了。第一节课具体讲了些什么早已模糊了，但记得任教第一课居然讲得慷慨激昂，应该主要讲述历史知识的重要意义以及本学期要学的主要内容。我曾经苦练过普通话，又不时穿插一些英语；讲历史的同时，也讲一些天文、地理、体育、音乐等知识。连我自己也没有想到，第一节课居然非常成功。当我在热烈的掌声中走出3班教室的时候，心里荡漾起阵阵喜悦。一星期内，我先后给高一5个班讲过同样的内容，也获得了同样的效果。这让我对教学工作多了一份信心与喜爱。由于高一3班是我的第一个授课班，因此对这个班的同学印象很深。班长张翎是一个眼睛大而圆的女孩子，热情、大方、豪爽，而文静而修长的肖培芹却不知为什么一直很忧郁；张获眼睛大而水灵，张红英则清秀而羞涩，好学善问。吕爱红、李晓红、张亚苹等都是天真活泼的女孩子。理着平头的孙剑华目光炯炯，上课认真听讲，是一个回答问题总是让我很满意的男生。

开学不久，在一中任教十几年的高一 4 班班主任、上海籍曾老师要调回原籍，校长决定由我接替曾老师。于是，我生平第一次当上了班主任，第一次有了一个"主任"头衔。曾老师从复旦大学中文系毕业，不知何原因分配到遥远的汉中工作。他高瘦、黧黑，走路快步如风，粉笔板书苍劲有力，学生对他多少有些敬畏。初二时听过曾老师讲"水浒"的课，印象很深。曾老师当班主任可谓兢兢业业，待生如子。听说高一 4 班一年龄小的男生尿床，他还不厌其烦给其洗过床单。因此听说他要调走，学生们都恋恋不舍，在欢送会上，好几位女生禁不住哭了。

替曾老师当班主任是我未曾想到过的，而且压力较大，毕竟曾老师是全校公认的优秀班主任，授课、带班都堪称一流，而我初出茅庐，属于没有什么工作经验的"小白"，显然无法"成功对接"。但既然校领导安排了，我也就愉快地接受，打算投入更多的热情与精力，努力当好班主任。除了上课，我还常常在班上搞"第二课堂"，如文学讲座、音乐欣赏、歌咏活动、百科知识抢答等，深受同学们欢迎……但当时年轻气盛，班主任工作也有失误。记得有一次，班上有一个叫杜菲的小个子女生上课老说话，我先是提醒她注意，结果她反唇相讥，我禁不住大发雷霆，拍案让她出去。事后觉得多少有些失态，完全应该春风化雨地开导她，于是就经常以此事提醒自己注意当班主任的方法。当时给一些有缺点的同学打"操行评语"

时，大多给的是乙级，以致一些学生家长找上门来提出异议。记得班上有一个李姓女生，是学校颇有权威的老教导主任的孙女，其父是当地一家著名企业的厂长。她平时好玩，喜欢电影明星，不好好学习，学习成绩自然也较差，于是我毫不犹豫地在"操行评语"一栏盖 3 个"乙等"章。老教务长很恼火，不仅利用工作便利调出学籍档案将其改为"甲等"，而且有一段时间对我侧目而视，李同学见到我也嘟着嘴巴扭头不理睬我。

这一年一中刚好从全市各县招来了一批"尖子"住校生，包括城固驻军干部的孩子。当时学校在大操场北边角落里修建了一座三层小楼。住校生住三楼，我们这些新分配来的青年老师住二楼，一楼则住着部分旧校区无房住的老教师，其中有由北京外语学院分配来的外语教师王海。王老师是土生土长的北京人，长得虎背熊腰，说一口标准的京腔，曾被汉中京剧团借调去演京剧，扮演过《沙家浜》中的"胡传魁"，颇有名气，汉中的老百姓许多都认得他。王老师外语很棒，为人豪爽，但也常常暴粗口骂学生。一次，楼上一女生从阳台上向下抛弃垃圾刚好掉在他头上，他当即一通臭骂，而且骂得非常难听。但时间长了，大家仍然觉得他人很好。

当时我们这些青年教师中有早一年分配来的地理教师杨君，他个头大约一米七五高，有一双漂亮的大眼睛，英俊帅气，颇受学校年轻女教师喜欢，却不知道为什么他常常优柔寡断。记得有一个体育学院毕业的年轻漂亮的女老师很喜欢他，但他却不怎么感兴趣。我曾经问过他为什么不接受，他说也不知道为什么，反正不符合他心中的标准。不久别人做媒，给他介绍了地区医院的一位护士。同年分配来的地理老师魏洋，身体强健，喜爱打篮球，有一教外语的女教师曾经主动追求他，他却不为所动，后来与一银行工作的苗条女孩结了婚。几年后，当年我们那批青年老师差不多都陆续调走了，只有魏洋还坚持留在一中，如今应该也快退休了。

高一历史课并不好讲，我擅长中国古代史，但学校却让我教世界史。当时的《世界历史》课本上册主要关于古代埃及、两河流域历史，最后才是古代希腊、罗马，此前我对世界古代史只是了解个大概。尽管如此，我边教边学，阅读了大量有关古埃及、希腊、罗马的历史著作，除了讲述基本概念、历史线索外，还常常穿插一些神话传说及其与中国的比较。加之平时我比较注意多学科的学习等，经常能做到古今中外纵横联系，努力做到旁征博引、讲解生动。因此，我的课在我所教的三届学生中，颇受好评。

除此之外，我还在全校做过一次演讲。有一次，我应高一 3 班班长张翎的邀请，为高一年级作关于电视剧《新星》的评论讲座。《新星》是中央电视台 1985 年推出的电视连续剧，主题思想有重大突破，通过李向南等鲜明的人物形象第一次全景式展开山西某县改革开放中新旧势力的激烈矛盾和冲突，披露当时中国社会中的种种弊端。学生对我的讲座反应激烈，教室内外黑压压全是听讲的学生。这次讲座据说开了一中教师公益演讲的先河。但校长的反应淡漠，不置可否。类似的讲座后来我还作过几次，次年由于高一年级升为高二，分化成文理班，加之我连续生病住院，讲座自然也就中断了。

也许是刚刚入职，教学工作太投入，第二年秋，因一次急性肠炎没有认真治疗，拖成慢性，吃药也没有见效。我担心是癌症，就去就诊。医院诊断是慢性结肠炎，建议住院治疗。

未料一住医院就长达三个月，那真是一段不堪回首的日子。我住的是一个叫3201的三线建设基地医院，地处汉江南岸一个偏僻乡村的冷水河边。每天早晨查房后是最漫长而无聊的时光，病房里的病友多是一些012基地工厂的老职工，有家属陪同，我则是孤独一人。于是，我常常独自穿过一大片油菜花原野去冷水河边的树荫下去啃英语辞典，准备考研。医院距离汉中中学有十几公里远，但仍然有一些学生探听到消息，陆陆续续来医院看望我，这让我很感动。我出院以后，我所带的班级也升入了高二，并重新分班，老高一4班自然不复存在，班主任一职也就不了了之。这以后，我已经在国内学术刊物上发表了几篇论文，师范学院刚好也要成立历史系，屡屡催促我调入，一中的"青椒"岁月也就渐渐到了尾声……

1986年我带的第一届学生高中毕业，考取大学者纷纷离开汉中。几乎同时，我也调入了师范学院，离开了任教了三年、既有奋斗激情又充满迷惘的中学。让我感动的是，调入师范学院第二年一天中午，我在中学教过的最后一届学生李彦木等几名同学，硬是走了近十里路来向我告别，短短叙谈，竟都有一些伤感。以后就天各一方，很少再有音讯。前年班上任青同学从网络上查到了我的信息，将我加入了中学同学群，这样才断断续续开始有了联系。

《太阳与人》: 一段文学青年的往事

    人常说往事如烟,但也不尽然。那段岁月虽已渐行渐远,有时却又清晰地闪现在如烟的记忆中。毕竟,那是我们青春之旅值得回忆的一段历程。现在,可能很少有人还记得20世纪80年代的汉中,曾经活跃过那么几个文学青年,创办过一个别样的诗社,办过一个诗刊叫《太阳与人》。

    1986年春,我们几个单身青年刚刚从大学毕业没多久,风华正茂,志趣相投,经常相互走窜,遂成好友。有一段时间,我们被一种莫名的忧国伤时情绪所笼罩,常以思想启蒙者自居,想的也总是"振兴"与"奋斗"的主题。小城太狭小、太压抑,我们常常商议如何离开汉中远走高飞,但考研屡屡败北。我们想去陌生的远方干一番事业,甚至丢掉女朋友也在所不惜,让人觉得多少有些悲壮的味道。我们这一群青年中,有从陕西师范大学分配至一中的我,有教育学院的赵栩、王健强,有通用机械厂的李平,有汉中师范学院青年助教关嵩山,有擅长文学评论的朱卫兵,有工商银行的葛田,还有汉中师院中文系两位美丽的女生王茜、周苹。那时我们都是二十几岁，业余时间或相约聚会陋室豪饮啤酒，或骑车去乡村山野漫游，诗词歌赋，天文地理，东西南北，无所不谈。大家既相互激励，又相互调侃；既伤时感世，又超然世外。但空谈归空谈，大家都觉得应该尝试做点什么具体的事。

20世纪80年代是"伤痕文学"与朦胧诗流行的时代，文学青年喜爱朦胧诗并纷纷沉溺其中，是那一代人的共同回忆。同样，在汉中的我们也未能免俗，都一度对写诗着迷，并皆以"先锋派诗人"自诩。赵栩身材瘦高，头发天然微卷，易冲动，但说话有些结，才气超人，最富诗人气质，写诗很有思想与意境，在地方文学刊物《衮雪》经常发表诗作，号称汉中"普希金"。王健强籍贯宝鸡，善写幽默讽喻诗，与我同一年以陕西师范大学毕业，但大学时他在中文系，我在历史系，未曾谋面，到汉中后才相互认识，也很谈得来。王健强长得虎背熊腰，表面上看有些粗鲁，但人很仗义，善抱不平，刚工作时"伪装进步"，居然很受领导赏识，荣任几年单位团委书记。后来停薪留职去海南淘金几年，职务自然也就没了。李平在一家工厂财务科工作，皮肤白皙，个头较高，爱笑，待人友善，不大的眼睛似乎总闪烁着某种狡黠，当时正与我中学时的一位女同学谈对象。李平喜爱摄影、绘画、书法，一次听说我在褒斜道石门摩崖石刻会议上获赠一方本城汉砖，千方百计要去做了砚台。葛田在工商银行上班，白胖深沉，文质彬彬，擅长油画。记得他画过一幅油画题为《喜马拉雅山的诞生》，很有视觉冲击力，颇有点俄罗斯画家列宾的风格，曾在师范学院办过个人画展。朱卫兵个头不高，留披肩长发，性狷介，人称"日本浪人"，很有艺术家气质，文学评论常发人之所未发，语惊四座。周苹老家镇巴，也是才气了得，写的散文超凡脱俗，细腻且有神韵，已在报刊上发表文章，很有文学潜力。王茜小巧玲珑，出身书香门第，美丽矜持而又有些典雅高贵的气质，是师院有名的才女。她上大学二年级时即在《人民文学》上发表诗歌，轰动全校，受到过校长的表彰。我还记得诗中最后有这样的句子："只有夕阳，静静地，静静地，流过我的发丝。"出手不凡，颇有意境，深受大家赞赏。

因为大家都热爱文学，一次偶然的机会，大家商议办个油印诗刊，刊名很现代化，叫《太阳与人》。说干就干，几个人很快分工，商议每人提交诗三首以上，由我编辑，李平找人打印蜡纸，葛田负责插图，最后再在我的宿舍油印。很快诗稿收齐了。记得当时我写了三首诗，前两首是回忆少年时光的，题为《倾斜的星空》和《小城，街灯闪烁的夜晚》，评论家朱卫兵说他很欣赏《小城》这首，说很有些"闪烁意识"。另外一首是写 80 年代大学生形象的《致远行的大学生》。诗刊是在我一中的斗室中油印的，葛平的插图有抽象派的特点，但我却狗尾续貂，给一首诗的空白处放了一个十分蹩脚的插图，闹了笑话，印刷出来像个旧时衙门县令太师椅背后的海浪红日，不伦不类，硬让大家嘲笑了好久。不过诗刊油印出来后一度反响很好，许多汉中文学爱好者纷纷索要，其中包括一些饱经风霜的老年人。我们也自娱自乐，兴奋了好长一段时间。期间曾经听赵栩主说汉中文学刊物《衮雪》诗歌编辑、著名诗人刁永泉也比较欣赏我们的诗刊，曾想挑选一组我们诗刊的诗刊发在《衮雪》上。可能因为我们诗社很快就解散了，事情也就不了了之。

《太阳与人》诗社存在的时间大概也就半年左右，只出过一期诗刊，后来因各自为了生存而无暇再顾，加之兴趣减退，诗社也就无疾而终。次年，我从一中调入师范学院任教，学院在一条狭长的巷子尽头，距离城区有好几公里。相距远了，大家见面自然就少了。再后来，我又去了成都、重庆重新读书与工作，赵栩去了北大谢冕教授那里做了访问学者，朱卫兵考上了陕西艺术研究院研究生，周苹大学毕业与朱卫兵结婚后去了西安，李平调入银行去了城固分行。诗社成员天各一方，再也没有见过面，只是偶尔从汉中朋友那里知道某个人的点滴消息。

敝帚自珍，那一期诗刊我一直保存了十几年，闲时常常翻阅，但后来离开汉中负笈成都读博，原房子出租，居然不幸给丢失了，找了多次仍然无果，甚是怅惜。但诗中有几个句子隐约还记得，这里凭记忆写出，权作纪念，也算为汉中文坛保留一点轶闻罢。

你说你就要走了，

忧伤的风帆

从你瞳孔里飘起

港口摇晃

我想起最后的夜风

卷起你米黄色风衣的前襟

在灯火阑珊的街尽头

——《远行的大学生》

街灯像一群爱模仿的猴子

一盏灯灭了

一段段、一盏盏灯都灭了

只有童年时无意种下的榆树苗

蓊郁的树荫已经遮蔽天空

                ——《倾斜的星空》

追忆：大学时代的老师们

　　大学毕业转眼间 30 多年了，回忆当年在陕西师范大学的求学经历，最难忘怀、最要感恩的，当然首先是曾经教给我们思想与知识的老师们。如今，他们有不少已经先后仙去，健在的也大多已至耄耋之年。虽然岁月如梭，青春不再，我们也临近耳顺之年，但每当回忆大学时代，当年陕西师范大学老师们的风范气质、笑貌音容宛在昨日……

　　1979 年 9 月，我从陕南汉中考入陕西师范大学历史系，开始了人生中最重要的大学时光。当时国家正处在百废待兴的历史转折时期，幸运地考入大学的我们，都倍加珍惜这来之不易的上大学机会！我们 79 级虽然从整体上说没有 77 级、78 级两届老大哥们的坎坷丰富经历，但同样经历了 60 年代以来漫长的蹉跎岁月，同样富有理想与激情。在我们这些刚刚入校的大一新生看来，"教授"是一个博学、矜持且神秘的形象。

　　20 世纪 70 年代末的陕西师范大学在全国名气可不小，历史系更是学校引以为傲的教学系部。我们入校时历史系名家云集，阵容豪华，拥有一批在全国史学界颇有影响的知名教授，其中有不少是在三四十年代就有学术建树的知名教授。当时曾经有一大批北京、上海的学术名家来到西北，在包括陕西在内的西北地区接受劳动改造。1977年夏，中央决定恢复高考招生制度后，教育战线开始拨乱反正，高校也逐渐回到正常的轨道上来，那些流落到西北的学术名家也纷纷"落实政策"，其中有一部分就来到恢复办学不久的陕西师范大学，重新走上讲坛。当时历史系有老一代历史地理学家史念海教授、先秦史专家斯维至教授、版本目录学家黄永年教授、中日文化交流史专家胡锡年教授、世界上古专家任凤阁教授、农民战争史专家孙达人副教授、世界中世纪专家张盛健副教授。

史念海先生是中国历史地理学的三大创始人之一，早在20世纪30年代就与顾颉刚、谭其骧先生创办《禹贡》半月刊，成为现代学术史上中国历史地理学开创的标志。20世纪70年代初，史先生应兰州军区司令员皮定均将军的邀请，承担《陕西历史军事地理》的编写，进行西北军事要地的考察与研究。年过花甲的史先生利用这个难得的机会跑遍了广袤的西北沙漠、草原、山地，很快就有大量研究成果接连发表，受到国内史学界的敬仰。我们入校时，史先生正担任陕西师范大学副校长兼历史系主任，而且还是全国政协委员会常委。史先生由于工作繁忙，主要招收硕士生与博士生，并不给本科生上课。大学四年，他只给我们作过一次学习辅导报告。我们看见陪同的系领导和老师皆对他毕恭毕敬。再就是毕业时请他来与我们全班合影一次，平时难得见上一面。记得有一次，我与政教系汉中同学王汉杰在师大家属区与他邂逅，连忙敬礼问安，他只是威严地点了一下头，哼了一声即昂首而过，应该说他根本不认识我们是谁。他过去之后，我与王汉杰相互吐了吐舌头。后来我读博士时的导师郭声波教授，是史先生首批培养的三大博士之一，这样算起来，我应该是他的徒孙一辈了。

第一学期给我们讲中国史的是两位年近花甲的老教师，即杨育坤、何清谷老师。杨育坤老师已经头发雪白，慈眉善目，全用关中话讲课，讲原始社会及商周史，慢条斯理，一板一眼。一学期下来，除了他纯朴慈祥的笑容外，我们并没有记住多少内容；何老师身材魁伟，体型偏胖，说话容易停顿，且有浓重的鼻音。何老师主攻战国秦汉史，尤其精通战国经济史，对史料及相关考古发现资讯很熟悉。多少年过去了，我仍然记得他用带着浓重长安口音所说的话："王翦的儿子王贲打仗也厉害得很……"何清谷老师实际上还擅长书法，大三时我曾经在师大教工书法作品展览上看到过何老师写的一幅行草作品，颇具柳体风骨。20世纪90年代在韩城的一次学术会议上，他赠送过我一本新出版的《怀素书法研究》，颇为珍贵。何清谷老师给我们上课时听说他体内安装了心脏起搏器，我们都有些担心他有可能上课时会倒下，但仁者高寿，2013年秋我们历史系79级毕业30周年回师大聚会时，邀请了当年的老师们参加宴会，年过九秩的杨、何二位老师居然联袂而来。他们虽然走路有些颤巍巍的，但仍然能够认出我们部分同学，并含笑一一握手，我们倍感惊喜。

当然，大学时代的老师们中最具传奇色彩的是孙达人老师。孙老师是浙江人，为人谦和，不拘小节，也不修边幅。大一时，我曾经在师大防空洞看见过他穿着短裤背心，一屁股坐在潮湿的地上与一小孩下象棋，神情很投入。小孩据说是西安棋界神童，战胜过许多成年高手。那天我偶然看见孙老师为悔棋而与小孩争执，最后又流露出儿童般的笑容给小孩道歉。孙老师早年毕业于山东大学历史系，毕业后在中国科学院历史研究所工作，后调入陕西师范大学历史系。1965 年，他在《光明日报》发表的一篇文章在当时影响很大。我们在师大读书时，孙达人老师正逢盛年，虽然还只是副教授，但名气很大。可能由于著述繁忙，我们除了上课外很少看见他。但孙老师上课很准时，经常骑一辆旧自行车前来，几乎踩着上课铃声准时大步走进教室。大三时，我选了孙老师的"明史"课程，实际选他课的人很多，教室里经常坐满。他讲课声音洪亮，逻辑性很强，略带浙江富阳口音的普通话非常有感染力。当时我对"农民战争史"颇有兴趣，曾经几度在课间大胆向他求教，包括问一些对他而言十分敏感的问题。他都并不为忤，总是耐心讲解。记得请教怎样学习明史时，他在我笔记本上写了好几本参考书，其中就有谢国桢先生的《晚明史籍考》。我曾经写过一篇考证黄巢结局的文章作为课程作业在课间交给他，一周以后前往他家讨教，虽然他给的成绩是优秀，但他说我研究的是一个猎奇的问题，没有多大价值，并毫不客气地予以否定。他说，作为一个历史系的青年学生，应该扎进去读点原始文献，去研究前人很少研究的新课题。他的一番话让我有醍醐灌顶之感。

大约是 1983 年春，学校突然传出一个消息，孙达人老师即将出任陕西省副省长！当时我们都认为，孙老师高升副省长，大概不会为我们上课了。哪知过了几天，到我们上"明史"课的这一天下午，我们惊讶地发现一辆黑色小轿车停在历史系教学楼下，孙老师又回到学校走进了我们的教室。他一走进来，教室就爆发出长时间的热烈掌声。他挥手制止，他淡然说虽然工作变动了，但这学期的课还是要讲完。

孙老师坚持给我们上课至大约 1983 年 6 月底，这是他在陕西师范大学最后的课。此后随着省上工作日渐繁忙，他就没有时间再回校上课。孙老师在陕西担任副省长那几年，陕西的文物工作成就引人瞩目，1987 年轰动国内外的法门寺地宫的发掘也是在他的直接关怀下进行的。大约是在 1991 春，在孙老师的一再坚持下，他辞去了陕西省副省长职务，从此也告别了工作 30 年余年的陕西，回到了家乡浙江，在杭州大学（现浙江大学）历史系任教，又开始了他的中国农民史研究和研究生培养任务，并且很快出版了《中国农民史论纲》一书。1993 年春，我在杭州大学访学结束时曾专程去他家拜访，与他提及任副省长这一事，他只是淡淡一笑，说那只是他几十年陕西岁月的一个小插曲，无足轻重。

让我们难忘的老师还有讲授世界中世纪史的张盛健先生。张盛健曾经在北京大学任教，做过北大著名的世界古代中世纪史专家齐思和教授的助教，后来也来到了陕西关中兴平一工厂子校任教。我们入校时他刚刚从兴平调入陕西师范大学。张老师是湖南人，体态魁伟，黑胖，胡茬浓密，脑门宽阔，几绺稀发往往不经意地垂落下来，当时只有五十多岁。张盛健老师虽然只给我们上过一学期课，但给我们的印象十分深刻。他外语十分了得，有老师说他至少懂俄、英、法三国语言，常常在黑板上书写同一名词的不同语种单词。张老师个性鲜明，课堂上一会严肃讲授，一会嬉笑怒骂。当时没有教材，他告诉我们，讲义是我们入校前他花了整整一个暑假赶写、油印出来的。难怪，讲义上有明显的油痕和特殊的气味，我们称之为"书香"。张老师讲课时带有浓重的湖南口音，又经常夹杂一些英语与俄语词汇，如果上课时有谁在底下嬉闹，他会从黑色眼镜框上面朝那个同学翻个白眼，有时会笑着用汉英夹杂的语言骂上一句，教室顿时就安静下来了。

在历史系所有课程中，世界古代中世纪史是最枯燥难学的，中世纪史实际上是欧亚众多国家纷乱不堪的国别史，而且像走马灯一样变换，诸如什么法兰克帝国、查里曼帝国、拜占廷帝国、基辅罗斯、莫斯科公国、金帐汗国，还有大量完全已消亡的国家、人名、地名、制度……尽管如此，张盛健老师仍然讲得十分投入，每次上课前几分钟他那辆破旧的嘎吱吱作响的自行车会如约而至，斜靠在教室门外，也不上锁。张老师上课从不迟到，也不延堂。上课准时来，下课铃声一响则赶紧收拾教案匆匆离去。遗憾的是，我们毕业没有几年，忽然听说他因心脏病发作倒下，送到医院没有抢救过来，其时指导的研究生尚未毕业，只好让其他老师代理指导。后来我在汉中师范学院工作时，新分配来的研究生张盾就是他的学生。每次说起张老师，我们都不禁唏嘘。记得张盾说在张老师门下读研究生时，有一次他带了一袋汉中大米送去想让老师改善一下生活，结果被导师挡在门口硬是给退回了，并给予严肃批评。这虽然不近人情，但反映了那个时代知识分子的廉洁与执拗。

历史系还有很多可敬可爱的老师，如讲宋史的杨德泉老师，他是在我大学本科时对我教诲最多的老师。杨德泉老师为陕西蒲城人，为人忠厚而豁达。20世纪50年代初从东北师范大学毕业后分配至江苏扬州师范学院工作，后来听他的老同学裴汝诚教授讲，杨老师在50年代末本来有机会调回西安工作，可名额只有一个。扬州师范学院有一女教师的丈夫在西安工作，急于要解决两地分居问题，与他商量是否可以照顾一下。有侠义心肠的杨德泉二话未说，就毅然把名额让给了这位女教师，他则一直在扬州师范学院滞留到60年代初期才回到老家陕西蒲城。回去后，他先是当农民，后来到县委宣传部工作。因他对唐宋经济史尤其是行会制度的研究有一定影响，甚得漆侠、王仲荦等老一代史学家赞赏，后来经他们向史念海副校长推荐，他得以顺利调入陕西师范大学任教。

杨德泉老师衣着与神情完全是一副关中农民的样子，朴实厚道，见到学生总是温和地微笑。他只有在讲台或者书房谈及学术领域时，才是一位知识渊博、思维敏锐的历史学家的样子。他讲宋史的时候恰好是冬天，穿着厚厚的棉衣棉裤，可能是皮带质量问题，棉裤老向下掉，常常在课堂上要向上提一提裤子，女同学纷纷埋头窃笑。他也不以为然，只是憨厚地笑笑，继续讲课。杨老师讲宋史十分用心，我至今仍然记得他一次上课时特地从家里提来一个小黑板，上面密密麻麻地用粉笔抄写着文同《丹渊集》中有关北宋陵州开采地下矿产的记载。也许正是在他的影响下，我逐渐放弃了一直苦苦尝试的文学创作而转向了宋代历史研究。

我们毕业后不久，杨老师的工作也发生了重大变化。大概因新任副省长孙达人老师的推荐，他受命出任正在筹建的陕西历史博物馆筹建处主任，负责建设当时国家最现代化的大型历史博物馆。杨先生上任后，筹建工作本身就繁重，又要整天忙于应付复杂的人事，不到三年竟然罹患重疾，住院一年多后溘然长逝。

　　记得 1988 年秋我从北京返回途中，在同舍李虎兄的陪同下曾专门去筹建工地上看他，当时工地尘土飞扬，四处堆满了钢筋水泥，工程车辆进进出出。好不容易等到他，他只在办公室与我简单交谈几句就因有事出去了，想不到这一次竟成师生永别。杨老师去世时还不到 60 岁，可谓英年早逝。噩耗传来，他的学生闻之无不深感惋惜与沉痛！好在他的弟子任鹏杰不辞艰辛，经多方采访与搜集，将能够找到的杨老师发表的论文汇总，联系三秦出版社出版了《杨德泉文集》，算是对杨老师在天之灵的告慰。今天，每次去陕西历史博物馆，我总会情不自禁地想起敬爱的杨老师。

　　我们大二时，系上开始安排本系的重头戏历史地理课程。但史念海先生并不为本科生上课，真正上课的都是新调入的中青年教师，先后有朱士光、许正文、艾冲等老师为我们讲授历史地理概论或专题课。朱士光老师是北京大学侯仁之院士的研究生，分配至陕西工作。在史先生的帮助下，刚刚从省水土保持局调入师大。讲课时他还有些紧张，不敢看讲台下的学生，有时望着教室门讲，但他的湖北口音我们还算听得懂。如今朱先生已经年逾八秩，有一次开会相遇，说起当年给我们上课的情景，他开心地大笑了起来。

　　此外，教我们世界近代史的刘念先老师，教魏晋南北朝的黄树臻老师，教隋唐史的牛致功、赵文润老师，教中国现代史的张建祥、曹培森老师，讲历史文选的郭焕珍老师，讲苏联史的杨存堂老师、王国杰老师，讲二战史的郑庆云、白建才老师……他们每一个人都有值得回忆的经历与特点，限于篇幅，难以一一述及。只不过有一点是共同的，那就是他们都非常敬业，教书育人勤勤恳恳、兢兢业业。

秦晖先生也为我们上过课。那时他刚刚从兰州大学赵俪生教授门下研究生毕业，分配至陕西师范大学任教。大三时他给我们上过半学期课。当时秦晖老师尚年轻，大概 30 岁的样子，脸色有些苍白，衣着朴素，常常挎一个绿色的军用包，戴深度厚镜片眼镜。他一走进教室，头也不抬，便滔滔不绝地讲起课来，也从不观察学生的听课状态及反应。记得他讲授的是"中国农民战争史专题"，好像主要讲明清时期的农民起义，具体什么内容已经模糊不清，只是觉得他总是一幅很疲惫的样子，似乎没有睡好觉，学究气很重，与他 30 年以后在国内外学术会议上挥洒自如的大家风范大相径庭。秦晖老师的夫人金雁女士，当时正在朱本源教授门下读研究生，好像是研究史学理论的，后来也成为知名的女学者。

《勘探队员之歌》：跨越时空的眷恋

这首诞生在 20 世纪 50 年代、曾经激励了新中国无数热血青年的《勘探队员之歌》，反映的是新中国一代年轻的地质队员走向江河原野、崇山峻岭为祖国勘查矿藏的精神风貌，现在据说作为中国地质大学的校歌保留了下来。

我第一次听到这首歌是 20 世纪 70 年代初在陕南乡村上小学的时候。那一学期，原来教语文的女老师生孩子休产假，改由一位不知什么原因被遣送回乡的中年袁姓男老师临时来给我们上课。袁老师大概以前是地质队员，总是穿着一身洗得有些褪色的灰蓝色工作服，胸前隐隐地还能看见"某某地质大队"的字样。那天讲完语文课文后，距离下课还有些时间，他突然若有所思，说想教我们一首歌，许久没有学过新歌的我们自然一片欢呼。

他略微沉吟，就用略带沙哑的男中音先唱了一遍：

是那山谷的风，吹动了我们的红旗，
是那狂暴的雨，洗刷了我们的帐篷。

我们有火焰般的热情，战胜了一切疲劳和寒冷。

背起了我们的行装，攀上了层层的山峰，

我们满怀无限的希望，为祖国寻找出富饶的矿藏。

是那天上的星，为我们点燃了明灯。

是那林中的鸟，向我们报告了黎明。

我们有火焰般的热情，战胜了一切疲劳和寒冷。

背起了我们的行装，攀上了层层的山峰，

我们满怀无限的希望，为祖国寻找出富饶的矿藏。

是那条条的河，汇成了波涛的大海，

把我们无穷的智慧，献给祖国人民。

我们有火焰般的热情，战胜了一切疲劳和寒冷。

背起了我们的行装，攀上了层层的山峰，

我们满怀无限的希望，为祖国寻找出富饶的矿藏

　　我们凝神静听，没有一个人说话，就连平时最调皮的几个男生也突然变得很安静。袁老师唱完后，就开始唱一句教一句。虽然我们这些孩子对歌词所反映的地质队员的生活很陌生，但还是能够感受到一股向上的力量。袁老师说这首歌叫《勘探队员之歌》，是每个地质工作者都会唱的一首歌。

　　歌曲昂扬向上，节奏与旋律都很优美，袁老师教过我们两三遍后，我们居然很快就会唱了。最后在快要放学的时候全班齐声唱了起来，吸引了许多其他年级的学生围着教室窗户听。在那个除了样板戏再无别的歌曲可唱的时代，这首《勘探队员之歌》无异于一阵

清新的春风吹进了我们的心田，让我们感到新鲜而激动，以至于有一段时间成为我们的"班歌"。小学门前是一片秧苗绿茵的水田，水田南边是阳安铁路，在一个巨大的转弯处有一高坪，不知什么时候立起了两排灰白色的帆布帐篷和一座高高的尖状铁塔。袁老师说，那就是陕西第四地质队（简称"陕四队"）的一个地质小分队正在勘探地下矿藏。因为班上也有两个陕四队地质勘探队的子女，我们一下子就对地质勘探好奇起来。

后来升学到了另一所村中读初一，我还教新班级的同学唱过这首歌。

不久我转学离开勉县乡村，这首歌也就渐渐淡忘了。一晃40多年过去，这首歌除了偶尔在一些老同志的回忆录上被提及外，很少有宣传媒体报道这首歌。

今年暑假的一个晚上，我偶然打开电视，一个频道正在播一个怀旧节目，主屏幕上赫然几个美术体大字："永远的《勘探队员之歌》。"几位头发雪白的老地质队员一一激动地回忆当年唱着这首歌奔向祖国最需要的地方去的情景，老泪纵横地讲述他们与这首歌相伴随的漫长岁月。我停下手上的工作，一直看完，不禁想起小学时学唱这首歌的情景，那熟悉的旋律又从记忆深处渐渐飘来。

这首歌是真正鼓舞一代人艰苦奋斗的青春之歌，曲调优美，感情充沛，有乐观的态度和不畏险阻的气概。余生较晚，无缘50年代，但从这首歌中不难看出，激情的理想、纯洁的信念，正是50年青年的特征。我们年轻的地质勘探员，沐浴着祖国初升的朝阳，高举着鲜艳的红旗，也高举着那一时代特有的理想，迎着山谷吹来的风，走向山岭、走向荒原，攀登崇山峻岭，淌过激流险滩，为国家寻找地下宝藏，无怨无悔。

中华人民共和国刚刚建立的50年代初期，那是多么令人眷恋的时代！那是属于欢乐活泼的"让我们荡起双桨"的时代，属于王蒙与《青春万岁》的时代，属于保尔·柯察金在中国流行的时代，属于吴运铎和《把一切献给党》的时代，是昂扬奋进、真诚为祖国奉献青春的时代。在那个特殊的时代，成千上万的普通知识青年无忧无虑、单一纯洁、蓬勃向上，他们向往为祖国献青春的战斗生活，哪里艰苦就到哪里去。《勘探队员之歌》就诞生于这样的时代背景。

五六十年代的地质勘探队员，我们要向他们深深致敬！正是他们栉风沐雨、不辞劳苦，从东北到西南，为祖国找到了大庆油田、胜利油田，在西南攀西大裂谷"勘探"出了后来著名的钢铁之都攀枝花，甚至找到了原子弹原料……让新中国迅速走出了贫困，走向了强大。半个多世纪过去了，虽然那几代地质勘探队员没有几个留下姓名，但共和国的建设史册上怎能缺少他们的身影？

这首由佟志贤作词、晓河作曲的《勘探队员之歌》，之所以流传甚久，是因为不仅洋溢着那一时代青年可贵的精神追求，也与歌词所展现的鲜明画面感不无关系。

> 是那山谷的风，吹动了我们的红旗，
>
> 是那狂暴的雨，洗刷了我们的帐篷……

鲜艳的红旗、猎猎的山风、疾骤的暴雨、灰白的帐篷、露宿的原野、漫天的星斗……构成了地质勘探队员生活的缤纷景观，艰苦、乐观、诗意。人们常说地质专业是最苦的专业，风餐露宿、披星戴月、忍饥挨饿、有家难回等，一把地质锤，一个帆布包，都是生活的标准搭配。我曾经听一位大学同学说过，他的父亲年轻时就是听了这首歌，向往"背起了我们的行装，攀上了层层的山峰"这样的浪漫生活，毅然报考了地质学院，后来成为地质队员，工作了几十年。到了浑身是病的古稀之年，儿子问他是否后悔，他笑着说没啥后悔的，人总是要有奋斗方向的，总是要有为国家找矿的人。他父亲的回答沉静、朴素，算不上豪言壮语，却道出了老一代勘探队员最可贵的家国情怀。

20 世纪 50 年代已经远去，那一代地质勘探队员中有不少人已经先后故去，健在的也都到了古稀、耄耋之年，但这首《勘探队员之歌》却将他们的青春与情怀永远铭刻在共和国的万里山川之中。